广东高校优秀青年创新人才培育项目

"京派小说与老庄美学之亲缘关系新探"

结题成果

京派小说

与道家之因缘

Jingpai Xiaoshuo
Yu Daojia zhi Yinyuan

冯晖◎著

暨南大學出版社
JINAN UNIVERSITY PRESS

中国·广州

图书在版编目（CIP）数据

京派小说与道家之因缘/冯晖著．—广州：暨南大学出版社，2012.6

ISBN 978-7-5668-0265-1

Ⅰ.①京…　Ⅱ.①冯…　Ⅲ.①小说研究—北京市—当代　Ⅳ.①I207.42

中国版本图书馆CIP数据核字(2012)第160055号

出版发行：暨南大学出版社

地　址：中国广州暨南大学
电　话：总编室（8620）85221601
　　　　营销部（8620）85225284　85228291　85228292（邮购）
传　真：（8620）85221583（办公室）　85223774（营销部）
邮　编：510630
网　址：http://www.jnupress.com　http://press.jnu.edu.cn

排　版：广州市天河星辰文化发展部照排中心
印　刷：湛江日报社印刷厂

开　本：650mm×980mm　1/16
印　张：17
字　数：243千
版　次：2012年6月第1版
印　次：2012年6月第1次

定　价：29.00元

目　录

前 言

20 世纪 80 年代以来，京派经历了从当代学术视野的边缘化到受到重视以致成为一门“显学”的历程。京派在上世纪末和新世纪初成为学界的关注重点，有其必然性。京派兴起于 20 世纪二三十年代，当时就有对它的评论与研究。新中国成立以后，由于中国当代文学史中有段时期过于注重政治因素，京派在 80 年代以前的文学史研究中一直处于缺席状态。“新时期”以来，文坛生态环境发生改变，一大批曾经被边缘化的现代文学作家与理论家开始浮出历史地表，这之中有周作人、废名、沈从文、凌叔华、林徽因、卢焚、朱光潜……随着这些曾经在学界和文坛享有盛名的人物进入当代文学史家与批评家的视野，京派作为一个文学派别成为研究对象就逐渐形成了一个重要的学术话题。随着研究的深入，学界发现京派是一个全面地进行中西、古今文化融会思考的学派，不仅肯定了其文学与学术价值，更将其作为在中西文化交流与对话的时代语境中探索如何建构中国本土的美学、文艺学的典型个案，以期获得我们“自己的声音”。京派小说是京派取得极大成就的文体之一，它最显明的文本品质，是对老庄所开创的审美的文学传统的吸收与创造性转化，在传统文学与现代文学之间做了打通的工作，实现了流派自己的美学追求：“纯正的文学趣味”，成为“纯文学精神”的象征。研究京派小说如何接受、阐释与消化老庄美学，在当下中国文化建设所力倡的“激活传统文化、彰显现代价值”的历史大语境里，显然是一个富有重要学术意义的命题，能够给本土化与世界性交汇融合的对话空间提供厚实的经验和深刻的启思。

一、关于京派研究的历史梳理与本书的研究对象

从现有史料来看，吴福辉应该是开创了京派研究的滥觞。1982年他发表《中国现代讽刺小说的初步成熟——试论“左联”青年作家和京派作家的讽刺艺术》一文，主要论述了京派作家和“左联”青年作家作品里的讽刺艺术。该文仅是对京派的一个初步探讨，还有一些史实问题未能厘清，如重点论述老舍，把老舍当作京派小说家中的重要一员。而对于废名和沈从文，则是一笔带过，未作深究。并且，从该文对“京派作家”的定义“所谓京派作家，习惯上指的是现代文学中心南移上海后，在30年代继续活动于北京及其他北方城市的一个小资产阶级（包括一部分上层资产阶级）作家群”，可以看出此时对京派的研究在一定程度上还处于迷雾之中。① 京派作为一个文学流派获得学界的公认，是20世纪80年代后期的学术现象。1985年出版的黄修己的《中国现代文学简史》已提到京派与海派之争，但是黄修己认为：“从创作来看，则京派未必能成为流派。”②而同是1985年出版的由钱理群等人共著的《中国现代文学三十年》，则旗帜鲜明地认定京派为一个文学流派：“京派……指的是20年代末到30年代，文学中心南移上海之后，继续留在北平或其他北方城市的一个自由主义作家群。”③ 及至1988年，杨义在其《中国现代小说史》（第二卷）里，已将“‘京派’作家群与上海现代派”作为一整章来论述，且把沈从文、凌淑华、萧乾等视为京派代表作家，并进行了深入分析。1989年，严家炎的《中国现代小说流派史》出版，专列“京派小说”一章，全面阐述了京派小说的形成、发展和

---

① 载《北京大学学报》哲学社会科学版，1982年第6期。该文涉及京派作家的讽刺艺术，不过主要探讨的是老舍这位他所认为的京派小说家的讽刺艺术，对沈从文却是简单的几笔带过。吴福辉在以后的文章里有所订正，认为老舍不属于京派作家。这说明当时他对京派的研究还不是很深入，把京派小说与“京味”小说有所混淆。

② 黄修己：《中国现代文学简史》，北京：中国青年出版社1985年版，第327页。

③ 钱理群、吴福辉、温儒敏、王超冰：《中国现代文学三十年》，上海：上海文艺出版社1985年版。

艺术特点。严家炎指出："如果说京派在散文和诗歌方面的代表是周作人、俞平伯、何其芳、李广田、卞之琳；理论方面的代表是梁实秋、朱光潜、李健吾、李长之，那么，它在小说方面的代表作家就是废名、沈从文、凌叔华、林徽因和萧乾。四十年代出现的汪曾祺，则是沈从文的大弟子，也是京派的文学传人。"[①] 与其他研究者相比，严家炎不仅详细开列出了京派的成员，而且对京派的源流作了一番切实的考察。自此，京派作为一个文学流派取得了稳固的文学史地位。

20 世纪 90 年代对京派研究的拓展，一个主要的表现是关于京派的分期问题。集中起来有两种看法。一是以高恒文为主的认为 1937 年 8 月以后《文学杂志》的突然停刊，标志着京派的终结；[②] 一是以吴福辉、杨义、周仁政等为代表的认为 1947 年 6 月《文学杂志》的复刊标志着京派在抗战胜利后的再起。[③] 笔者同意后一种看法，因为即使从京派文学自身的影响与师承的关系来看，京派的活动在 1937 年后也没有结束，经沈从文一手培养出来的汪曾祺就是明证。

本书研究对象是京派小说与道家哲学、美学思想之间的因缘，主要考察京派小说在文学主题和美学意蕴上与道家的渊源关系。笔者综合严家炎和吴福辉（见其《京派海派小说比较研究》）对京派小说家成员的看法，结合本书的研究论题，将研究对象确定为废名、沈从文、凌叔华、卢焚和汪曾祺五位京派小说家。其中，卢焚是吴福辉等人所认可的京派小说家而没有进入严家炎的研究视野。而萧乾和林徽因是几乎所有研究京派的学者都认可的京派小说家，本书却没有将之纳为研究对象。原因是：就笔者所掌握的资料来看，确实没有明显的迹象表明萧乾和林徽因接受过道家美学与人生哲学的影响。也许是笔者有所疏漏，求待诸位专家、学者批评指正。

---

① 严家炎：《中国现代小说流派史》，北京：人民文学出版社 1989 年版，第 206 页。

② 高恒文：《京派文人：学院派的风采》，上海：上海教育出版社 2000 年版，第 174 页。

③ 分别见吴福辉：《京派小说选 · 前言》，北京：人民文学出版社 1990 年版；杨义：《京派与海派比较研究》，西安：太白文艺出版社 1994 年版，第 206 页；周仁政：《京派文学与现代文化》，海口：海南师范大学出版社 2002 年版。

二、京派小说的研究历史、现状及本书的补白与深化

应该说，京派从被当代学术视野边缘化到受到重视，以致成为一门“显学”，确实是一个比较迅速的过程。而且，相对于京派在小说、散文、诗歌和文学理论诸方面均取得颇高的艺术成就与社会影响而言，学界对京派小说的研究是最为厚实的。从单篇文章到厚厚的专著，从作家个案的论述到整个流派同人的研究，从题材主题的探讨到美学风格的挖掘，从文化意向的阐释到哲学追思的探询，可谓研究愈来愈细致、愈来愈深刻。

1982 年，吴福辉发表《中国现代讽刺小说的初步成熟——试论“左联”青年作家和京派作家的讽刺艺术》，文中初步论及后来被称为京派小说代表作家的废名和沈从文。自此，学界对京派小说的研究就蓬勃发展起来。综观 20 世纪 80 年代到当下的京派小说研究状况，就题材研究来说，大致可以分为以下四个方面：

1. 关于京派小说的乡村题材研究

吴福辉于 1987 年发表的《乡村中国的文学形态·京派小说选前言》开了先声。该文主要分析了废名、沈从文、卢焚、汪曾祺等人的作品，得出结论：“京派作家主要写的是农村”，“京派甚至不能说只是表现北方的，进入他们文学视野的，正是他们心目中的那一个‘乡村中国’!”① 自此以后，废名的湖北黄梅、沈从文的湖南湘西、卢焚的中原村落、汪曾祺的苏北高邮，就一直是研究者津津乐道的话题。这类文章非常之多，在此不予赘述。就京派小说的题材范围来说，笔者在本书里所讨论的，也主要是其“乡村中国”里所体现出的主题、人物气质、文化意蕴等方面与道家美学的源与流之关系。

2. 在京派与海派的比较研究中凸显出京派小说

由于京派的命名是与海派分不开的，诸多学者就把京派与海派

① 吴福辉：《乡村中国的文学形态·京派小说选前言》，《中国现代文学研究丛刊》，1987 年第 4 期。

置于一个共时的语境中来谈论与比较。海派的主要成就是小说，故作为比较对象的京派也就集中于京派小说这一文体。吴福辉 1987 年发表的《京派海派小说比较研究》是较早的一篇。他认为在题材方面，京派小说与海派小说分别描述的是“乡村中国和都市中国的人生聚象”；在美学表现方面，“京派的审美体验偏于纯情、蕴藉；而海派追求的是逆反曲折的多变力度，追求驳杂新奇”。①

随后，李俊国有《“京派”“海派”文学比较研究论纲》一文，主要从三个方面研究了京派与海派的不同：首先从地域文化的角度考察了京派与海派由不同的“文化形态”所导致的不同的“文学分野”；其次是以历史的态度辨析了“上海气”与“北平风度”；最后分析京派与海派作家审美意识的不同：“上海作家受制于都市旋流的推涌，表现出求新鲜、突兀、奇巧的审美风尚，北平作家恪守京城的风度，表现出重和谐、‘节制’与‘恰当’的审美意识。”②

王爱松 1994 年的《从文化影响看“京派”与“海派”的自然形态》，也讨论了京派小说的风采。该文与上述李文意思接近，但也自有亮点，就是把周作人、废名与沈从文三位大家从文化影响角度来进行比较。这是学界首次把周作人也放到京派与海派的比较研究中。③

此后对京派、海派比较研究作出了重要的、集大成式探讨的学者，应该非杨义莫属。1994 年，杨义出版专著《京派海派比较研究》，1996 年又发表论文《京派与海派的文化因缘及审美形态》，2003 年又有《京派海派综论》（图志本）一书面世。④ 杨义研究京派与海派的“两书一文”对以前的京派与海派研究均有所超越，提出了诸多独到的见解与结论。如他从文化人类学（包括地域文化学）

---

① 吴福辉：《京派海派小说比较研究》，《学术月刊》，1987 年第 7 期。

② 李俊国：《“京派”“海派”文学比较研究论纲》，《学术月刊》，1988 年第 9 期。

③ 王爱松：《从文化影响看“京派”与“海派”的自然形态》，《贵州社会科学》，1994 年第 1 期。

④ 分别见杨义：《京派海派比较研究》，西安：太白文艺出版社 1994 年版；杨义：《京派与海派的文化因缘及审美形态》，《海南院范学院学报》，1996 年第 1 期；杨义：《京派海派综论》（图志本），北京：中国社会科学出版社 2003 年版。

角度，对孕育京派与海派的地域文化母题和各自命名的由来都进行了历史的考证及追根溯源；在文本细读的基础上辨析京派与海派各异的文化背景来源和审美情趣。杨义将他对京派与海派的研究方法概括为“现象还原”和“文化定位”。[①] 这是值得后来者借鉴的。

还值得一提的是文学武的《各具异彩的文学景观——京派小说与海派小说比较论》，对表现在京派与海派小说中各自独特的中国现代社会人生体验、情感模式、文化意味和艺术创新都作了深刻的论述。[②] 海派小说与本论题关系不是很大，故在文章中没有涉及。但是，笔者认为，对海派小说的全面认知是必须的，可以深化对京派小说的独特审美风格的理解。

3. 关于京派小说的都市题材研究

随着对京派小说研究的拓展，研究者发现，京派小说家除了创作优美、恬静的乡村小说外，还把笔触对准了现代大都市，创作了诸多都市小说。而且，京派的都市小说是作为他们抒情诗的、散文化的乡村小说的对立面出现的，鲜明地体现了京派小说家“乡下人”式的爱憎态度。按照发表时间顺序，这方面的重要文章有：张鸿声的《与乡村对照中的都市》、王爱松的《都市的五光十色——三十年代都市题材小说之比较》、刘淑玲的《乡村梦影里的城市批判》及《象征与反讽——京派作家的城市小说》。[③] 主要结论是：京派的都市题材小说是笼罩在京派小说家的乡村梦影里的，用都市生活的堕落、虚伪及其对人性的异化，来衬托与强化他们心中乡村的安宁、本真、优美与自然；与京派作家对乡村生活的熟悉相比，作为都市的“外来者”，他们对都市的观照缺乏动态的历史审视，这导致笔下的都市生活与都市人生都是单调的、一元的，嘲讽式的揭露多于深

---

① 杨义：《京派海派综论·论文提要》，北京：中国社会科学出版社2003年版，第8页。

② 文学武：《各具异彩的文学景观——京派小说与海派小说比较论》，《文学评论》，1998年第4期。

③ 张鸿声：《与乡村对照中的都市》，《郑州大学学报》（哲学社会科学版），1993年第1期；王爱松：《都市的五光十色——三十年代都市题材小说之比较》，《文学评论》，1995年第4期；刘淑玲：《乡村梦影里的城市批判》，《河北学刊》，1995年第6期；刘淑玲：《象征与反讽——京派作家的城市小说》，《河北师范大学学报》，1996年第2期。

入的同情和理解。由于探讨京派小说的重要主题“人性真，人情真”的需要，本书也必须对京派的都市题材小说透彻掌握，以建立一个比较视野来研析京派的乡村题材小说。

4. 关于京派小说的儿童题材研究

京派小说家多有以儿童生活为题材的小说，如废名、凌叔华、沈从文、萧乾、汪曾祺等。而且凌叔华有段时期还致力于儿童生活情状的描写，并结集为《小哥儿俩》出版。严家炎在《中国现代小说流派史》一书里，就稍稍论及了“以儿童生活为题材，表现和讴歌童真美”的此类京派小说。[①] 张慧敏的《京派小说的童真特色》一文在列举诸多京派的儿童题材小说后分析指出，京派小说共同的特色之一是对童心世界的描述与向往，京派小说的散文性结构与孩童的思维特色相契合。[②] 刘进才的《京派小说诗学研究》一书则专列一节“儿童视角叙事”，以沈从文、萧乾、凌叔华三位作家为例，研究京派以儿童生活为叙述中心的小说，认为描写儿童，礼赞童真，是京派作家共通的创作特色。[③] 其他对单个作家的儿童题材小说研究的文章也不少，如刘帆的《关爱儿童不失单纯——也谈废名创作》、刘海军的《童心：沈从文的审美心理》。[④] 本书也重点研究了京派以写童真、童趣为主题的小说。

总体来说，上述诸多研究与本书的相关章节甚有联系，但是研究角度与研究目的则有着根本的不同。上述研究侧重的是作家作品的专题研究，而本书的切入点，则是从京派小说与老庄这一中国传统的哲学、美学的渊源关系入手，所要解决的主要问题是老庄美学如何影响中国现代小说审美品格的生成。

京派小说的艺术特色是学界孜孜不倦地探讨的另一重要话题。

---

① 严家炎：《中国现代小说流派史》，北京：人民文学出版社 1989 年版，第 229 ~ 230 页。

② 张慧敏：《京派小说的童真特色》，载《人民日报》（海外版），1992 年 4 月 7 日第 2 版。

③ 刘进才：《京派小说诗学研究》，郑州：河南大学出版社 2005 年版。

④ 分别见刘帆：《关爱儿童不失单纯——也谈废名创作》，《黄冈师范学院学报》，2000 年第 6 期；刘海军的《童心：沈从文的审美心理》，《乐山师范学院学报》，2005 年第 2 期。

研究视野主要从两个方向展开：一是考察京派小说所表现出的中国古典审美传统；一是把京派小说置于西学东渐这一现代性的大语境里，考察其艺术风格所体现出来的“现代性”。对京派小说的“现代性”色彩的研究，也就是研究京派小说家所受外国作家的影响以及在文本中所表现出来的“现代性写作技巧”与“现代性心态”，例如意识流、蒙太奇、存在主义、弗洛伊德主义等等，因为本书没有涉及，在此不予细述，仅列出一些相对重要的文章：严家炎的《京派小说与现代主义》、史书美的《林徽因、凌叔华和汪曾祺——京派作家的现代性》、游友基的《京派与现代派的遇合——汪曾祺早期小说论》，① 等等。

结合本书的论述内容，笔者重点介绍了学界在“京派小说所表现出来的中国古典审美传统”这一研究脉络里所取得的重要成就。

在对京派小说艺术特色的“民族性”表现的研究中，李德的《论京派抒情小说的民族特征》是较早的且论述较深刻、全面的一篇，发表于 1988 年。该文从三个方面来分析京派小说的民族特征：“描绘具有民族特色的风景画和风俗画”，“塑造具备传统美德的人物形象”，“借鉴民族文学的传统艺术技巧”。② 在李德看来，京派抒情小说的民族特征主要传承的是以孔子和孟子为代表的“仁者爱人”式的儒家美学。

严家炎则认为京派小说“着力赞颂纯朴、原始的人性美和人情美”，“把写实、记梦、象征熔为一炉，使抒情写意小说走向一个新的阶段”，总体风格上的表现是“平和淡远隽永”。严家炎没有追溯京派小说这些艺术特点表现的传统资源，但是行文中的偶尔一两句，例如认为“在废名那里，由于对哲学的研究，对庄子思想的研究，

① 分别见严家炎：《京派小说与现代主义》，《文艺述林》（第 2 辑），上海：上海文艺出版社 1997 年版；史书美：《林徽因、凌叔华和汪曾祺——京派作家的现代性》，《天中学刊》，1995 年 9 月增刊；游友基：《京派与现代派的遇合——汪曾祺早期小说论》，《福州大学学报》，2002 年第 2 期。

② 李德：《论京派抒情小说的民族特征》，《中国文学研究》，1988 年第 2 期。

他作品中‘人与自然契合’，神往甚至陶醉于大自然的倾向”，[①] 可以说表明了在某种程度上他是默认京派小说的美学风格来自于道家哲学与美学的影响。

杨义认为京派小说家“以质朴而雅致、绵密而潇洒的笔触，点画出古老的中国城乡儿女，尤其是带原始静穆感的乡村灵魂的神采，神与物游，物我无间，创造出具有东方情调的、和谐浑融的抒情境界。”[②] 从这里的用语可以看出杨义将京派小说的美学表现视为道家一脉。事实上，杨义也论述了道家文化对京派文学的深刻影响：“京派作家在动荡时世中多多少少带有一些隐逸味道，徘徊于《庄子》所谓的‘游方之外者’和‘游方之内者’之间，体现了某种淡泊宁静、渐近自然的人生趣味。值得注意的是，这一流派的作家大多喜欢陶渊明，这与他们某种潜在的道家情趣不无关系。”[③] 在中国古典文学史上，陶渊明被视为道家文化精神的代表。杨义既指出了京派作家具有隐逸倾向的时代原因，又指出了他们所具有的潜在道家情趣从而接受了道家的传人陶渊明。

文学武的看法则是：京派小说的美学风貌是“追求一种平和淡远的艺术风格，语言清新，隽永，抒情色彩浓厚，中国古典文学的美学特点得到了充分的体现。在审美心理上受中国传统儒家伦理思想的制约，和谐、匀称、恰当等是其最高的美学理想和追求”。[④]

与上述把京派小说的艺术特色表现或归于儒或归于道不同，刘保昌在《京派小说与传统文化》一文中则认为其与儒和道都具有深刻的关联。“京派小说家在文化观念上，显然与中庸式的文化传统多有共通之处”，所以京派小说独特的文学个性是“精致和谐，温馨柔美，匀称含蓄，冲淡悠远”。这显然是将京派小说的美学风格纳入儒

---

① 严家炎：《中国现代小说流派史》，北京：人民文学出版社 1989 年版，第 227 ~ 239 页。

② 杨义：《杨义文存》，《中国现代文学流派》（第 4 卷），北京：人民出版社 1998 年版，第 364 ~ 365 页。

③ 同上，第 627 页。

④ 文学武：《各具异彩的文学景观——京派小说与海派小说比较论》，《文学评论》，1998 年第 4 期。

家“温柔敦厚”的“诗教”传统。另一方面，刘保昌又认为京派小说是诗化叙事，这份艺术特色则“与‘万物与我为一’的道家美学相沟通”。[①]

学界对京派小说的“意境”表现也非常关注。李晓宁的《京派叙事态度与小说文体》一文先从京派小说具有绘画特征谈起，由于文字的描述具有绘画性，故文本中充满了“清幽的意境”。这与“京派作家是以倾向传统，以静观态度观察世界”的审美心胸密切相关，“因而小说里充满了纯净、清澈、宁静的诗情画意的构质”。[②]文学武也认为京派小说讲究内在的韵律及注意对意境的创造，意境模式构成了其文体表现功能的重要特点：“京派小说常常运用意境的不确定性和空白性”，“去追求超越时空的完美艺术境地。”[③] 这些文章都对京派小说中的意境表现作了具体细致的例析，但是，对于京派小说何以能以“意境”作为最主要的艺术特色表现，以及京派小说家何以能创造诗情画意般的“意境”，则搁置不论，未作深入的源流研究。

综上，在对京派小说艺术特色与传统文化关系的整体研究中，有两个主要看法：一是认为它与道家美学有很深的渊源，一是认为它与儒家美学关系密切。需要特别指出的是，研究者一般认为京派小说的艺术表现与儒、道美学都有关系，只是其持论是侧重于儒还是侧重于道。当然，也有研究仅仅说明了京派小说的艺术表现来源于传统文化、传统文论，将之奠定了一个“传统”底子后，就一笔带过，不予细究。

对京派小说家进行个案研究的文章与论著都非常多，以沈从文位居第一，废名与汪曾祺则可谓是平分秋色，凌叔华、萧乾、卢焚、林徽因等又次之。这里就不细述了。

就笔者的管见，迄今为止对京派小说的整体研究还存在以下不足之处：

---

① 刘保昌：《京派小说与传统文化》，《社会科学战线》，2002 年第 6 期。

② 李晓宁：《京派叙事态度与小说文体》，《吉首大学学报》，1994 年第 4 期。

③ 文学武：《京派小说的文体特征》，《学术月刊》，1998 年第 11 期。

第一，从研究思路上而言，对京派小说的研究还主要遵循着20世纪80年代以来就已建立的路子：一是偏重于社会学分析方法，揭示京派小说的文化、主题内涵；一是偏重于艺术审美角度，揭示京派小说的美学风格。或者将两者结合起来考察京派小说，但是仍然没有脱离思想加艺术的二元模式。研究思路的突破应该是研究者亟待解决的问题。本书从原型批评、文学人类学批评等研究方法入手来观照京派小说与道家美学的关联，是想有意识地弥补这种缺憾。

第二，对京派小说家的研究用力不均，聚焦点还是中坚人物废名、沈从文和汪曾祺。讨论的作品主要是其代表小说，作品涉及范围有狭小之嫌，而且往往忽视了京派小说家自己的文学观和创作观，惯以京派理论家的文学观来映证京派小说中的美学表现。女性主义研究在20世纪80年代就已在中国大陆兴起，却鲜有研究者以女性主义理论把凌叔华和林徽因置于京派作家群中进行系统考察与辨析，这应该是可以深化对京派小说的文化品格与美学品格的研究的。本书研究了京派小说家的“回忆”文学观和“梦”文学观的美学意义，这应该是一个补白。而且本拟从女性主义角度考察凌叔华的小说特色与素有“女性哲学之称”的老子哲学及美学的关系，但是由于笔者思考的不成熟，暂时未能实现，希望日后能有所进展。

第三，在整体上研究京派儿童题材小说的还不多见，即使在文章中涉及也大都是将之纳入京派小说的“人性美，人情美”这一总主题下，对京派的儿童题材小说所独具的美学意义还不是很明晰，也没有在哲学与美学高度上论述其与传统文化的渊源。本书研究了京派以儿童为题材的小说与老庄的“复归于婴”这一文化原型和美学原型的因缘关系，认为它们的本质是道家哲学意愿上的“反朴归真”。

第四，在对京派小说与传统文化关系的研究中，诸多研究者都从各个角度，如京派的文化观念，京派的审美心理，京派小说的人物塑造、诗性化叙事、自然景物描写、意境表现等等，谈论了其对中国古典美学的吸收以至创造性转化。但是，这些结论并不是建立在将京派小说的艺术表现与道家元典或儒家元典以及它们各自在中国古代文学、美学史上的发展变迁结合起来论述这一基础上的，而大多是进行简单的、任意的“对接”，是一种直线性的因果描述，给人语焉不详之感。本书在细读京派小说文本与《老子》、《庄子》的基础上，又用比较文学中的影响研究方法证明京派小说家在对《老子》与《庄子》接受的基础上，从京派小说的文本内容与美学表现两大层面上，刨根究底地追寻出京派小说与道家思想的深刻因缘。本书立足于此前的相关研究，即立足于中国现代文学史意义上的作家作品、流派研究这一基础上，将之提升到传统与现代之关系、因缘的文艺学和美学高度的研究，呈现出道家对于中国现代文学审美品格形成的价值和意义。

京派小说家属于“五四”的第二代、第三代作家，不像鲁迅等文学前辈一样处于新旧文化激烈尖锐的冲突中，由于文学革命原因而对传统文化持偏激态度；他们大多处于北京，北京中古文化积淀深厚，是一个具有闲适情调的城市，且20世纪20年代末至30年代前期是一个政治气氛沉闷而文学气氛相对宽松的文化态势。这使得京派小说家与“五四”一辈作家相比，有更加平静与理性的心境来看待传统文化，对传统文化有一种欣赏与评审的自由，从而有可能发现传统文化的合理处与优长处，继而在小说创作中承传传统文化的精髓。若把京派小说放到文学发展的长河里，无论是将之与此前的乡土小说相比，还是与同时的海派小说和左翼小说相比，以至与此后的七月派小说相比，都可见出它最显明的美学特色是对传统文化的接纳以及将之进行创造性的转换。在传统文学与现代文学之间，京派小说做了打通的工作。京派小说中恢复与表现的文学传统，在笔者看来，主要是老庄所开创的审美的文学传统，而非孔孟一脉的载道的文学传统。本书着力探讨京派小说与道家美学之间深刻的因缘关系，以期达到以下三个目标：

1. 反映出现代文学在东西方文化资源选择上的变化

谈及现代文学，学界注重的往往是它受西方文学思潮、哲学、美学的影响，以及对本土传统文化资源的反叛。确实，在现代文学草创之初，理论家、作家们更多的是借鉴外来文化资源。而当现代文学走过它的狂飙突进的青春期后，逐渐理性起来，一面继续接受欧风美雨的滋养，另一面也开始注重利用本土深厚的传统资源。对于现代文学在开创时期与在成型后所作的资源选择上的侧重，我们不能不予以关注。本书正是希望通过研究在现代文学走向成熟时期，即20世纪30年代左右，作为孜孜追求文学审美品格、倡导“笑骂由你笑骂，好文章我自为之”① 的京派小说家，如何在小说创作中吸收以老庄为代表的道家哲学美学精髓，在文化表现、人物塑造、美学追求、纯文学理想等方面与道家思想的一脉相承。这不仅是对京派小说研究的深化和补白，同时也能说明现代文学在脱离草创期走向成熟期时段对本土文化的借鉴、认可与接受。

2. 发掘出老庄美学的现代生命力

道家是中国传统哲学、美学的重要资源，在受与授的关系中，是有许多经典话题可以谈论的。老庄美学思想及其影响在中国古典时期研究得非常深入与精准，并且因为古代中国是诗之国度，对老庄美学思想的研究主要体现于诗与词里。相较而言，老庄美学的研究在中国现当代时期就显得比较薄弱，没有得到应有分量的阐述与分析。本书通过细读在现代文学史上深有艺术造诣、代表着“纯文学精神”的京派小说文本，溯源出它们在文学主题与美学表现两大层面上对老庄美学的吸收与创造性转化，表明老庄这一古典美学思想怎样影响现代文学的审美品格并获得了诗学意义上的升华。这种论述视野与研究范围，不仅将老庄美学所影响的文体从古代诗、词扩展到现代小说，而且亦发掘出老庄美学的现代生命力，是老庄的现代美学的新篇章。

3. 为当下的“中国古典美学、古代文论的现代转换”提供个案和启示

传统文化在新中国的命运可谓是“伏伏起起”。在“新时期”以前，它处于被压制地位。1985年以来，文学研究的内转、中国文论的“失语症”、“古代文论的现代转换”的提出以及“国学热”的兴起，使得学界对传统文化逐渐重视起来，认识到传统文化资源在中国现代文化的生成过程中其实一直承担着承前启后的功能，并且是我们民族的学术得以与西方文化对话、交流的重要基点和平台。

① 《骆驼草》1930年5月12日创刊号之发刊词。

发掘“古典美学资源的现代价值”，探讨“古代文论的现代转换”的可能性与可行性，当然不能仅靠理论上的阐释，更具说服力的是提供鲜明具体的个案，以证明古典美学与古代文论确实具有现代价值并且参与到现代文学创作的文艺学、美学建构中。本书即阐述了这一鲜活的个案，它所要呈现的是“老庄这一中国古典美学精神的代表如何通过京派小说的美学表现参与到中国现代文学的建构中来”。这也间接地反映出中国传统文论并没有“失语”，而是一直具有强大的生命力。

第一章

实证研究：京派小说家对道家哲学与美学思想的接受

本章主要探讨本书所论述的五位京派小说家——废名、沈从文、汪曾祺、卢焚和凌叔华在各个方面，如阅读对象的选择、文学观念的形成、作品主题的表达、生活理念的持守等等，对道家哲学和美学思想的接受。并且进一步论述，由于京派小说家对道家哲学和美学思想的接受，这使得他们的创作在“风沙扑面、狼虎成群”（鲁迅语）的中国的20世纪二三十年代呈现出一种独特的审美风采。京派小说的这种独特的审美风采越过中国现代文学史的时空，依然给当下的文学走向呈现出本土化与世界性交融汇合的厚重的思索资源，为当下中国文化建设所力倡的“激活传统文化、彰显现代价值”提供了一份具体而独特的经验和启思。

一、废名

废名的小说多写古朴宁静的乡村，流露出一种安逸祥和之气氛，与鲁迅一脉的乡土小说在审美表现上大为不同，鲁迅他们的主旨是批判，废名的则是赞美与皈依。废名开始写小说是在1922年秋天，成名作是写于1923年8月的《浣衣母》，主人公是接二连三地丧夫失子但生性淡泊、靠为人洗衣为生的李妈。文中有这样一段描写：

傍晚，河的对岸以及宽阔的桥石上，可以看出三五成群的少年，有刚从教师的羁绊下逃脱的，有赶早做完了工作修饰得胜过一切念书相公的。桥下满是偷闲出来洗衣的妇人（倘若以洗衣为职业，那也同别的工作一样是在上午），有带孩子的，让他们坐在沙滩上；有的还很是年轻。一呼一笑，忽上忽下，仿佛是夕阳快要不见了，林鸟更是歌唪得热闹。李妈这时刚从街上回来，坐在门口，很慈悲地张视他们；他们有了这公共的母亲，越发显得活泼而且近于神圣了。姑娘们回家去便是晚了一点，说声李妈也就抵得许多责备了。

一派人与自然融洽合一的乡土风情，而这乡土风情里的“公共的母亲”——李妈，则仿佛是参透了生死的得道之人。1944年，废名回顾自己的文学之路时曾经这样概括其缘起：“只有‘自然’对于我是好的，家在城市，外家在距城二里的乡村，十岁以前，乃合于陶渊明的‘怀良辰以孤往’，而成就了二十年后的文学事业。”他还对作品内容作了一个非常富有诗意的概括：“小桥城外走沙滩，至今尤当画桥看。最喜高低河过堰，一里半路岳家湾。”[①] 可以这样说，自废名开始，“乡土”的真正含义已不仅仅是地域色彩，而在于其中所包含的象征意义——“自然”。正是在这个意义上，废名的乡土小说被称为“乡土抒情小说”。中国的20世纪二三十年代，进化论的思想成为社会思想主潮，从农村到城市，皆以变革图强为第一要务。在这种进化论的社会大语境里，废名却把他的故乡塑造成理想的世外桃源，以怡然自适的心态认同与欣赏原始、朴讷、静谧、封闭的乡村文明。这显然与时代大潮是逆向而行的，一如沈从文所说：“正当‘乡村文学’或‘农民文学’成为一个动人口号时，废名作品，却俨然在另外一个情形下产生存在，与读者不相通。虽然所写的还正是另一时另一处真正的乡村与农民……”[②] 沈从文指出了废名的田园小说与当时社会盛行的“乡村文学”或“农民文学”相较后的独特性。若从世界性的文学视野与眼光来看，废名的这种“向后转”的写作意向应该属于20世纪世界性范围的原始主义文学的范畴。因为，原始主义文学最重要的美学表现就是以“原始之真”批判“文明之伪”。[③]

20世纪的原始主义文学始自西方，继而向世界各国的文学创作蔓延。废名诗意化的田园小说是否是受西方原始主义思潮与创作的影响？不可否认，废名的小说创作确实受到外国文学的影响。他自称：“英国的哈代、艾略特，尤其是莎士比亚，都是我的老师，西班牙的伟大小说《唐吉珂德先生》我也呼吸了它的空气。我从外国文学学会了写小说。”[④] 另外，在其他场合，废名提到的外国作家还有波特莱尔、契诃夫、梭罗古勃和阿左林。废名早年在北京大学外文

---

① 《黄梅初级中学同学录序三篇》，原载1946年11月17日天津《大公报·星期文艺》。

② 沈从文：《由冰心到废名》，《沈从文文集》（第11卷），广州：花城出版社1984年版，第231页。

③ 详见本书第二章第一节。

④ 废名：《废名小说选·序》，北京：人民文学出版社1957年版。

系就读，精研西方文学，故其小说创作始于外国文学的启迪与借鉴是顺理成章的。哈代的小说与艾略特的诗歌具有原始主义特色，废名在借鉴他们时是否也接受了其原始主义倾向呢？刘进才在《京派小说诗学研究》一书中写到，废名受外国作家的影响主要表现在两方面："一是从莎士比亚、哈代及梭罗古勃那里汲取唯美'厌世'的精神，二是从塞万提司、阿左林那里借鉴'涉笔成趣'的写作方式。"① 可见哈代与艾略特作品中的原始主义思想不在废名的接受视野里。当然，作为自然风光的质朴恬静的描绘者，哈代和阿左林他们对废名把小说写成优美的山水意境画还是深有启发的。

废名小说中表现出的以"自然"为中心的质朴的原始主义思想，其渊源应该是本土的老庄哲学与美学。

废名非常喜欢《老子》与《庄子》，烂熟于心。废名有篇散文题为《代大匠斫者必伤其手》，记述他儿时偷拿木匠的大斧子玩，结果自伤其手。这个题目就直接来自《老子》第 74 章的结尾："夫代大匠斫者，希有不伤其手矣。"在自传体小说《莫须有先生传》与《莫须有先生坐飞机以后》中，废名更是大量直接引用或化用《老子》与《庄子》中的话语，随处可见。如由广西师范大学出版社 2003 年出版的《莫须有先生传》的第 14 页中"父兮母兮，天乎人乎，吾思而使尔至于此极者而不可得也"，就来自《庄子·大宗师》的结尾："父邪！母邪！天乎！人乎！……吾思夫使我至此极者而弗得也。"又如该书第 89 页中"汝闻地籁而未闻天籁夫"，这直接来自《庄子·齐物论》中的"汝闻地籁而未闻天籁夫!"再如《莫须有先生坐飞机以后》的第 130 页"中国的老百姓简直不怕死，所谓民不畏死奈何以死畏之"，② 就来自《老子》第 74 章的开头："民不畏死，奈何以死惧之?"又如该书第 231 页中"他说这话时倒很有点像庄周书上的人物，'支离攘臂而游于其间'，很不拘束了"，废名在此用引号表明他对《庄子》原文的熟悉。

废名不仅熟读老庄，又最喜陶渊明，由推崇陶渊明的为人与文

---

① 刘进才：《京派小说诗学研究》，郑州：河南大学出版社 2005 年版，第 208 页。
② 废名：《莫须有先生坐飞机以后》，桂林：广西师范大学出版社 2003 年版，第 130 页。

风以至仿效，说自己“对历史上屈原、杜甫的传统都是看不见了……躲起来写小说乃很像古代的陶潜、李商隐写诗”,[①] 有意为之地追求一种隐逸淡泊之情怀。对于陶源明属道还是属儒，历来就有争论。废名是在庄学的基础上接受陶渊明的。他说：“陶公总算是中人以上，其固穷之节能令顽夫廉懦夫有立志，而其思想还是庄周思想。”[②] 这句话表明废名既深爱庄子，又因为深爱庄子而一并深爱深受庄子影响的陶渊明。此外，废名甚好六朝文章，亦慕魏晋名流潇洒倜傥的诗意人生。六朝审美文化深受老庄之熏染，这都加深了废名的“道缘”。道家哲学主张“人法地，地法天，天法道，道法自然”(《老子》第25章)，强调“人法自然”。废名作品中的主人公都安然恬适，在古老却宜人的大自然里自得其乐地生活着。周作人曾称废名作品有田园风，颇得自然真趣，且文情相生，近于所谓“道”。废名所孜孜赞颂的这种“人法自然”的天人合一的生活理念背后的文化溯源，显然来自他深爱的道家思想。

二、沈从文

沈从文在1930年代初写有《论冯文炳》和《由冰心到废名》两篇评论文章，中心内容都是论述废名的作品（冯文炳即废名。笔者注）。当时已是著名作家的沈从文非常坦率地承认自己受过废名的影响，并指出其原因：“把作者（指废名。笔者注）与现代中国作者风格并列，如一般所承认，最相近的一位，是本论作者自己。一则因为对农村观察相同，一则因为背景地方风俗习惯也相同。”[③] 以沈从文的这番夫子自道为依据，我们可以把沈从文的“农村小说”归入废名的“乡土抒情小说”一脉，因为他们“对农村观察相同”，取的是相同的审美态度，对农村的一切人事怀着无法言说的温暖和

---

① 废名：《废名小说选·序》，北京：人民文学出版社1957年版。

② 废名：《莫须有先生坐飞机以后》，桂林：广西师范大学出版社2003年版，第251页。

③ 沈从文：《论冯文炳》，《沈从文文集》（第11卷），广州：花城出版社1984年版，第100页。

爱意，小说有着共同的美学内容。

沈从文一向自称“乡下人”，这种自称的含义是双重的，既有对故乡认同与热爱的情感层面，又含有沈从文式的反讽——一种有意为之的对都市人生、知识阶级的疏离姿态。沈从文作品中的地域描写主要有两大类：故乡湘西与他所寄居的都市。沈从文认为接受了现代文明熏陶的城里人所拥有的是堕落不堪的人性，只有古朴赤纯的湘西人才具备人性的原真。《柏子》就是写大字不识的沅江水手柏子与卖身妇人一腔热诚的带有原始本能的性爱；而《八骏图》则是揭露八个精英式的大学教授欲泄还掩的卑鄙龌龊的性爱心理。沈从文把他的爱留置在湘西，在他的笔下，湘西的山水纯净幽丽，纤尘不染，生活在其间的子民淳朴真诚，纯任自然。沈从文的“湘西之作”一直被研究界列为“原始主义文学”的代表。在国外，如金介甫的《沈从文笔下的中国社会和中国文化》一书，就谈到了沈从文的人类学观问题。不过，金介甫没有考察沈从文的“原始主义”的道家因缘。国内也一直持这样的看法，如杨义就认为：沈从文“描绘的是一个工业文明的洪水泛滥于全球的时代中，行将失落而未曾失落的古朴的生命绿洲”。① 但是对其渊源所在，则未作细究。

与中国现代文学史上的大家相比，沈从文作为一个著名作家，其身份非常特殊。鲁迅、周作人、郭沫若、郁达夫等都留学东洋，徐志摩、老舍、巴金等都留学西欧，深受东西方文化的影响。而沈从文则是行伍出身，一支描绘人生的生花妙笔，完全靠自学而获。所以，相对而言，沈从文受外国文学思潮与外国作家影响较少。沈从文曾谈及自己所受外国作家的影响，主要有契诃夫、屠格涅夫、福楼拜与莫泊桑。而在西方，对工业文明的批评，就作家而言，自卢梭始，历经叶芝、乔治·桑、劳伦斯、哈代、弗罗斯特、T. S. 艾略特、福克纳等，形成了一股皈依人类宁静自然的原始文化的潮流。这些作家都没有进入沈从文的阅读视野。显然，沈从文文本中形成的乡下/城市、自然/文明的二元对立的审美价值体系，其思想

---

① 杨义：《中国现代文学流派》，《杨义文存》（第4卷），北京：人民出版社1998年版，第317页。

资源不是来自持有同样审美价值判断的西方作家。故此，要对沈从文的“原始主义”美学意义上的小说进行“寻根”，还得反观我们自己的文化传统。事实上，沈从文的这一审美价值观照系统的产生与确立，正是来源于老庄一脉。

同废名一样，沈从文也非常热爱老子与庄子。沈从文在1949年2月完成的《一个人的自白》这篇长文中，明确说到他离开湘西那个小小的环境，来到“有骆驼、学生、京官和议员的北京”前，就已经熟读《老子》和《庄子》，“并消化了它，完全反复消化了它”,① 对老庄哲学与美学甚是服膺。沈从文不但熟读老庄，而且非常喜欢庄子本人，以致在《沉默》一文中以庄子自诩，说自己跟庄子一样，走的是寂寞和冷落之路：“我走了一条近于一般中年人生活内敛以后所走的僻路。寂寞一点，冷落一点，然而同别人一样是‘生存’。或者这种生存从别人看来叫做‘落后’，那无关系。两千年前的庄周，仿佛比当时多少人都落后一点。那些善于辩论的策士，长于杀人的将帅，人早死尽了，到如今，你和我读《秋水》、《马蹄》时，仿佛面前还站有那个落后的衣着敝旧，神气落拓，面貌平常的中年人。”② 又在《长庚》中对庄子的拒绝政治、“宁曳尾泥涂以乐天年”的思想表示认同。正是在这个意义上，赵学勇说：“处在现代社会的沈从文固然不能与庄子同日而语，却可以看到庄子复杂的人格系统对他文化心理潜在的影响。”③ 老庄哲学中的“人法自然”观深化了沈从文对自然与生命的理解，其小说世界中的淳朴、自然的美学风格与道家自然主义理想具有深刻的精神连接。在文论《〈断虹〉引言》中，沈从文明确提出“皈于自然”的命题，表现出追求自然之美与人性之真的道家审美观。所以，从废名到沈从文的以“回归自然”为主题的带有原始主义性质的乡土田园小说，正如

① 沈从文：《一个人的自白》，《沈从文全集》（第27卷），太原：北岳文艺出版社2002年版，第12页。

② 沈从文：《沉默》，《沈从文文集》（第10卷），广州：花城出版社1984年版，第60～61页。

③ 赵学勇：《沈从文与东西方文化》（修订版），兰州：兰州大学出版社2005年版，第71页。

有论者所指出的，其中“固然融汇着哈代、艾略特、莫泊桑、契诃夫等‘多而杂’的外国文学韵味，但它的基本格调植根在中国传统的老庄哲学和陶渊明型的传统文化积淀的沃土里”。①

三、汪曾祺

汪曾祺是沈从文的大弟子，20世纪40年代后期，汪曾祺的所有作品几乎都经沈从文修改后予以发表，被视为京派第三代代表作家。在探源自己作品风格的形成原因时，汪曾祺说：“我是沈从文先生的学生。”又说，废名“实在是一个真正很有特点的作家。他在当时的读者就不是很多，但是他的作品曾经对相当多的三十年代、四十年代的青年作家，至少是北方的青年作家，产生过颇深的影响……我确实受过他的影响，现在还能看得出来。”② 由此我们可以得出结论：废名、沈从文、汪曾祺三人具有明显的师承关系。不同的是，沈从文是通过细读废名的作品深受其影响，而汪曾祺则在西南联大的课堂上直接聆听沈从文的创作经验。汪曾祺显然是因深爱沈从文的文风而去接近废名的作品的，因为他的观念非常明确：“如果你想学习一个作家的风格，最好不要直接学习他本人，还是学习他所师承的前辈。你要认老师，还得先见见太老师。一祖三宗，渊源有自。”③ 废名和沈从文的小说都主要是以自己的家乡为背景，描摹的是“另一时另一处真正的乡村与农民”，颇富道家理想的“小国寡民”之风采，属于20世纪世界范围里的“原始主义文学”。汪曾祺心仪废名和沈从文，文风与内容亦颇具其师之风范。

1949年4月，上海文化生活出版社出版了汪曾祺的《邂逅集》，内收小说八篇，分别为《复仇》、《老鲁》、《艺术家》、《戴车匠》、

---

① 刘增杰、赵福生、杜运通：《中国现代文学思潮研究》，郑州：河南大学出版社1996年版，第253页。

② 汪曾祺：《谈风格》，《汪曾祺文集》（文论卷），南京：江苏文艺出版社1994年版，第55~56页。

③ 汪曾祺：《谈风格》，《汪曾祺文集》（文论卷），南京：江苏文艺出版社1994年版，第57页。

《落魄》、《囚犯》、《鸡鸭名家》和《邂逅》，大多是以作家的故乡江苏高邮为背景，讲述这个还未被现代文明侵犯的地方所存留的醇浓的乡风民俗。此后，汪曾祺几乎没有写小说（除了60年代的三篇以儿童为主人公的小说），直到1980年发表《受戒》。《受戒》文末附有作家的自白："写四十三年前的一个梦。"说明他写的是逝去的"旧社会也不是没有的欢乐"。[①] 这种写作内容与创作意向与作家在40年代的如出一辙。故此，评论家黄子平说，汪曾祺是文学历史"为80年代的小说界'储备'了一支由40年代文学传统培育出来的笔"[②]，意谓汪曾祺虽然经过了当代文学的"27年"，但由于他坚持"写不了就不写"的信念，在"27年"中几乎没有写作，丝毫不受"27年"文风的影响，一出手，还是京派小说的风采，与现代文学史上坚持以文学本体论为主、反对文学近商业与近政治的京派文学观是一以贯通的。

《邂逅集》中的《复仇》这样描述"复仇"：一个少年，秉承母命，手臂上刻了杀父仇人的名字，生命以寻找杀父仇人为唯一目的。历尽岁月的风霜，他终于找到了杀父仇人："和尚的手臂上赫然有三个字，针刺的，涂了蓝的，是他的父亲的名字！"这个杀父仇人一手拿着錾子，一手拿着铁锤，日日夜夜，在开凿一个绝壁。行文至此，汪曾祺写道：

> 剑！他拔剑在手。
> 忽然他相信他的母亲一定已经死了。
> 铿的一声。
> 他的剑落回鞘里。第一朵锈。
> 他看了看脚下，脚下是新开凿的痕迹。在他脚前，摆着另一副锤錾。
> 他俯身，拾起锤錾。和尚稍微往旁边挪过一点，给他腾出地方。

---

① 汪曾祺：《关于〈受戒〉》，《晚翠文谈》，杭州：浙江文艺出版社1988年版，第3页。

② 黄子平：《汪曾祺的意义》，《"灰阑"中的叙述》，上海：上海文艺出版社2001年版，第240页。

两滴眼泪闪在庙里白发的和尚的眼睛里。

有一天，两副錾子同时凿在虚空里。第一线由另一面射进来的光。

学界认为，20世纪40年代汪曾祺的文风一面直承废名、沈从文而来，一面还受了西方现代派的影响。《复仇》就一直作为汪曾祺受西方意识流影响显著的文本而被加以现代主义解读，其实，《复仇》的根基还是在道家。《复仇》开篇就引用了《庄子·达生》中的“复仇者不折镆干。虽有忮心，不怨飘瓦”，明确表示它的思想旨趣是道家的。而且就《复仇》的内容来看，主要描写的是乡村美好安宁之景。正是这安静淳朴的自然之景开启了复仇者的审美心智，使得他们在原始与素朴的大自然里互相忘怀了尘世里种下的仇恨。可以说意识流只是《复仇》的写作技巧，而庄子“天地与我并生，万物与我为一”的溟化一切的审美思想才是汪曾祺要表达的主旨。

《邂逅集》中的《戴车匠》这样描写戴车匠的车床：

当门是一具横放的榉木车床，又大又重，坚硬得无从想象可以用到甚么时候。它本身即代表了永远。那是永远也不会移动的，简直好像从地里长出来的，一个稳定而不表露的生命……这个车床的形貌有些地方看起来不大讲究。有的因材就用，不拘小节，歪着扭着一点就听它歪着扭着一点，不削斲太多以求其平直，然而这无妨于它大体的俨然方正。用了这许多年了，许多不光致斧凿痕迹还摸得出来，可是接榫卡缝处吻投得真紧，真确切，仿佛天生的一个架子，不是一块块拼拢来的。多少年了，不摇，不晃，不走一点样！

在这里，汪曾祺描述的其实不是车床，而是一种生命状态，表达的是作家对生命的自由、原朴与浑全的诗性渴望。这个车床“又大又重”，“本身即代表了永远”，是“一个稳定而不表露的生命”！这种表述与《庄子·逍遥游》中对“大瓠”、“大树”的描述，几乎完全一致，本意皆不在于其物用，而在于其生命的大美之形态，“以为大樽而浮乎江湖”，“树之于无何有之乡，广莫之野，彷徨乎无为其侧，逍遥乎寝卧其下”，放飞生命，逍遥物外，任心而游。至于

“这个车床的形貌有些地方看起来不大讲究。有的因材就用，不拘小节，歪着扭着一点就听它歪着扭着一点，不削斲太多以求其平直，然而这无妨于它大体的俨然方正”，又与庄子“彼至正者，不失其性命之情”（《庄子·骈拇》）的观点同一，关注的是物尽其性，“朴素而天下莫能与之争美”（《庄子·天道》），绝不能“残朴以为器”（《庄子·马蹄》），只有保持生命的浑全与原朴，才合乎“道”。汪曾祺在这里用一张古朴的“因材就用，不拘小节”的车床，用“它本身即代表了永远”的车床，为我们形象化地讲述了什么是老庄之“道”。

拥有这张“稳定而不表露的生命”的车床的主人公是戴车匠。戴车匠在工作间里贴着一副对联：“室雅何须大，花香不在多”。凝练的十个字，实为戴车匠沉静的道家心境的隐喻式表达。汪曾祺在文中说他是“最后的车匠”，字里行间渗透着乡镇间道家的那种顺乎自然、悠闲自在的生活方式为时代挤压而去的惆怅与苍凉。若拿这40年代的《戴车匠》与1980年的《受戒》、1981年的《大淖记事》对照来看，就可明白，汪曾祺一直致力于摹状乡镇间（以他的故乡高邮为原形）具有道家情怀的人和事，认同他们浑全原朴的生命形式，赞美他们淡泊安闲、随顺自然的生活方式。

汪曾祺小说中这份独异的美学表现当然与他对道家的接受有关。汪曾祺说自己对庄子有极大的兴趣，“在中学教书时案头常放的就是《庄子集解》”,[①] 一有空就翻阅。汪曾祺受道家艺术精神影响很深，他说：

> 静，是一种气质，也是一种修养……静是要经过锻炼的，古人叫做“习静”。唐人诗云：“山中习静观朝槿，松下清斋折露葵。”“习静”可能是道家的一种功夫，习于安静确实是生活于扰攘的尘世中人所不易做到的……静是顺乎自然，也是合乎人道的。[②]

---

① 汪曾祺：《自报家门》，《蒲桥集》，北京：作家出版社1991年版，第365页。

② 汪曾祺：《“无事此静坐”》，《汪曾祺：文与画》，济南：山东画报出版社，2005年版，第49页。

道家重“习静”，汪曾祺所认同的“静”，正是道家艺术精神的重要表现。老子说：“致虚极，守静笃，万物并作，吾以观复。”（《老子》第16章）庄子亦说：“万物无足以扰心者，故静也。水静则明烛须眉，平中准，大匠取法焉。水静犹明，而况精神！圣人之心静乎！天地之鉴也，万物之镜也。”（《庄子·天道》）。老庄所强调的，都是要求保持一颗虚静空灵的心，这样才能极万物之真，以致体“道”见“道”。按照徐复观先生的观点，老庄提出的“虚静”，实为一种纯粹的艺术精神。汪曾祺非常认同“虚静”对创作主体的审美心胸形成的重要性，说，“寂寞有助于深思，有助于想象”，“寂寞是一种境界，一种很美的境界”，“寂寞的人是充实的”。[①] 汪曾祺笔下的高邮，也总是那么安安静静的，是“沉默的城”；但是，“看上去一点都不虚乏，不散漫，不寂寞，不无主”（《戴车匠》），静中有动，静中有人，呈现着一种静美的诗境。

然而，汪曾祺在谈到自己所接受的思想资源时，却说“老庄思想的影响，可能有一点”，但“我受影响较深的，还是儒家”。[②] 并且在《我是一个中国人——散步随想》里，汪曾祺明确地说：

> 我是一个中国人。
>
> 中国人必然会接受中国传统思想和文化影响。我接受了什么影响？道家？中国化了的佛家——禅宗？都很少。比较起来，我还是接受儒家的思想多一些。
>
> ……
>
> 我很喜欢《论语·子路曾皙冉有公西华侍坐章》。“暮春者，春服既成，冠者五六人，童子六七人，浴乎沂，风乎舞雩，咏而归。”我以为这是一种很美的生活态度。
>
> 我欣赏孟子的“大人者，不失其赤子之心”。

---

① 汪曾祺：《沈从文的寂寞——浅谈他的散文》，《汪曾祺文集》（文论卷），南京：江苏文艺出版社1994年版，第111页。

② 汪曾祺：《自报家门》，《汪曾祺：文与画》，济南：山东画报出版社，2005年版，第16页。

我认为陶渊明是一个纯正的儒家。“暧暧远人村，依依墟里烟。狗吠深巷中，鸡鸣桑树颠。”我很熟悉这样的充满人的气息的“人境”，我觉得很亲切。

我喜欢这样的诗：“万物静观皆自得，四时佳兴与人同”，“顿觉眼前生意满，须知世上苦人多”。这是蔼然仁者之言。这样的诗人总是想到别人。

汪曾祺所谈及的儒家思想，从儒家和道家的主体倾向来看，其实更近乎道家的主体思想。对于曾点的生活态度：“暮春者，春服既成，冠者五六人，童子六七人，浴乎沂，风乎舞雩，咏而归。”中国古代文学史上有诸多解释，这里仅取朱熹的看法作为代表：“曾点之学，盖有以见夫人欲尽处，天理流行，随处充满，无少欠阙。故其动静之际，从容如此。而其言志，则又不过即其所居之位，乐其日用之常，初无舍己为人之意。而其胸次悠然，直与天地万物，上下同流，各得其所之妙，隐然自见于言外。”（朱熹：《集注》）朱熹是以道德精神的最高境界，亦即是仁的精神状态，来解释曾点在当时所呈现的人生境界。而汪曾祺却是这样来解释的：“曾点的超功利的率性自然的思想是生活境界的美的极致。”① 显然，汪曾祺在此是用他所深受的道家美学的影响来解读“曾点气象”。至于汪曾祺说喜欢《孟子》中的“大人者，不失其赤子之心”，联系到他的作品风格以及作品中诸多的儿童形象，他对这句话的理解应该是取李贽的解释之义：“夫赤子之心，童心也；童心者，真心也。”② 李贽用其《童心说》的观点将孟子的“赤子之心”给予了重新诠释，使其获得了与“童心”、“真心”、“心之初”对等的意义，这也就回到了老子的“含德之厚，比于赤子”（《老子》第18章）中的“赤子”所具有的美学含义。再次，汪曾祺说他喜欢“万物静观皆自得”这句诗，“静观”更是来自道家，这点我们前面已加以分析，不再赘述。至

① 汪曾祺：《自报家门》，《汪曾祺：文与画》，济南：山东画报出版社，2005 年版，第 17 页。

② 转引自许苏民：《李贽的真与奇》，南京：南京出版社 1998 年版，第 213 页。

此，我们可以得出结论说，“汪曾祺的思想是儒道互补的，但道家思想是其主导，是其更厚重的底色”。①

四、卢焚

学界把废名、沈从文、汪曾祺三位作家的文学流派身份定位为“京派”，他们没有任何异议。但是，卢焚自己并不承认他属于“京派”，并且还声称：“在文学上我反对遵从任何流派（我之所以要说出来，因为这大概是我说这种话的第一次也是最末一次），我认为一个人如果从事文学工作，他的任务不在能否增长完成一种流派或方法，一种极平常的我相信任何人都明白的道理，而是利用各种方法完成自己，或者说达成写作目的。”② 严家炎在他1989年出版的专著《中国现代小说流派史》里专门列有“京派小说”一章，也没有将卢焚纳入到该流派里加以评述。

那么，卢焚属不属于“京派”？

“京派”对卢焚的感情是很深厚的。1936年，《大公报》“文艺”副刊举办“大公报文艺奖金”评选活动，评选委员会成员由朱光潜、沈从文、周作人、李健吾、凌叔华、林徽因等组成，都是“京派”作家。在小说方面，他们把“大公报文艺奖金”授予了卢焚于1936年5月出版的短篇小说集《谷》。这说明卢焚的小说创作与“京派”所持守的文学观有着内在的一致性。1937年1月，卢焚的短篇小说集《里门拾记》结集出版后，同年6月，京派批评家刘西渭就发表评论《读〈里门拾记〉》，把卢焚和京派小说的中坚沈从文相提并论，指出他们小说中的相同之处：“沈从文先生和卢焚先生都从事于织绘。他们明了文章的效果，他们用心追求表现的美好。他们尤其晓得文章不是辞藻，而是生活。”③ 1937年3月，卢焚的短

---

① 杨学民：《站在边缘处对话——汪曾祺新论》，北京：中国文联出版社1999年版，第51页。

② 卢焚：《〈马兰〉成书后录》，《文艺杂志》，1943年3月15日。

③ 刘西渭：《读〈里门拾记〉》，1937年6月1日，《文学杂志》第1卷第2期。

篇小说集《落日光》出版。同年8月，京派批评家孟实（朱光潜）发表《〈谷〉和〈落日光〉》说，“论题材，它们的来源大部分是近代文明在侵入而尚未彻底侵入的乡村和乡镇”；在表达方式上，卢焚“爱描写风景人物甚于爱说故事”。[①] 朱光潜所指出的卢焚在小说取材上以及在技巧表达上的特色，实际上都是京派小说的特色。显然，朱光潜是把卢焚的创作引为“京派”同类的。不仅“京派”自己把卢焚纳入同人之列，就是当时的左翼批评家亦持同样的观点，如王任叔就从卢焚的作品风格分析出发得出结论：“是沈从文先生的手臂，长在作者的身上了。”[②]

在当代文学史上，是唐弢在1979年出版的《中国现代文学史（二）》第一次把卢焚与京派作家联系在一起：“三十年代中期，在《大公报·文艺副刊》、《水星》、《骆驼草》等刊物上，陆续出现了一些新人。他们大多是在北平、天津一带求学或者教书的文学青年，有较高的艺术修养，对于作品的艺术形式的探索怀着浓厚的兴趣，相比之下，对于政治和社会现实，最初就不是那么重视了。他们中间，除诗歌和散文方面的何其芳、李广田、卞之琳外，在小说方面，是萧乾。……卢焚（师陀）的创作倾向，也与这些作家相近。”[③] 到了1987年，钱理群主编的《中国现代文学三十年》一书则明确地把卢焚纳入了“京派小说”一节中，只不过对其风格的介绍比较简短，才200字左右。但是，同样由钱理群主编的1998年版的《中国现代文学三十年（修订本）》中，卢焚占的篇幅则增加到了近千字，编者在结论中说，“他的（指卢焚。笔者注）创作基本倾向属于京派”，他的小说同散文“可自然汇入京派的乡土抒情体而毫无愧色”。[④]

---

① 孟实（朱光潜）：《〈谷〉和〈落日光〉》，1937年8月1日，《文学杂志》第1卷第4期。

② 王任叔：《评〈谷〉及其他》，1937年8月1日，《文学》第9卷第2期。

③ 唐弢：《中国现代文学史（二）》（节录），《师陀研究资料》，北京：北京出版社1984年版，第310页。

④ 钱理群主编：《中国现代文学三十年（修订本）》，北京：北京大学出版社1998年版，第245页。

至此，综合现代文学史、当代文学史中的诸多文学批评大家和诸多文学史家的看法，卢焚属于“京派”是毫无疑问的了。但是，卢焚为什么自己声称他不属于“京派”，并且宣告“在文学上我反对遵从任何流派”呢？这也许应该从卢焚独特的艺术个性上寻找原由。京派批评家实际上已经指出了这一点：卢焚“有一颗自觉的心灵，一个不愿与人为伍的艺术的性格，在拼凑，渲染，编织他的景色，作为人物活动的场所”。① 还应该从卢焚多样化的创作风格与创作趋向上寻找原由。如钱理群就认为：卢焚是一个前期具有京派风格，而“40年代趋向‘左倾’”的作家。②

由于卢焚具有上述所说的各种“复杂性”，故此，卢焚在描写乡村时，不像废名、沈从文、汪曾祺三位作家，笔下尽是对乡村的爱意，而是在有些作品中，还存有对乡村的愤怒与批判。但是，卢焚对乡村确有浓厚的柔情与关爱。短篇小说《牧歌》以及短篇小说集《果园城记》里的诸多篇章，都把情感的天平定位于“那个逝去的好年代”——那种平和素朴的乡村生活，那个还未受现代文明侵蚀的乐园般的果园城。在小说集《果园城记》中，尽管卢焚有时也像鲁迅一样在小说中成为一个外来的现代性叙述者而带着批判的眼光，但是，依笔者看来，《果园城记》中最动人的不是作家的启蒙批判，而是对那已逝或将逝的淳朴的人、事、物的无限眷恋。一如朱光潜所说：卢焚“回头看他所丢开的充满着忧喜记忆的旧世界，不能无留恋，因为它具有牧歌风味的幽闲……”③ “牧歌风味”也就是道家的“小国寡民”式风味，正是“原始主义文学”内涵之一。卢焚作品中所具有的“道家”之气，在20世纪30年代就已由“左翼”评论家指出：“喂养着我们的作者的灵魂的血液，却正是几千年来在那封建君主作为工具的孔子教义的压迫下所反拨过来的老庄思想的传统。”在老庄思想的影响下，卢焚“沉溺于想象的巡礼，热爱着原始

① 刘西渭：《读〈里门拾记〉》，1937年6月1日，《文学杂志》第1卷第2期。

② 钱理群主编：《中国现代文学三十年》，上海：上海文艺出版社1987年版，第324页。

③ 孟实（朱光潜）：《〈谷〉和〈落日光〉》，《文学杂志》第1卷第4期，1937年8月1日。

的反抗，有他淳朴可爱的心，却大意地抛撇了时代——时代如同一颗浑圆的珠，任意在手中玩弄，任意抛了出去——没有阶层的仇恨……”① “原始主义文学”把笔触伸向人类的纯真的过去，发掘的是人性的单纯与真诚，以与它暗中放弃的当前时代——浮躁烦嚣、异化功利的时代进行对比，引导人类回归自然，回归本真的自我。“左翼”文学家对卢焚的批评在当时实是对卢焚的巨大不满，而在今天读来，却未尝不是一种超前的赞美。

确实，卢焚写具有“牧歌风味的幽闲”的小说与他对道家思想的接受密切相关。卢焚在《我的创作道路》一文中，谈及自己所受古典文学传统和资源的影响时，说：“我热爱过《庄子》”，“诗歌方面我热爱过李白的诗”。② 李白生活的李唐王朝曾尊老子为玄元皇帝。唐玄宗还封庄子、列子、文子、庚桑子为四真人，《庄子》等书被奉为“真经”；并于开元二十九年又开“四子科”取士，谓之“道举”；又以天子之尊亲注《老子》，颁行天下。道家思潮在初盛唐社会文化发展中享有崇高地位，《老子》、《庄子》是唐士子的必读之书。李白“五岁诵六甲，十岁观百家，轩辕以来，颇得闻矣”（《上安州裴长史书》），这其中当然少不了对道家元典之“闻”。李白在诗中经常引用老庄的著述，如“过此无一事，静谈《秋水篇》”（《赠宣城宇文太守兼呈崔侍御》），“莫持西江水，空许东溟臣”（《赠友人》），语皆出于《庄子》。李白的诗风有很深的庄子之气，如“清水出芙蓉，天然去雕饰”的清、真、自然的诗歌主张，就直承庄子的“天地有大美而不言”的自然全美的美学思想而来。另外，李白又向往“圣代复元古，垂衣贵清真”的至治之世，这也是对老庄“无为而治”的哲学理想的精神上的向往。所以，卢焚喜欢李白和喜欢庄子其实是喜欢同一类型的哲学与美学思想资源。卢焚是河南人，那里是老子、庄子的故乡。地域文化里渗透着浓厚的老庄气息，加上卢焚自身对《庄子》的热爱，我们要寻找卢焚所创造的那个属于古典时代的人类美好的乐园——果园城的精神渊源与文化先

---

① 王任叔：《评〈谷〉及其他》，1937 年 8 月 1 日，《文学》第 9 卷第 2 期。

② 师陀（卢焚）：《我的创作道路》，《河南大学学报》，1985 年第 5 期。

导，是可以清晰地见出道家身影的。事实上，卢焚写有小说《葛天民》，称赞“葛天民”是“葛天氏之民”。“葛天氏之民”就出自道家语汇，意为“远古之民”。深受道家思想影响的陶渊明就在《五柳先生传》的末尾感慨地说：“衔觞赋诗，以乐其志，无怀氏之民欤？葛天氏之民欤？”这都可见出卢焚与道家思想的因缘关系。

五、凌叔华

把凌叔华放在最后来论述其实很不符合学理上的逻辑。

首先，就年龄来说，在本书所涉及的五位京派小说家中，凌叔华最长，按理应该放在最前面来加以论述；其次，从这五位京派小说家发表其各自成名作的年代来看，也不应该把凌叔华放在最后来论述。凌叔华1924年发表其处女作《女儿身世太凄凉》，该文经周作人修改并由周作人推荐发表。1925年1月，凌叔华于《现代评论》上发表其成名作《酒后》，并在该年3月由著名喜剧家丁西林改编成同名独幕剧《酒后》。自此，凌叔华饮誉文坛。而此时，除废名已有一些名篇问世外（如《浣衣母》，如《竹林的故事》等等），沈从文的创作还处于摸索之中，大概要到1929年前后，才走上成熟，获得文坛的承认。至于卢焚和汪曾祺，彼时还未成年。

把凌叔华放在最后来论述的原因，是基于她的作品取材与其他四位京派小说家迥异。废名、沈从文、汪曾祺和卢焚四位作家的小说在题材上有着高度的一致性，大部分都是取材于身后的那个处于偏僻农村的故乡；在美学表现上，也有着高度的同质性，都是对故乡的美丽诉说，表达着对古老田园的诗性怀念。而凌叔华生于北京，长于北京，她不像废名他们，是“进城”后诉说着“离乡”的思念，她一直就在“城内”，她的小说也取材于“城内”。并且，由于凌叔华身世显赫（父亲曾官至直隶布政使），看惯了荣华富贵迎来送往、繁华凋零忧伤落寞，所以，她的小说，从处女作《女儿身世太凄凉》开始，就已显示出她的独特性，一如鲁迅先生所评价的：“凌叔华的小说，却发祥于这一种期刊（指《现代评论》）的，她恰和冯沅君的大胆、敢言不同，大抵很谨慎的，适可而止地描写了旧家庭中婉顺的女性。即使间有出轨之作，那是为了偶受着文酒之风的吹拂，终于也回复了她的故道了。这是好的——使我们看见和冯沅君、黎锦明、川岛、汪静之所描写的绝不相同的人物，也就是世态的一角，高门巨族的精魂。”[①] 鲁迅先生可谓一语中的：凌叔华所写的，主要是“世态的一角，高门巨族的精魂”。这显然与本书所论述的废名等四位京派小说家在取材与文风上完全不同。

鲁迅先生说凌叔华写了“世态的一角，高门巨族的精魂”，主要是指凌叔华发表于1927年之前的作品，如《酒后》、《绣枕》、《花之寺》等，多表现未婚小姐和已婚太太的生活与心境。然则取材于“世态的一角”，描写“高门巨族的精魂”的凌叔华的小说又何以能与超功利的审美的老庄美学取得亲缘关系呢？确实，凌叔华的这部分小说难以从根源上探讨其与老庄美学的任何联系，当然不在本书所论述的范围里。凌叔华在不长的创作生涯中其实具有三副笔墨，一副就是鲁迅先生所说的写了“世态的一角，高门巨族的精魂”的小说，一副是以儿童为主人公的“童心小说”，还有一副则是“意境小说”——“情景交融”的小说。可以这样说，凌叔华的第一副笔墨在1927年左右就结束了。而第二副和第三副笔墨，则大致是在结束第一副后新拓展的。1926年10月，凌叔华发表了她的第一篇以儿童作为主人公的小说《小英》，此后，此类小说源源涌现，直到1930年结集为《小孩》出版，又于1935年改题为《小哥儿俩》出版。作家有自序说：“这本小书先是专打算收集小孩子的作品的。集了九篇，大约自民国十五年起至本年止，差不多近十年的工作了。”[②] 这九篇是：《小哥儿俩》、《搬家》、《小蛤蟆》、《凤凰》、《弟弟》、《小英》、《千代子》、《凯瑟琳》和《生日》。它们旨在从儿童身上寻找尚未被社会异化的童真，建构“童心”式的理想人格。以天真淳朴的儿童作为小说的主人公，通过他们纯真的眼睛表达作家

---

① 鲁迅：《〈小说二集〉导言》，刘运锋：《中国新文学大系导言集　1917—1927》，天津：天津人民出版社2009年版，第88页。

② 凌叔华：《小哥儿俩·自序》，载《小哥儿俩》，上海：上海良友图书公司1935年版。

自己对人世的看法和观念，这是京派小说家的一大创作特色。废名、沈从文、汪曾祺、萧乾、林徽因等都写过不少“童心”小说，但是写得最多的还是凌叔华。严家炎曾经指出：“用童心写出一批温厚而富有暖意的作品，正是凌叔华为京派作出的贡献。”① 也正是在对“童心”的诉求上，我们可以发现凌叔华与道家美学的渊源关系。因为，在中国“童心”说的发展历史上，是道家最先追问：“载营魄抱一，能无离乎？专气致柔，能如婴儿乎？”（《老子》第10章）故此，道家要求“常德不离，复归于婴儿”。（《老子》第28章）在老庄的哲学与美学象征系统里，婴儿就是纯净原朴、自然而然的直接体现。为了源自于道的生命在本体上能够自然而然，自由自在，任性而发，纯任天机，道家提出了“复归于婴儿”这个人类美好的哲学与美学理想。凌叔华曾经在《在文学里的儿童》一文中说：“成人们常想人是愈长大，愈要学坏。于是儿童在一些人心目中成了小天使。”② 这句话可以说明凌叔华为何从塑造“长大了的人”转向为描摹“儿童”的内在原因，因为“长大了的人”已经“学坏”，被这个所谓的文明社会所异化，而“儿童”则处于“专气致柔”的自然状态中，毫无机心，纯任本心，是“小天使”。从作家的自我表白以及作家所孜孜创造的“童心”小说中，我们可以看出凌叔华所接受的道家美学之面影。

凌叔华用英文写的自传体小说《古韵》一书，1953年由伍尔芙夫妇创办的The Hogarth Press予以出版。《古韵》讲述了作家的家庭背景和她青少年时代的思想轨迹。“五四”运动爆发时，凌叔华正在天津河北省立第一女子师范学校读书，与邓颖超同窗，比许广平高一个年级。在《古韵·老师和同学》这章中，凌叔华具体细致地回顾了她在这里遇到的“张先生”③ 送她的《庄子》：

---

① 严家炎：《中国现代小说流派史》，北京：人民文学出版社1989年版，第222页。

② 凌叔华：《在文学里的儿童》，《中国儿女——凌叔华佚作年谱》，上海：上海书店出版社2008年版，第91页。

③ 这位赠凌叔华《庄子》，并带着凌叔华走进道家美学世界的“张先生”，许广平在《像捣乱，不是学习》一文中也提到过，也教过许广平。“张先生”就是张皞如，他还是周恩来的老师。

……张先生非常高兴，第二天送我一本《庄子》，问我是否读过。

“你肯定爱看，在我的学生中，你最有资格看《庄子》。”他说。

他在卷首题了一行字：“这本书会使你的头脑保持清醒，睿智。”这使我备加珍视。

“记着，哪儿读不懂，告诉我。我最爱读《庄子》。你肯定也会越读越着迷。”

我不知是被他的介绍还是书本身迷住，几个月里，我常常每天凌晨四点爬起来读《庄子》。

读完《庄子》，我开始能看清无形无色的美的事物了。我能看见我的白日梦。我常一坐就是几个小时，静思冥想一些以前从未理会过的意念……

《庄子·外物篇》有段文字最令我难忘：“筌者所以在鱼，得鱼而忘筌；蹄者所以在兔，得兔而忘蹄；言者所以在意，得意而忘言。吾安得夫忘言之人而与之言哉!”

我急于找到启开无言思想的钥匙，故而几个小时静坐……

凌叔华叙述了她在青少年时代对《庄子》一书的热爱所达到的迷狂状态。由《庄子》，她学会了“静坐”；由《庄子》，她学会了“静思冥想”；由《庄子》，她能“看清无形无色的美的事物”。把这些合并起来，我们可以看出这正是老子所指出的观“道”之“道程”：“致虚极，守静笃，吾以观复。”（《老子》第16章）也是庄子所指出的通过“坐忘”达到的见“道”：“堕肢体，黜聪明，离形去知，同于大通，此谓坐忘。”（《庄子·大宗师》）

凌叔华不仅是作家，还是画家。在中国古代所有的大画家中，凌叔华最喜欢倪云林；在中国古代所有的大诗人中，凌叔华最喜欢陶渊明。凌叔华认为倪云林的画境与陶渊明的诗味具有共通的契合性，认为他们是“一双同格调不同时代的高人”①，承认自己在小说创作与绘画里都从他们二人获益良多。宗白华在《美学散步》里曾

---

① 凌叔华：《我们怎样看中国画》，《酒后》，北京：东方出版社2004年版，第114页。

把倪云林的画解读为老庄艺术精神的直接承传，而陶渊明也是道家的传人。可以说，通过陶渊明的诗和倪云林的画，凌叔华从诗学角度间接地获得的，依然还是道家的美学底蕴。

正是由于对道家美学的接受，不仅使凌叔华从描写“高门巨族的精魂”转向为塑造天真朴原的儿童，而且，也使得她开始了自己的第三副笔墨——“意境”小说的创作。“意境”最大的特征是情景交融，情中有景，景中蕴情。“意境”小说以写情描景为主，而不以情节取胜。如果说凌叔华的描写了“世态的一角”的小说是以“情节”取胜的话，那么，她1928年发表的《疯了的诗人》，则是既有陶渊明的诗味，又有倪云林的画境，独无一波三折的情节。1931年的小说《倪云林》亦完全可作如是观。京派的“意境”小说的美学渊源亦是老庄的艺术精神，这在本书的第六章有详尽论述，此处不再赘述。

总体上来看，20世纪中国文学的创作都深深渗透了道家美学的影响，但是，其中“道缘”最深的，莫过于京派。京派小说家废名和沈从文都坦言自己对《老子》和《庄子》的热爱。其他如汪曾祺、卢焚、凌叔华虽然仅公开表达了对《庄子》的接受，但由于《庄子》直承《老子》而来，故实质上也包含了对《老子》的接受。即便是京派批评家也深受道家美学的影响。朱光潜就在美学建构中把他所接受的西方直觉主义美学观同庄子相沟通，以至于意大利汉学家沙巴提尼教授认为朱光潜是移西方文化之花接中国文化传统之木，而这个传统之木便是以庄子为代表的道家![①] 废名、沈从文、汪曾祺、卢焚的小说中的牧歌情调、田园情结无不是道家“小国寡民”、“至德之世”的现代投影；而凌叔华所热衷的“童心”叙事又与老庄“复归于婴”的美学理想有着精神上的暗合。其实，京派小说与道家美学的亲缘关系不仅表现在这两方面，还在其他诸多层面都有深刻的源流烙印：京派小说中的人物旷达超脱、淡泊持定，继承的是老庄的“真人”内质；京派小说所表现出来的独特的“意境”，又是直承老庄所开创的“意境”说而来，而且，京派的“小

① 朱光潜：《朱光潜文集》（第1卷），上海：上海文艺出版社1982年版，第20页。

说是回忆”的独特的文学观显然亦是以老庄艺术精神为底蕴的。京派与道家美学的这些渊源关系，本书将在后面的章节一一加以学理上的论述与文本上的细读。道家思想深刻地影响了京派小说审美品格的形成，传统的道家美学精神也在京派那里获得了创造性的拓展。

第二章

京派小说的
“原始主义品质”之“道”缘

综观京派小说，可以看出它在总体上表现出独特的时间意识与独特的文化价值观：偏爱过去时态，把美好的事物定格为逝去的年代。在中国现代文学史上，单篇文章或单个作家反对时间进化论的并不少见，如萧红的《呼兰河传》就可作如是观。但作为一个在20世纪30年代具有巨大影响力的流派，旗下诸多作家不约而同地把目光锁定在逝去的乐园，审美观照对象是平静素朴、淳化宁和的乡村，这应该说是比较罕见的一个文学史现象。这种文学史现象的出现，当然与这个流派对道家的哲学观与美学观的整体接受有极大的关联。

第一节　老子：世界性范围的“原始主义”的滥觞

西方传统文化自古希腊柏拉图、亚里士多德以来，就形成了一个有条有理的模子，一切以理性至上。反映到文学上，则以17世纪法国古典主义为代表，如布瓦洛就说：“愿你的一切文章永远只凭着理性获得价值和光芒。”① 浪漫主义桀骜不羁的思维决定它要冲破这一主宰人类太久的“理性”，因为“浪漫主义从本质上讲目的在于把人的人格从社会习俗和社会道德的束缚中解放出来”。② “浪漫主义运动之父”卢梭，就对人类崇拜理性带来的恶果进行了痛斥：

> 今天更细致的学术研究与更精微的趣味已经把取悦的艺术归结为一套原则了。我们的风尚里流行着一种邪恶而虚伪的共同性，每个人的精神仿佛都是一个模子里铸出来的，礼节不断地强迫着我们，风气又不断地在命令我们；我们不断地遵循着这些习俗，而永远不能遵循自己的天性。我们不敢再表现真正的自己。③

---

① 伍蠡甫、胡经之主编：《西方文艺理论名著选编》（上卷），北京：北京大学出版社1985年版，第182页。

② ［英］罗素著，马元德译：《西方哲学史》（下卷），北京：商务印书馆1982年版，第18章。

③ ［法］卢梭著，何兆武译：《论科学与艺术》，北京：商务印书馆1960年版，第5页。

在批判了以“原则”（即理性）的名义对人类自己的“天性”进行“强迫”以后，卢梭把目光投向那太古时代：“我们想到风化时，就不能不高兴地追怀着太古时代的淳朴景象。那是一幅全然处于自然之手的美丽景色!”① 卢梭认为，在太古时代，由于整个人类全然处于自然之手，既不存在造作的艺术，也不存在造作的语言，人们的一切皆是自然而然的——“我们的风尚是粗犷的，然而却是自然的”。卢梭在此追怀的“处于自然之手”的“太古时代”，就是人类的原始时代。正是在解除文明的束缚重回人类的本真这个意义上，卢梭号召人们“返归自然”，“回到原始生活”。

卢梭这一“返归自然”思想是西方原始主义思潮的滥觞，并已基本确立原始/现代、自然/文明的冲突这一母题。卢梭之后，原始主义思想逐渐在西方思想界中成为一种潮流。克罗齐、柏格森、弗洛伊德、荣格、苏珊·朗格等思想家，都曾对非理性和原始主义给予关注与偏爱，而对理性加以批判。文化人类学方面也呈现同样的情形，维柯的《新科学》，泰勒的《原始文化》，列维—斯特劳斯的《野性的思维》，弗雷泽的《金枝》等，都或显或隐地流露出反思文明、返归原始的情绪倾向。哲学界、思想界与文化人类学界对原始主义与原始社会的共同关注，加之人类文明愈发展，现代人在科技面前成为它的异化对象，变成了马尔库塞所说的“单面人”，使得现代人日益怀有摆脱异化状态回到“人之本真”状态的强烈意识。这诸多因素的汇合，反映到文学创作领域，遂使“原始主义”成为20世纪西方现代主义文学中的一个重要特质。对具有“原始主义”特质的文学，我们可以称之为“原始主义文学”，基本母题是原始与现代、自然与文明的差异和冲突，主要美学特征是以“原始之真”批判“文明之伪”。它是在弥漫着整个西方文化的非理性主义思潮中产生的，并构成其中的一环，表示着一种文化寻根与人类自身寻根的倾向。这种原始倾向在20世纪成为一种广泛的世界性文学现象，即使走向现代化进程的20世纪中国现代文学也不例外，主要表现者就

① ［法］卢梭著，何兆武译：《论科学与艺术》，北京：商务印书馆1960年版，第22页。

是京派小说。

其实，若要对“原始主义”这一哲学上的举措（如上所述，在西方，它的肇始者是卢梭）本身进行寻根，就可发现，它事实上源于中国的老子。18 世纪的法国是一个洋溢着“中国文化热”的国度，狄德罗、伏尔泰、孟德斯鸠、霍尔巴赫等思想巨人都表现出对中国文化极大的研究兴趣。卢梭亦是如此，但他对中国文化是否定的，这在他的《论科学与艺术》一文中得到表明：

在亚洲就有一个广阔无垠的国家，在那里文章得到荣誉就足以获得国家的最高禄位。如果各种科学可以敦风化俗，如果它们能教导人们为祖国而流血，如果它们能鼓舞人们的勇气，那末中国人民就应该是聪明的、自由的而又不可征服的了。然而，如果没有一种邪恶未曾统治过他们，如果没有一种罪行他们不曾熟悉，而且无论是大臣们的见识，还是法律所号称的睿智，还有那个广大帝国的众多居民，都不能保障他们免于愚昧而又粗野的鞑靼人的羁轭的话，那末他们的那些文人学士又有什么用处呢？他们所满载的那些荣誉又能得到什么结果呢？结果不是充斥着奴隶和为非作歹的人们吗？①

卢梭否定中国传统文化的观点是在研究与熟知它的基础上形成的。联系这段话的上下文来看，卢梭之所以否定中国传统文化，是为了证明他的在当时看来属于离经叛道的思想：“我们的灵魂正是随着我们的科学和我们的艺术之臻于完美而越发腐败的。”② 卢梭在 18 世纪中叶提出的这个看法与老子在公元前五百多年于《道德经》里提出的观点如出一辙：“失道而后德，失德而后仁，失仁而后义，失义而后礼。夫礼者，忠信之薄而乱之首。”（《道德经》第 38 章）

事实上，通读卢梭的著作，可以比较明显地看到他所受到的中国思想的影响，尽管卢梭本人并没有明确地说出他的某一思想是来源于中国某类思想的启迪与暗示。据许苏民研究，影响了卢梭的中

① ［法］卢梭著，何兆武译：《论科学与艺术》，北京：商务印书馆 1960 年版，第 9 页。
② ［法］卢梭著，何兆武译：《论科学与艺术》，北京：商务印书馆 1960 年版，第 9 页。

国古代思想，有中国哲学的“良知”说、孟子的人性本善说以及老子的返朴归真说。[①] 从上文的诸多引述可以看出，卢梭的返朴归真思想在《科学和艺术》一文中就有明显表现，后来他又在教育著作《爱弥儿》和小说《新爱洛绮丝》中把这一返朴归真的主张表现得更为系统化。卢梭是如何接触到老子学说的呢？这与卢梭和狄德罗的密切交往有关。1742 年，卢梭到达巴黎，并与狄德罗相识，此后成为至交。这段时间里，狄德罗热爱中国的老子。在中国文化的欧洲旅行中，法国起到了辐射的中心作用。老子在西方的第一个译本，是 1817 年斯坦尼斯拉斯·朱利安翻译的老子法文本。狄德罗对老子的认识显然不是来自这个版本。狄德罗是通过日译老子而熟悉老子学说的。[②] 日本早在七世纪中叶就开始了对老子的研究。卢梭与狄德罗相遇时，由于狄德罗具有系统的学院派知识，而卢梭的学问几乎全靠自学得来，此时二人的学术关系之间，主要是卢梭向狄德罗学习。正是这样，卢梭从狄德罗这里知道了老子。另一方面，卢梭与老子的思想获得共鸣还与他的个性气质具有很大关系。卢梭一生热爱大自然，憎恨当时的上流社会，这使得他在接触老子“人法自然”思想后颇有知音之感。正如罗曼·罗兰指出的：“自然渗透他整个生命……这在他较晚的生活中显得特别明了，且使他和东方的大神秘主义者呈现异样相似之点”，“他比任何西方人更能体会东方意义的完备的狂喜。”[③] 罗曼·罗兰所说的“东方的大神秘主义者”就是老子。这也可以辅证卢梭的原始主义思想（即返朴归真思想）在根本上来源于他对老子思想的接受与研究。

何兆武翻译的《论科学与艺术》的“译者序言”中说：

关于这篇论文的写作，卢梭自己在《忏悔录》中有过记载，其大致经过如下：1749 年盛夏，卢梭由文桑尼（Vincennes）去巴黎访

---

① 许苏民：《比较文化研究史》，昆明：云南人民出版社 1992 年版，第 157 页。

② 许苏民：《比较文化研究史》，昆明：云南人民出版社 1992 年版，第 164 页。

③［法］罗曼·罗兰：《卢梭评传》第 28 页，转引自许苏民：《比较文化研究史》，昆明：云南人民出版社 1992 年版，第 157～158 页。

问他的好朋友、百科全书派的领袖狄德罗（1713—1784），途中小憩，偶然翻阅一份《法兰西信使报》（Mercure de France），看到上面载有第戎学院如上的征文题目，一时有感，遂构成了这篇论文的论点。卢梭见到狄德罗之后，谈起此事，得到了狄德罗的鼓励。论文写成之后，曾交狄德罗阅读，狄德罗甚感兴趣，还提出了一些修改意见。①

《论科学与艺术》中的诸多观点与《道德经》中的很接近，如果在《论科学与艺术》出版后，再把《道德经》译成法文，署名卢梭，几乎不会引起人们的怀疑。汤用彤先生治学向来注重疏寻往古思想之脉络，在学术的发展上坚信渐进论，认为："文化学术虽异代不同，然其因革推移，悉由渐进。"② 按照汤用彤先生的"学术发展渐近论"，我们完全有理由推测，卢梭看到第戎学院的征文题目后的突然"一时有感"，思如泉涌，应该不是空穴来风，而是平时他所接受和研究的《道德经》在此顿时照亮了他的"异端"思想。由于狄德罗对《道德经》的接受，所以他也能接受卢梭在《论科学与艺术》中所阐述的在当时常人看来是离奇的思想，并对该文提出修改意见。

老子是中国历史上第一个反思人类文明的人："老子是中国历史上对人类文明进行认真反思的第一人，他深刻地揭示了人类文明的负面影响，极力抨击了文明的异化现象，是我国历史上反对文明异化的第一人。"③ 老子说"人法地，地法天，天法道，道法自然"（《道德经》第25章），力倡"人法自然"。一旦人"不法自然"，却要加以后天的文明教化，其结果就是："大道废，有仁义；六亲不和，有孝慈；国家昏乱，有忠臣。"（《道德经》第18章）所以，老子要求"绝智弃辩……绝伪弃诈……绝巧弃利"，只有经过这番对文

① ［法］卢梭著，何兆武译：《论科学与艺术》，北京：商务印书馆1960年版，序言。
② 汤用彤撰，汤一介等导读：《魏晋玄学论稿》，上海：上海古籍出版社2001年版，第23页。
③ 许抗生：《老子哲学的现代价值》，《北京行政学院学报》，2006年第5期。

明与教化的“绝”和“弃”后，人类最终才能重新回复到“见素抱朴，少私寡欲”（《老子》第19章）的纯任自然状态。老子出生于公元前5世纪，卢梭出生于公元18世纪。老子是中国历史上第一个反思人类文明的人，若从人类思想发展史的角度来看，无疑，老子也是世界历史上第一个反思人类文明的人。

所以，这样的结论应该不为错：20世纪世界范围里的原始主义思潮以及原始主义文学的根源，虽然学界认为始发自西方的卢梭，但是由于卢梭可能接受到老子的影响，所以其最初的滥觞，还是中国老子的返朴归真思想。

需要指出的是，尽管我们认为卢梭在西方首倡“返归自然”的文化学术根源是中国的《老子》，但是，我们也不应该忽略卢梭在力倡回复自然、反对矫饰的文明这方面的独特建树。在世界性范围里的原始主义思想、思潮以及原始主义文学的产生、弥漫、发散这个轨迹里，卢梭实为里程碑式的人物，我们不能因为他与《道德经》的承续关系而遮蔽了他的巨大身影。

第二节　京派小说的时间观、文化价值观与老庄的“退化史观”

“原始主义文学”的基本母题是原始与现代、自然与文明的差异和冲突，主要美学特征是以“原始之真”批判“文明之伪”。在这节以及下一节里，我们主要探讨废名、沈从文、汪曾祺、卢焚四位京派小说家所写的具有“原始主义”特质的小说与道家的“原始主义”思想之间的渊源关系。

一、中国现代文学史：“历史进化的文学观念”

达尔文的“进化论”这一自然科学领域的概念，经1898年严复编译的《天演论》的有意误译与有目的的创造性阐释，在要求变革图强的古老中国产生了巨大的反响。严复把达尔文生物进化的规律转化为宇宙万物进化的普遍法则，使进化论成为求新求变的中国人的强有力的思想变革武器。“五四”期间，为适应当时狂飙突进的时代气氛，胡适把进化论引入文学领域，提出“历史进化的文学观念”，[①] 把它作为清算整理旧文学、张扬文学革命的理论基础（梁启超、刘师培等都曾运用进化论来论述中国文学史的发展轨道）。陈独秀亦于 1915 年发表《现代欧洲文艺史谭》，采用进化论的观点来考察欧洲文学史，认为欧洲文学已历经古典主义、理想主义、写实主义和自然主义阶段。以此为参照，他指出国内文学现状及日后发展方向：“吾国文艺犹在古典主义、理想主义时代，今后当趋向写实主义。”[②] 陈独秀的文学观就是标准的进化论式，认为文学以线性方向朝着预期目标发展。在这股强劲的斯宾塞社会达尔文主义思潮的笼罩下，20 世纪的中国知识分子普遍持守“破旧立新”、“弃旧图新”的思维模式，否定传统，希冀未来。在时间观念上，进化论支持线性发展的时间观，把本是无意识的“自然无为”的时间，硬性地加上了强大的社会、文化价值期待：随着时间的不停向前，社会从一个一个低级形态向高级形态发展，直到进入人类最美好的天下大同式的共产主义社会；文化的发展亦被预设了更神圣更庄严的价值：随着时间的飞驰，更辉煌更美好的人类成就一定会一个接一个地涌现。这种进化论的社会思潮与时间观极大地影响了“五四”以后的知识分子，他们“在过去、现在与未来的时间链条上，注入新与旧、光明与黑暗的价值期待，过去与‘旧’、‘黑暗’之间互相指涉，而‘未来’的时间则往往是‘新’与‘光明’的表达”。[③] 反映到文学创作与文学理论观念上，则是不能冷静地审视、借鉴各种文学潮流，既不断地接受西方“最新”的文学思想，又不断地以“更新”的来对其给予否定：用浪漫主义批判古典主义，用现实主义批判浪漫主

---

① 陈平原：《胡适的文学史研究》，王瑶主编：《中国文学研究现代化进程》，北京：北京大学出版社 1996 年版，第 235 页。

② 陈独秀：《答张永言》，《青年杂志》1 卷 4 号，1915 年 12 月。

③ 刘进才：《京派小说诗学研究》，郑州：河南大学出版社 2005 年版，第 41 ~42 页。

义，用现代主义批判现实主义，最后，用无产阶级文学否定一切西方文艺思潮。至于本土的古典文学则是统一为打倒之列，传统就是过气的代名词，孔孟被目为千古罪人，“桐城”为谬种，“选学”为妖孽，新的白话文则是中国文学发展的全新天地。

但是，在一片欢呼进化论的时代大潮里，也一直存有反对进化论的声音。在理论界，章太炎于1908年发表于《民报》第25号的《四惑论》，就是对进化论进行清算式的否定的文章。章太炎批判“进化论”的理论前提是对个体独异性的推崇，而这份思想资源来源于他所服膺的庄子哲学。在文学创作界，京派小说没有加入这一全社会性的进化观的大合唱。它的代表作家废名就旗帜鲜明地反对进化论。废名质疑道：“什么叫做进化呢？你们为什么不从道德说话而从耳目见闻呢？你们敢说你们的道德高于孔夫子吗？高于释迦吗？如果道德不足算，要夸耳目见闻，要夸知识，须知世界的大乱便根源于此了，知识只不过使得杀人的武器更加厉害而已。进化论是现代战争之源，而世人不知。”①

废名竟把中国知识分子视作变革图强的精神法宝与实践指导的进化论看作是“现代战争之源”，这种思维方式在20世纪30年代是非常另类的。京派里不仅仅是废名反对进化论，其他同人亦是如此。众所周知，沈从文就是一位坚定地反对历史进化论的京派作家。是何种文化价值观或曰文学理想导致京派竟会逆社会主潮而行？京派反进化论的美学目的焉在？京派反进化论的思想资源渊源于何？如果要对废名的“要夸知识，须知世界的大乱便根源于此”这个观点进行溯源，可知它实承《老子》、《庄子》而来。老子认为“智慧出，有大伪”（《老子》第18章），故要求“绝圣弃智”（《老子》第19章），提倡“常使民无知无欲”（《老子》第3章）。庄子认为“天下皆知求其所不知而不知求其所已知者……是以大乱”。（《庄子·胠箧》）很明显，废名的反进化论思想，其哲学基础是道家的。扩而言之，京派反进化论的最根本的思想资源，乃是道家的时间观与文化价值观。可见，无论是思想界还是文学界，道家思想都是中

① 废名：《莫须有先生坐飞机以后》，桂林：广西师范大学出版社2003年版，第345页。

国反进化论者的主要思想资源。

二、老庄:“逮德下衰……德又下衰……德又下衰”

在老子的哲学体系里，“道”是最高的哲学范畴，故老子说“人法地，地法天，天法道，道法自然”(《老子》第25章)。这里的“道法自然”并不是指道以外还另有一个“自然”，而是说道本身就是自然的。[①]世间的一切能够自然而然，就会无为而无不为。具体到社会的发展来说，老子认为“我无为而民自化”(《老子》第57章)，自然无为所造就的是一个其乐融融的“小国寡民”的社会。然而，人类的机心却要破坏这一自然之道，“朴散则为器”(《老子》第28章)，导致奇态百出奇技百生，人类社会最初的和谐朴纯丧失殆尽。儒家所提倡的仁义礼智等道德行为在老子看来都是越救越乱、助纣为虐的表现，是“器”而已。老子从对“道”的拥有与失去出发，站在历史的源头指出:

失道而后德，失德而后仁，失仁而后义，失义而后礼。夫礼者，忠信之薄，而乱之首。(《老子》第38章)

在老子看来，“道”失后，天下就从浑全走向四散了。对于人类社会的发展历史，老子持退化的历史观，把它描述为一部一代不如一代、自然之性不停地失去、人为的机心伪性越来越严重的社会发展史。在老子看来，随着时间的飞奔向前，人类社会的生活不是越来越自然，而是越来越脱离人类自身的美好原性而进入到一个“他者”(“仁、义、礼”相对于“道”来说显然是压榨自然人性的一种“他者”的力量)统治的世界。

老子的这种退化的历史哲学观在《老子》中是一以贯之的。在第17章里，老子感叹道:“太上，不知有之；其次，亲而誉之；其

---

① 如河上公注:“‘道’性自然，无所法也。”见陈鼓应:《老子今注今译》，北京:商务印书馆2003年版，第173页。

次，畏之；其下，侮之。”在此，老子用“太上”、“其次”、“其次”、“其下”这四个表示价值等级的概念描述了他所认为的一幅人类社会每况愈下的历史退化图。在老子看来，人类在“法道”的阶段（也就是“太上”时期，这是“天人合一”的阶段）是人类历史上最和谐自然的时期，随着社会向前发展，文明的手段愈用愈多，人类离“道”反而愈来愈远，整个人类社会进入了万劫不复的道德处境与生存处境。

庄子继承与发展了老子对人类社会发展历史所持的退化观态度，在《庄子》全书里明显贯穿着“一代不如一代”的历史观。在《应帝王》里，庄子说：“有虞氏不及泰氏。有虞氏，其犹藏仁以要人；亦得人矣，而未始出于非人。泰氏，其卧徐徐，其觉于于，一以己为马，一以己为牛；其知情信，其德甚真，而未始入于非人”。“有虞氏”指舜帝，“泰氏”指“上古帝王”或曰“无名之君”。很明显，庄子此段的主题直承老子的“太上，不知有之……其下，侮之”而来，都对仁义未实施以前的远古自然之世给予倾心，而对“有虞氏招仁义以扰天下也，天下莫不奔命于仁义，是非以仁义易其性与”（《骈拇》）的人为的道德之治表示失望与拒绝，将之放置于社会退化之列。如果说老子从人类美好原性的拥有与失去这一角度出发，用精粹的哲学语言表达了他的退化的人类历史发展观；而庄子，则是用文学性和哲理性兼而有之的语言表达了他对“道术将为天下裂”后的相同的人类社会历史发展之退化观：

古之人，在混芒之中，与一世而得澹漠焉。当是时也，阴阳和静，鬼神不扰，四时得节，万物不伤，群生不夭，人虽有知，无所用之，此之谓至一。当是时也，莫之为而常自然。

逮德下衰，及燧人、伏羲始为天下，是故顺而不一。德又下衰，及神农、黄帝始为天下，是故安而不顺。德又下衰，及唐、虞始为天下，兴治化之流，浇淳散朴，离道以善，险德以行，然后去性而从于心。心与心识知，而不足以定天下，然后附之以文、益之以博。文灭质，博溺心，然后民始惑乱，无以反其性情而复其初。（《庄子·缮性》）

这里连续出现的“逮德下衰”与“德又下衰”，正是庄子对“古之人”浑整、至一的天地境界日渐分崩离析而导致“无以反其性情而复其初”（《庄子·缮性》）的历史哀叹！在庄子看来，人类社会的历史发展就是对“莫之为而常自然”（《庄子·缮性》）的背弃，是对人类初始之淳朴性情的渐行渐远，是一部“道”不断“隐”（《庄子·齐物论》云：“道隐于小成，言隐于荣华。”）、“德”不断“下衰”的历史。[①]

道家的始祖老子与庄子都认为，社会历史的发展实质上是对人类美好原性的剥离与疏散。老庄所理想的时代是得“道”的时代，那时人类处于“混芒”与“鸿蒙”之中，浑朴未分，天真未凿，“端正而不知以为义，相爱而不知以为仁，实而不知以为忠，当而不知以为信”（《庄子·天地》），一切是“恒德乃足，复归于朴”（《老子》第25章）！

老子从对“道”的拥有与失去出发的退化史观不仅在庄子那里获得了长足的发展，在魏晋时期同样如此。阮籍的《通老论》就是对老子的这一退化史观的阐述：

> 圣人明于天人之理，达于自然之分，通于治化之理，审于大慎之训。故君臣垂拱，完太素之朴；百姓熙怡，保性命之和。道者，法自然而为化，侯王能守之，万物将自化。《易》谓之太极，《春秋》谓之元，老子谓之道。三皇依道，五帝仗德，三王施仁，五霸行义，强国任智，盖优劣之异，薄厚之降也。[②]

阮籍认为，用老子之“道”来审视人类社会的历史进程和历代帝王的治国方略，则可见出它们距离老子的“法自然而为化”的“道”越来越远，沿着道→德→仁→义→智的阶梯一级一级下滑，一代不如一代，是明显的“薄厚之降”。

---

① 参见刘绍瑾：《复古与复元古》，北京：中国社会科学出版社2001年版，第19页。

② 阮籍：《通老论》，转引自陆建华、程宇宏、夏当英：《道家与中国哲学·魏晋南北朝卷》，北京：人民出版社2004年版，第84页。

也许我们在此有必要阐述一下儒家的社会历史观。孔子所置身的社会与老子一样，都是道德失范、一切价值有待重估的历史大情势。孔子对当时的社会世态亦非常不满。然而，正如徐复观先生所认为的：“儒道两家的基本动机，虽然同是出于忧患意识，不过儒家是面对忧患而要求加以救济，道家则是面对忧患而要求得到解脱。”① 与道家转向自然无为不同，孔子一生都致力于社会秩序的恢复与礼乐文明的重建。在孔子看来，要获得这样的社会效果与历史成就，关键就在于人的教化与培养。《论语·为政》中，孔子说“道之以政，齐之以刑，民免而无耻”；只有“道之以德，齐之以礼”，才能使民“有耻且格”。因此，孔子特别重视对人的教化，而这正是道家所鄙弃的。老子说“绝仁弃义，民复孝慈”（《老子》第19章），根本就是要否定儒家的这一套教化手段。在道家看来，人类历史的“初始之完美”就是人类的“莫之为而常自然”，反对一切文明的附加，视越离人类自然本性的发展而被仁义道德所充斥的社会历史为退化、“失”的历史。儒家汲汲于社会秩序的恢复与礼乐文明的重建，其实质还是认为人类社会的发展可以通过外力的作用（如教化）达到更美好的阶段与道德更高尚的时代。这又何尝不是一种时间上与文化上的进化论心态呢？孔子一向醉心于“兴于诗，立于礼，成于乐”（《论语·泰伯》）的人生发展方式，他自道“十五志学，三十而立，四十不惑，五十知天命，六十耳顺，七十则从心所欲不踰矩”（《论语·为政》），这都可见出儒家在个人人生设计上的“进化论”轨迹，用现代小说人物理论来看，儒家所理想的人物是一种“圆形人物”，希望个人通过“为学日益”的手段处于不停的丰富之中。道家在个体人格上所要求的则是“为道日损”、“全真保性”、“复归于婴儿”，始终保持淳朴浑厚的原性。这与福斯特所谓的“扁平人物”很类似。② 从道家对个体自我人生走向的这种希冀里，我们也可见出其退化史观的清晰烙痕。

---

① 徐复观：《中国艺术精神》，上海：华东师范大学出版社2001年版，第80页。

② ［英］E. M. 福斯特著，朱乃长译：《小说面面观》，北京：中国对外翻译出版公司2002年版，第175页。

三、京派："历史还正在倒退"

像老庄把人类历史的发展（即"文"化）视为一部对原始朴真人性不停歇地"灭"与"溺"的退化史，而把其理想时代寄于文明前的浑朴未分的得"道"时代，把其理想子民描述为"其行填填，其视颠颠"（《庄子·马蹄》），"如婴儿之未孩"（《老子》第20章）一样，京派小说家亦在其文本中反复表达了"旧"和"常"的时间观与文化价值观，描述了在自然状态的时光飞逝之中依然保持着原性之美的人物。

在《桥》里，废名直接谈到了他的诗性化的时间观："春天无今昔。我们不能在这里栽一棵树，那里伐一棵树归到春天的改变。"在此，"春天"显然是一个自然的富有诗性的时间观的指代。生机勃勃的春天万古皆然，并不因人事、时代、社会的更替而发生任何质的改变。废名把这一在人类历史发展进程中的本体论上的时间观表现在小说里，就演绎为人、事在时间河流里依然"前度刘郎今又来"，没有价值上的新旧、高下之分，只有人事自然的交替代谢。在《莫须有先生坐飞机以后》里，废名写道："你能说这个黑暗从什么时候起吗？光明从什么时候起吗？……而世人则以'生'为起点，正如看见阳光，于是说今天早晨六点钟时候太阳出来了！这话是多么不符合事实。"废名对时间的追索一直追溯到时间之起始而未有解，从侧面击破了进化的时间观的神话，指明那不过是一种人为的价值设置罢了。废名在此对时间的追问模式（"黑暗"与"光明"正象征着夜与昼的交替），来源于庄子对宇宙的追问："有始也者，有未始有始也者，有未始有夫未始有始也者。有有也者，有无也者，有未始有无也者，有未始有夫未始有无也者。"（《庄子·齐物论》）二者都是通过对终极的追问来消解世俗社会的人为的价值预设，表现出一种对时间与社会价值意义的自然观："无适焉，因是已！"（《庄子·齐物论》）

废名的自然时间观表现在小说里，就是人、事亦如春天一样，在时间之流里保持着美好的原质原性，并不发生任何改变。《桥》

里，故事时间跨越了十年。下篇开篇写道：“在读者的眼前，这同以前所写的只隔着一页的空白，这个空白实代表了十年的光阴。”在进化论者的小说里，十年时间的流逝必然会带来新的变化，或好或坏（鲁迅的《故乡》就对过去给以怀念，对现在加以批判，对未来寄予希望）。而对废名的主人公小林来说，虽然身体长成了成人模样，心思依然还是儿童的淳朴无知：“你怎么还是这个样子，小林？不懂得事！”不仅在旁人的眼里小林没有任何改变，就是旁人在小林的感觉里也是如十年前一样：“三哑叔还是三哑叔，同当年并没有什么分别！他记起他第一次看见三哑叔，三哑叔就是张那么大的嘴。在他所最有关系的人当中，他想——史家奶奶也还是那样！”《菱荡》也是这样。陈聋子在菱荡旁边种了十几年的菜，他就是菱荡一个永恒的象征，像永远绿意盈盈的菱荡一样，永不会老去消失，遇事永远只是带着一个地老天荒般玄妙的微笑。废名是在现代化大潮里写他的古老乡村之“现在美”的。他的乡土中国根本没有受到现代文明的影响，或者说根本就没有受到现代化进程的影响。在废名的视野里，它永远是那样纯洁可爱。小林在一个沙漠般的地方呆了十年再回到史家庄，发现史家庄的一切一如从前，丝毫没变。这其实是废名自己的“春天无今昔”的自然时间观里人、事保持诗性本质的体现。把废名的乡村小说置于中国现代化的发生、发展这一时代态势下加以观照，不难见出他的时间观实质上是向往昔日的，他的文化价值取向在于那被进化论所批判、被“革命文学”所痛斥的宁静安详和古风犹存的宗法制农村。

不同于废名对时间的看法所采取的温和表达方式，沈从文则直白地说：“我们原来还是生活在中古时代，而且历史还正在倒退，使人对于中国明日的一切，有点茫然了。历史如果像一个环，那么，再过十年，倒回来的是个什么世界？”[①] 明确表达出他对历史进化论的怀疑，对历史持退化观。在《泸溪·湘市·浦子岩》里，沈从文又表达了对凡俗人生之历史的思考：“这些人根本上又似乎与历史进

① 沈从文：《尽责》，《沈从文文集》（第12卷），广州：花城出版社1984年版，第345页。

展毫无关系。从他们应付生存的方法与排泄感情的娱乐方式来看，竟好像今古相同，不分彼此。”[①] 在沈从文看来，进化论的带有美好前途的时间观只不过是某个时代知识精英一相情愿的看法罢了，对于普通的芸芸众生来说，历史（时间）的流逝其实与他们无关，他们只是守着自己的生存方式，平静又坚韧地应付着属于自己分内的哀和乐、常和变。

沈从文是少数民族作家，他的退化时间观很大程度上可以说是在苗民文化和汉文化的异质语境里碰撞形成的。这可以用英国文化研究的奠基人雷蒙·威廉斯的“感觉的结构”来说明。威廉斯认为，某一文化的成员对其生活方式必然有一种独特的经验，这种独特的经验是不可取代的，他称这种为某一独特的文化圈中的人群所共同拥有的经验为“感觉的结构”。[②] 在中国现代文学史上，沈从文即使不是唯一的、也是罕见的具有自觉少数民族意识的作家。根据威廉斯的观点，我们把沈从文与现代文学史上的其他作家相较，可以看出，属于沈从文个体的“感觉的结构”，与鲁迅、茅盾等人的是不同的：沈从文身上流有苗族血液，出身于苗民文化经验圈，熟知苗民的人情风俗，拥有一个先天的属于苗族文化的“感觉的结构”；在他成长的过程里，又必然不断地接受汉文化的影响，所以，他还拥有一个后天的属于汉文化的“感觉的结构”。而鲁迅他们天生就是汉族作家，直上直下地形成的，只是产生于汉族文化的“感觉的结构”，没有两种民族文化经验转化碰撞所形成的精神上的震荡。至此，我们可以得出结论说：由于沈从文自幼所拥有的是属于苗民文化经验的“感觉的结构”，对苗民文化的率性、朴真、粗犷、真诚有一种深刻的了解与认同；成年后接触到与之异质的汉文化，而进入他视野的汉文化又主要是都市人生的矫揉造作与虚伪颓废，两厢对照，使得沈从文扼腕长叹，认为后者是营养不良，反映与标志着一个民族

---

① 沈从文：《泸溪·湘市·浦子岩》，《沈从文文集》（第9卷），广州：花城出版社1984年版，第375页。

② ［英］雷蒙·威廉斯：《文化分析》，刘象愚、罗钢主编：《文化研究读本》，北京：中国社会科学出版社2000年版，第132页。

的堕落。苗族文化为何能更淳朴真诚呢？湘西地处偏远，苗民居多，汉族统治力量相对来说鞭长莫及，又少受工业文明的影响，故地方清静无为，人性原始淳朴。这个被现代文明所遗忘的角落，在某种程度上简直就是老子的“小国寡民”、庄子的“至德之世”的重现。所以，沈从文的退化时间观反映到小说文本中，绝大部分便是以湘西的淳朴美好来反衬汉文化的腐化堕落，或者干脆就是直接在文本中表现出来。如他的《媚金、豹子与那羊》一文极力描摹湘西原始本真的爱情，在对媚金与豹子的坚贞与豪爽之爱极尽赞美之词时，作家突然插进一段议论：

地方的好习惯是消灭了，民族的热情是下降了，女人也慢慢的像中国女人，把爱情移到牛羊金银虚名虚事上来了，爱情的地位显然是已经堕落，美的歌声与美的身体同样被其他物质战胜成为无用东西了。

这里的评价，很明显是将处于过去时态的苗民注重精神之纯洁赤诚的风尚与处于现在时态的汉族注重金钱利益的虚伪堕落的文化进行对比。“女人也慢慢的像中国女人……”的意思，其实就是庄子的“中国之人，陋于人心而知礼仪”（《庄子·田子方》）这一观点的现代表达。庄子所谓的“人心”，是指人的真实生命与本性的自然表现。相对于“人心”而言，“礼仪”就是人为的造作。“中国”就是中原之国，在庄子时代正是儒家文化与礼义极其发达的地域。沈从文的“女人也慢慢的像中国女人……”之意，我们可以解读为在成熟发达的汉文化影响下所形成的“陋于人心而知礼仪”这一对人类自然本性的违背。显然，作家的审美情感放在了“进化的文明”还没有到达的、处于边缘地带的湘西这一“原始的乡村”。

在《龙珠》里，沈从文用一切美丽的文字来摹状郎家苗人龙珠的健康俊美与勇敢热忱。故事进程中，作家突然又发议论了：

女人们对于恋爱不能发狂，不能超越一切利害去追求，不能选她顶欢喜的一个人，不论是什么种族，这种族都近于无用，很像汉人，也很明显了。

成熟而近于虚伪的汉文化总是沈从文不忘揶揄的对象。这里分明有着老子的回响："大道废有仁义。"（《老子》第18章）朴真诚实只属于那近于未开化的混沌浑全之苗民，汉族则因为过度的"文"化而具有"巧"与"学"的性质，是"无用"的了，属于老子的"绝巧"（《老子》第19章）、"绝学"（《老子》第20章）之列。汉文化返朴还淳的对象在沈从文看来，就是苗民的"优美、健康、自然而又不悖于人性的人生形式"。[①]

卢焚的小说集《果园城记》1938年开始创作，完成于1946年，几乎贯穿整个抗日战争时期，却没有此时期文学作品特有的抗战必胜的民族共有的时代进化论的心理轨迹，而是描写一个乐园如何在现代文明的入侵下变成了一个废园，表达对诗性乡土中国的怀念。诸多论者都认为，《果园城记》的主题可用"物是人非"来概括，这里的"物是"就包括了"时间的是"。刘进才就指出"师陀主要通过相同场景的描绘反复渲染而显示出时间的凝固"，认为《果园城记》主要表达了芦焚的"沉滞的时间观"。[②] 在笔者看来，对"物是"这个能指需要很小心地在"人非"的前提下辨别出其不同内涵，因为在"人非"的前提下，即使依然还是"物是"，这个"物"也早已带上观者不同的情绪感觉与价值判断了。表现在《果园城记》里的时间，其实主要还是一种退化的时间观，而不是"沉滞的时间观"：果城一切的过去是乐园，现在的一切是废园。在《果园城记》的开篇《果园城》里，作家用温馨的笔触回忆着往昔的果园城：

我熟悉这城里的每一口井，每一条街巷，每一棵树木。它的任何一条街没有两里半长，在任何一条街岸上你总能看见狗正卧着打鼾，它们是决不会叫唤的，即使用脚去踢也不；你总能看见猪横过

① 沈从文：《从文小说习作选·代序》，《沈从文全集》（第9卷），太原：北岳文艺出版社2002年版，第5页。

② 刘进才：《京派小说诗学研究》，郑州：河南大学出版社2005年版，第58页。

大路，即使在衙门前面也决不会例外。它们低看头，哼哼唧唧的吟哦着，悠然摇动尾巴。在每家人家门口——此外你还看见——坐着女人，头发用铇花水抿得光光亮亮，梳成圆髻。她们正亲密的同自己的邻人谈话，一个夏天又一个夏天，一年接着一年，永没有谈完过。

狗悠闲，猪悠然，女人干净整洁又和睦邻里。作家对记忆中的果园城的爱怜漫溢于字里行间。

不错，作家七年后亲临现实的果园城后，他看到的确是不变的风景：

一进果园城西门，我们的视线顺着宽广的，时时走过猪或狗的，浮土很深的，永远很深的西门大街。(《城主》)

最后他走上市街，在街上，仍旧是尘土，仍旧是狗和猪。(《狩猎》)

但是从作家对这不变的风景的描写里，可以读出作家的厌恶与愤怒。先前的“物是”是另一个好时代里的“物是”，而现在，作家所看到的“物是”却是火车站（代表“文明”）在果园城旁边建立后的“物是”！笔者认为果园城是一个被时间记住得最深的地方，所有的人、事在它的魔掌下都已发生改变。废名的《桥》里，小林隔了十年回到儿时的史家庄，感觉一切风致依旧，依然是庄子描述的“天地之纯，古人之大体”(《庄子·天下》)的乡情；而马叔敖七年后再次到达果园城，却发现一切美好已经无可奈何花落去：

是民国二年三年或是四年……那是个甚么时代呀！十字街上有多少好声音哪！那时候这地方的中心不在只有三两座怪房子的火车站那边，而是在这弥漫着泥土气息的城里。酒楼上震耳欲聋，堂倌们奔走只应，豁拳声叫嚣声终日闹成一片；乡下人在街上穿来穿去，肩上背着沉甸甸的褡裢；药铺里药臼鸣唱着，一种无从形容的快乐而又天真的声调，仿佛说：“药到病除，药到病除!”它直不是这样讲吗？

可是现在的十字街跟当年的又多不同呵！小车夫、驴夫、脚驴、褡裢、制钱的时代过去了，和那个时代的各种好声音一同消灭了。在原先的锡匠店地方，现在另外由人开一家弹花店；先前的豁拳叫嚣声终日闹成一片的酒楼，苍蝇正结阵飞动，成了个无人闻问的饭铺。没有变动的也许只有那个老药铺，但就是它，看上去就是它也远比先前卑陋。(《一吻》)

一种非常明显的过去/现在、好/坏的时间观情结彰显无遗。

谁说《果园城记》里的时间观是沉滞的呢？其实，卢焚有着浓重的“过去好时代”的情结，他把他的乡土文化价值观总是放置于昔日，在过去时空里建构他的恬静、丰饶、平安的乡土之梦。《牧歌》就泄露了作家这一隐秘的乡土心理：

辽远的边疆地方，人们建立了一个部落，由一位头目治理，已经很老很老了。居民全是打猎的能手。他们有青青的山岭，静静的溪流，明朗的天，淡白的云。他们呼吸着芬芳的空气；按祖先的老法子管理牛羊；小葡萄园植种在沙丘上。自由自便过活，真所谓日出而作，日入而息。

“老”是这段话的主题词，因为“老”，荡漾在其中的一切才和谐自适，“自由自便过活，真所谓日出而作，日入而息”，全然一幅老子理想的“小国寡民”的生活状态。像京派其他小说家一样，卢焚的乡土小说总是充满了对往昔时光的向往与追忆。在他心中生存的古老乡土总是如春天般温暖自由，我们看不到通常进化论时间意义上的对过去乡村的诸如“愚昧”、“封建”、“落后”之类的拷问。

20世纪40年代的年轻作家汪曾祺几乎一出手就是写故乡高邮的美丽淳朴，如《鸡鸭名家》。即使是被目为现代意识流的小说《复仇》也是如此。他这种留恋昔日时光的情怀一直保存到80年代。1980年，在“伤痕”、“反思”之类文学作品占据文坛视野的时代情境里时，汪曾祺写出了刚被“最先进最革命”的无产阶级文学批臭了的万恶的旧社会竟然也具有的欢乐与和谐——《受戒》。贯穿于汪曾祺的现代小说与当代小说的时间刻度明显定格为过去时态。汪曾祺直接谈到时间的文字并不多。在为《古今戏曲楹联荟萃》一书作序时，汪曾祺说他欣赏贵阳江南会馆戏台的对联“花深深，柳阴阴，听剧院声歌，且凉凉去；月浅浅，风翦翦，数高城更鼓，好缓缓归”，并说：“这样对看戏的无功利态度，我颇为欣赏。”① 从作家的夫子自道里，我们既可见出汪曾祺无功利的时间观，也可见出其文学观来自道家而非儒家。儒家的戏曲理论是“不关风化体，纵好也枉然”（高明），带有强烈的道德说教目的。而庄子则强调“法天贵真，不拘于俗”（《庄子·渔父》），要求抒发人的真情实性。由于抱着庄子“心养”（《庄子·在宥》）的态度看戏，所获得的当然是满心的放松与惬意，这使得汪曾祺把无文化负载含义的物理时间（“更鼓”）内化为一种审美观照的诗性时间（“凉凉”与“缓缓”）。新时期以来，“伤痕”、“反思”、“改革”等一浪又一浪的小说思潮具有共同的时代内容，皆旨在表达中国的社会与文化从过去向现在、未来前进发展的乐观性和必然性。汪曾祺在80年代的小说创作与它们是截然不同的，如1980年的《受戒》与1981年的《大淖记事》，所写都是旧社会满溢着的欢乐与和谐。汪曾祺的小说时间向度明显定格为过去时态，总是描写过往岁月里既直率质朴又随顺自然的乡土图景，表现出作家对传统文化中道家美学理想的认同与向往。

京派小说的创造者们在20世纪一派进化论的时代主潮里，明确表示出对随着物理时间的向前而文化、社会的意义也随之增殖的怀疑，用小说拆解了美好的事物一定在飞奔的时间之箭的前头出现这一进化论的神话，把他们心目中积极的、美好的、正面的文化价值观念定基于古老、淳朴、和谐的，然而在进化论者看来又是节奏缓慢的、“落后”的乡土中国，欣赏着宁静的乡土里所保持的“初始之性情”的民风与民性。京派小说的这一叙述态度及其背后所隐藏的小说家的文化心态与价值取向，都表明了它与道家的历史退化观是一脉相承的。

---

① 汪曾祺：《戏台天地——〈古今戏曲楹联荟萃〉序》，《汪曾祺全集》（第4卷），北京：北京师范大学出版社1998年版，第198页。

第三节　京派小说中的“桃花源”与道家的“理想国”

在京派具有原始主义品质的小说里，作家的笔触不约而同地描写着自然环境之美与自然人性之美。在他们笔下所展开的乡村世界与文明的发展无关，或者说，现代文明还没有到达这块人类净土，现代化对它来说还是一个从未谋面的东西。这个世界有着属于自己的独特时空，原始清净，青山绿水，空气里飘着泥土和牛粪的味道；它的子民淳朴厚道，与世无争，自得其乐，在清幽的大自然里释放着自己的真性情。如果将京派小说里屡屡出现的这种“天人合一”的乡村世界放到中国文化发展的历史流程里，就可清晰地追溯出其文化原型：老子的“小国寡民”与庄子的“至德之世”。

一、“桃花源”的原型追溯

“桃花源”这一名称的最初创造者是陶渊明。他在《桃花源诗并记》中首次提出了“桃花源”这三个字，并用散文和诗共同描述了这个乌托邦式的理想社会。桃花源自然环境优美：土地平旷，屋舍俨然，“桑竹垂馀荫”，“荒路暧交通”；人们禀性淳朴，秉持着自然人性，“怡然有馀乐，于何荣智慧”。桃花源里古风犹存，不知有汉，无论魏晋，“俎豆犹古法，衣裳无新制”；生活方式简单健康，“相命肆农耕，日入从所憩”。“桃花源”是陶渊明从当时社会混乱、民不聊生的现实出发，抒写他心中理想的人生生存境地。在陶渊明看来，适合人们生存的应该是一个自满自足的无政府社会（“春蚕收长丝，秋熟靡王税”），而且这个社会的居民只需日出而作，日入而息，依自然的律动行事，不需要像儒家所要求的须懂得“仁义礼智信”——“怡然有馀乐，于何荣智慧”，按照人类赤诚浑朴的自然原性自然发展。廖仲安先生在《反刍集》中对陶渊明的桃花源理想稍带指责：“他的感情更多是倾向过去，他的社会理想大半是原始社会回光的幻影。”① 这正指出了陶渊明的“桃花源”的思想原型是自然闲适的老庄思想而不是以锐意进取为宗旨的儒家思想。在第一章里，我们分析过陶渊明的主导思想是道家而不是儒家。不仅如此，老子与庄子所创建的“小国寡民”、“至德之世”还为陶渊明的“桃花源”的出现创造了一个“社会原型”。

老子向来提倡“常使民无知无欲”（《老子》第3章）。王弼注曰“守其真也。”② 也就是说使人保持心灵的纯真朴质。又提倡“为无为，则无不治”（《老子》第3章），要求统治者无所作为，效法自然，让百姓自生自长，自由发展。显然，老子的这些思想都被陶渊明在构想“桃花源”时所吸收。基于这种清净无为的社会政治理想，老子提出了他对“小国寡民”这一理想社会的建构：

小国寡民。使有什伯之器而不用；使民重死而不远徙。虽有舟舆，无所乘之；虽有甲兵，无所陈之。使民复结绳而用之。甘其食，美其服，安其居，乐其俗。邻国相望，鸡犬之声相闻。民至老死，不相往来。（《老子》第80章）

这是一幅宁静和谐、优美闲适然而闭塞的村落图。陈鼓应先生说：“在这小天地里，没有兵战的祸难，没有重赋的逼迫，没有暴戾的空气，没有凶悍的作风，民风淳朴真实，文明的污染被隔绝。”③ 我们应该注意陈鼓应先生所用的“在这小天地里”的解读。这是解读“小国寡民”的关键。“民至老死，不相往来”正说明了这是一个封闭的自然环境与社会环境。人们在这块小天地里自给自足、自娱自乐，一切按照“绝巧”、“绝学”后的返朴还淳行事，民之质朴性保存若初。

由于庄子用艺术的眼光看待社会和人生，把体道的哲学追求转

① 廖仲安：《反刍集》，北京：北京师范学院出版社1986年版，第142页。
② 见陈鼓应：《老子今注今译》，北京：商务印书馆2003年版，第87页。
③ 见陈鼓应：《老子今注今译》，北京：商务印书馆2003年版，第347页。

化为审美的人生形式，所以，庄子所理想的人生生存境界比老子对“小国寡民”的构想更加质朴、更加纯粹也更加浪漫，也就是说，更加符合“道”的本体色彩，这就是他所摹状的“至德之世”。依在《庄子》全书中出现的先后，顺次录于下：

故至德之世，其行填填，其视颠颠。当是时也，山无蹊隧，泽无舟梁；万物群生，连属其乡；禽兽成群，草木遂长。是故禽兽可系羁而游，鸟鹊之巢可攀援而窥。（《马蹄》）

夫至德之时，同与禽兽居，族与万物并，恶知乎君子小人哉！同乎无知，其德不离；同乎无欲，是谓素朴。素朴而民性得矣。（《马蹄》）

至德之世，不尚贤，不使能，上如标枝，民如野鹿。端正而不知以为义，相爱而不知以为仁，实而不知以为忠，当而不知以为信，蠢动而相使不以为赐。是故行而无迹，事而无传。（《天地》）

在《胠箧》与《山木》中，庄子又分别提到了“子独不知至德之世乎”与“南越有邑焉，名为建德之国”，并对其加以了描述，具体内容都不出于上述的“至德之世”。在《马蹄》里，又有“夫赫胥氏之时，民居不知所为，行不知所之，含哺而熙，鼓腹而游”的摹状。综而观之，庄子所共述的种种状况，可用《庄子·缮性》中的“混茫”与“至一”作结：

古之人，在混茫之中，与一世而得淡漠焉。当是时也，阴阳和静，鬼神不扰，四时得节，万物不伤，群生不夭，人虽有知，无所用之，此之谓至一。当是时也，莫之为而常自然。

这其实就是一个“天地与我并生，而万物与我为一”（《庄子·齐物论》）的天人合一的理想的人类生存境界。在这个生活场所里，阴阳和静，万物不伤，人们“莫之为而常自然”，人类天性如初，一切处于“初始的完美”状态里。从老子所描绘的“小国寡民”到庄子所向往的“至德之世”，道家的两位创始人分别从空间（国）和时间（世）两个向度上确认了一种原始而淳朴的社会生存状态的存在。他们都把“天人合一”作为这个理想国的主要构成部分：环境的自然而然与人性的自然而然。也就是说，在老子与庄子的理想国里，自然环境与自然人性是融合无间的：同与禽兽居，族与万物并，甘其食，美其服，安其居，乐其俗，一切“在混茫之中”，“素朴而民性得矣”。

在此，需要特别指出的是，老子在其“小国寡民”里特意设立了一个“民至老死，不相往来”的闭塞自然环境与社会环境，这是保持民性之原朴的必要条件。后世的类“小国寡民”的理想社会无不强调这一点。即使庄子在其“至德之世”里似乎没有强调自然环境的封闭僻远，但我们若联系整部《庄子》来看，就可明白庄子实已意识到：要保持民之素朴性如初，就必须使民处于“无何有之乡，广漠之野”这个远离人类文明的地方，才能“不夭斤斧，物无害者”（《庄子·逍遥游》），“民”才能逍遥地生活着。陶渊明显然深知地方幽僻是“小国寡民”存在的先决条件，在《桃花源记》里，他首先描写的就是桃花源的地理环境的封闭：“林尽水源，便得一山。山有小口，仿佛若有光……从口入。初极狭，才通人。”如果失去了地理环境的闭塞这个特点，人民是否还能适性自然就是一个问号了。另外，我们可以看到，庄子把他的“至德之世”安排在一个有山有水（“山无蹊隧，泽无舟梁”）、草木葱绿（“草木遂长”）的秀美的自然环境里，这与他的山水美学思想是一致的。人类理想的生活净土必有一个宁静幽雅的自然环境，这点亦被后世的追慕者所吸收，如《桃花源记》中的描写。

魏晋是老庄之学大为盛行的时代。随着对老庄思想研究的全面展开，老子的“小国寡民”与庄子的“至德之世”里所构想的人们安居乐业、无君无法制的理想社会也进入了玄学家们的视野而心向往之。阮籍的《达庄论》和《大人先生传》都浓墨重彩地描写了他心中的理想时世：“清静寂寞，空豁以俟。善恶莫之分，是非无所争。故万物反其所而得其情也”（《达庄论》）；“昔者天地开辟，万物并生。大者恬其性，细者静其形……盖无君而庶物定，无臣而万事理”（《大人先生传》）。[1] 这是庄子所勾画的“至德之世”在阮籍的哲学思想里所引起的共鸣。嵇康在《难自然好学论》里提出的“洪荒之世”就是“至德之世”：“洪荒之世，大朴未亏。君无文于上，民无竞于下，物全理顺，莫不自得。饱则安寝，饥则求食，怡然鼓腹，不知为至德之世也。”[2] 鲍敬言在《无君之论》里批判君主与君主制，描述无君社会：“曩古之世，无君无臣。穿井而饮，耕田而食，日出而作，日入而息。泛尔不系，恢尔自得……万物玄同，相忘于道。”鲍敬言对无君社会状况的描写直接来自老子、庄子的社会理想。并且，他提出回到无君之世的政治主张，希望人民能过上“身无在公之役，家无输调之费，安土乐业，顺天分地，内足衣食之用，外无势力之争”[3] 的自由生活。陶渊明的《桃花源诗并记》很显然是接近以上观点的，是上述社会理论的形象化再现。至此，我们可以看出，《桃花源诗并记》是上述“至德之世”这一理想社会在道家哲学发展过程里以文学形式出现的必然现象。这个以文学形象出现的理想社会——“桃花源”，在中国古典文学发展史上引起了很大的效应，获得了诸多诗人的应和，并且一直存活到现代文学史上的京派小说里。在古典时代，陶渊明所构想的桃花源这一理想净土就成为中国士大夫精神深处的一个审美意象而一直被传承。从唐到宋，单单以“桃花源”为题，就有诸多大诗人吟咏之。唐代王维有《桃源行》：

居人共住武陵源，还从物外起田园。
月明松下房栊静，日出云中鸡犬喧。

唐代韩愈有《桃源图》：

---

① 转引自陆建华、程宇宏、夏当英：《道家与中国哲学·魏晋南北朝卷》，北京：人民出版社2004年版，第90页，第91页。

② 转引自陆建华、程宇宏、夏当英：《道家与中国哲学·魏晋南北朝卷》，北京：人民出版社2004年版，第103~104页。

③ 转引自陆建华、程宇宏、夏当英：《道家与中国哲学·魏晋南北朝卷》，北京：人民出版社2004年版，第131页，第130页。

种桃处处惟开花，川原近远蒸红霞。
初来犹自念乡邑，岁久此地还成家。

宋代王安石有《桃源行》：

此来种桃经几春，采花食实枝为薪。
儿孙生长与世隔，虽有父子无君臣。

宋代苏轼有《和陶桃花源》：

桃源信不远，杖藜可小憩。
躬耕任地力，绝学抱天艺。

他们都从各自的想象角度表达了对桃花源这一人类理想生活之地的热爱与钦慕。其他一些诗作或散文虽未以“桃花源”为题名，但内容实为“桃花源”式的心境与审美式的社会人生的，也有不少。如李白的《山中问答》“问余何意栖碧山，笑而不答心自闲。桃花流水窅然去，别有天地非人间”；欧阳修的《醉翁亭记》“临溪而渔，溪深而鱼肥；酿泉为酒，泉香而酒洌”，均可视为桃花源的理想境界在一代又一代诗人心中的潜藏。曹雪芹心中亦有很深的桃花源情结，他在《红楼梦》中所建造的大观园，实可视为在“悲凉之雾，遍披华林”的贾府里矗立着的温暖的“桃花源”。可以说，由老庄所开辟的、由陶渊明所完成的“桃花源”情结，经过中国古典哲学史与文学史的继承和创造，已经积淀到中国文人精神深处并成为一种集体无意识了。

二、自然环境之闭塞与幽美

像中国古典文人一样，京派小说家也有很深的“桃花源”情结。沈从文写有《桃源与沅州》，追溯桃花源的历史，对其所蕴藏的精神内涵大加赞赏："唐朝以来，中国的士大夫知识分子几乎无人不知道一个'桃花源'，把它当成一个洞天福地。人们都知道那地方是武陵的打渔人发现的，有夹岸桃花，芳草鲜美……千百年来，读书人对于桃源的印象，都没有多大的改变。现实生活中的种种不如意，国家的动乱，生活的艰苦，使得桃花源中平和安宁的生活为很多人接受，陶渊明的一篇《桃花源记》便增加了许多人的想象，增加了许多人的酒量了。"[①] 在小说《凤子》里，沈从文又借作品人物之口说出"我正生活在一个想象的桃源里"，[②] 表达了置身于幽美淳朴的环境与人事中的喜悦。中国所有的古典诗人中，废名最喜欢陶渊明，对其所创造的桃花源神往之至。他在诗《掐花》里写道："我学一个摘花高处赌身轻，跑到桃花源岸攀手掐一瓣花儿。"[③] 桃花源是废名理想的梦幻般的仙境，故他特意在"镜花水月"般的《桥》里单设"桃林"一章。在自传体小说《莫须有先生坐飞机以后》里，废名直接写道："莫须有先生今天在停前看会，正合了《桃花源记》上的话：'问今是何世？不知有汉，无论魏晋。'"[④] 废名真是时时处处不掩饰自己对桃花源的向往怜爱之情。汪曾祺对桃花源也是情有独钟，干脆在游览桃花源后，写下《桃花源记》，题目与陶渊明的一模一样，一字不改。他在《桃花源记》里实录了自己的三首即兴诗，抱负确实不小，似有与陶渊明一比高低之意。这里录其中之一："红桃曾照秦时月，黄菊重开陶令花。大乱十年成一梦，与君安坐吃擂茶。"[⑤] 该诗流露出作家安宁悠闲、处事不惊的道家生活情怀。

京派小说家的桃花源情结使得他们塑造了大量的桃花源式的小说，因为这些小说诞生在20世纪二三十年代左右，若用世界性的知识与眼光来看，它们无疑获得了原始主义文学的品质，故我们可以

---

① 沈从文：《桃源与沅州》，《沈从文文集》（第9卷），广州：花城出版社1984年版，第234页。

② 沈从文：《凤子》，《沈从文文集》（第4卷），广州：花城出版社1982年版，第363页。

③ 废名：《新诗十二讲》，沈阳：辽宁教育出版社2006年版，第221～222页。

④ 废名：《莫须有先生坐飞机以后》，桂林：广西师范大学出版社2003年版，第208页。

⑤ 汪曾祺：《桃花源记》，《汪曾祺文集》（散文卷），南京：江苏文艺出版社1994年版，第67～68页。

将之称为原始主义小说。上文指出，桃花源的思想渊源是自然无为的老庄哲学，其“社会原型”则是老庄的“小国寡民”与“至德之世”。在老庄所建立的这个理想社会里，最主要的特征是原始、原初、原发、原性，具体到美学上则是闭塞的自然环境之美与原朴的自然人性之美，是一个“莫之为而常自然”的“天地境界”。京派的原始主义小说在这两方面都进行了继承。

20世纪20年代，废名身在北京，回首故乡，创作了许多情深意浓的“原始主义小说”。废名深知在现代化成为一个时代主潮的社会里，要营造一个古典静穆的乡土生活图景，自然环境的雅致与僻远是主要条件之一。他的成名作《竹林的故事》因为主旨在于演绎一种冲淡平静的生活方式与人生理想境界，所以开篇就写道：“出城一条河，过河西走，坝脚下有一簇竹林，竹林里露出一重茅屋，茅屋两边都是菜园。……”把故事发生的地点定位为离城的地方。在此，“出城”是废名一个有意的设置，一般来说，“城”就是“文明”的代名词。只有在远离文明的地方，才有自然而然的环境之美与自然而然的人性之美。竹林的翠绿和菜园的碧绿都是为了营造一个与文明无关的秀美的自然环境，好为故事的主人——纯洁单纯的三姑娘的登场做好铺垫。《菱荡》中的陶家村亦是一个“离城”的地方：“一条线排着，十来重瓦屋，泥墙，石灰画得砖块分明……屋后竹林，绿叶堆成了台阶的样子，倾斜至河岸，河水沿竹子打一个弯，潺潺流过。”修竹绿水里呈现出的黑瓦泥墙，分明是一种“小桥流水人家”的古典生活场景。《桥》里的史家庄更是一个远离尘嚣的山清水秀之地：“史家庄是一个‘青’庄。三面都是坝，坝脚下竹林这里一簇，那里一簇。树则沿坝有，屋背后又格外的可以算是茂林。草更不用说，除了踏出来的路只见它在那里绿。站在史家庄的坝上，史家庄被水包住了。”在废名的乡土小说里，沙滩，垂杨，高大的绿树，小桥，河水……是最常出现的自然景象，它们聚集起来共同阐释着一个主题：这是一个远离现代文明的幽雅安宁的自然环境。废名写有小说《桃园》，单从题目来看，似乎作家是要把陶渊明的桃花盛开的桃花源变成果实累累的桃园。实则不然，文中的桃园已到秋风萧瑟的时日，不仅一个桃子也没有，连病中的小女孩眼看就要到手的玻璃桃子也被人撞得粉碎。《桃园》不像《竹林的故事》，注定是悲凉的氛围与凄惨的结局，因为：桃园的紧邻是县衙门与杀场！显然，废名是深得老庄的“小国寡民”的精髓的：只有在僻远而清丽的自然环境里才能安置安宁幸福的生活方式。

沈从文20岁时从蛮荒朴野的湘西来到文明发达的北京。对年轻的沈从文来说，从湘西到北京，不仅仅是时空的改变，更是经历了两个完全不同的文明的历史，他因此承受着人生方式、情感表达、价值观念等心灵的巨大震荡。这种种震荡使得他非常自觉地意识到生存环境对生存质量的影响。他从天然具有“小国寡民”特性的湘西苗民的生活方式出发，认识到环境的牧歌性是神存在的首要条件之一（见《凤子》），所以他致力于描写湘西或荒凉疏旷或幽静雅秀的山山水水，造就一个牧歌式的自然环境，以此来展开他心爱的带着原始野性的苗民之生活情状。受道家人和自然一体俱化的观点影响，在《〈断虹〉引录》里，沈从文说：“由皈于自然而重返自然，既是边民宗教信仰的本旨；因此我这个故事给人的印象，也将不免近于一种风景画集成。”① 沈从文可谓夫子自道出他的湘西小说的最主要特点：皈于自然。当然这个“皈于自然”包含有双重意义：一是环境的清幽自然，一是人性的真实自然。沈从文创作湘西小说的最根本的目的，就是要用湘西人的“优美、健康、自然而又不悖于人性的人生形式”来批判文明现代的都市人生，所以他在建构湘西这一类小国寡民的世界时，总是把它放置于地老天荒般的自然环境里，一切的本身就是“朴”与“淳”，连“返”和“归”这样一个回归的意向过程都免了。

《渔》中的描写：

月亮的光照到滩上，大石的一面为月光所不及，如躲有鬼魔。水虫在月光下各处飞动，振翅发微声，从头上飞过时，俨然如虫背上皆骑有小仙女。鼻中常常嗅着无端而来的一种香气，远处滩水声

① 沈从文：《〈断虹〉引录》，《沈从文文集》（第11卷），广州：花城出版社1984年版，第61页。

音则正象母亲闭目唱安慰儿子睡眠的歌。大地是正在睡眠，人在此时也全如梦中。

月光，河水，巨石，水虫，都是亘古长存的自然产物。湘西人就生活在盘古开天辟地般古老原始的大自然里，不知有汉，无论魏晋，更遑论文明与现代化。

《三三》的开头：

杨家碾坊在堡子外一里路的山嘴路旁。堡子位置在山弯里，溪水沿了山脚流过去，平平的流，到山嘴折弯处忽然转急……

一幅清清的溪水长流图营造了一个清净幽僻的自然环境，把历史的发展与人世的纷争俱隔绝于外。

《边城》是沈从文最美的湘西小说，沈从文选择了一个与世隔绝的自然环境来表达他对质朴真诚的人类自然原性的怀念。翠翠是他心中的自然之神，没有任何世俗来污染她：“有一小溪，溪边有座白色小塔，塔下住了一户单独的人家。这人家只一个老人，一个女孩子，一只黄狗。”围绕翠翠四周的是青山，山上“多篁竹，翠色逼人而来”。翠翠每日面对的是一条小溪：“宽约二十丈，河床是大片石头作成。静静的河水即或深到一篙不能落底，却依然清澈透明，河中游鱼来去都可以计数。”这隐藏在青山翠竹小溪旁的独户人家，正是“古之人在混芒之中，与一世而得澹漠焉”的“至德之世”在沈从文笔下的再现。

京派小说家明白他们要在现代性的语境下回顾与眷恋平和安宁的小国寡民式的生活，就必得把这块小天地设置在远离工商文明的地方，甚至它应该是本已边缘化了的乡村的更边缘，环境越原始越封闭越僻远则越好。它不但应该有着一切自然的声色，而且这自然的声与色还必须是秀美恬静又新鲜活泼的。空气要清新，太阳要明亮，月色要圆满，总之，一切要是大自然的原汁原色，容不得半点人工雕琢的痕迹。可以看出，他们文本中的大自然的表现，既受了老子的“小国寡民”中的“民至老死不相往来”的“封闭僻远”特色的影响，又受了庄子“至德之世”中的“万物群生，连属其乡；禽兽成群，草木遂长”的“自然而然”特色的影响。汪曾祺的《受戒》里的庵赵庄是：“小英子的家象一个小岛，三面都是河，西面有一条小路通到荸荠庵。独门独户，岛上只有这一家。”很像《边城》里翠翠的生活环境，一样是封闭孤独的。小说结尾写道：

英子跳到中舱，两只桨飞快地划起来，划进了芦花荡。芦花才吐新穗。紫灰色的芦穗，发着银光，软软的，滑溜溜的，象一串丝线。有的地方结了蒲棒，通红的，像一支小蜡烛。青浮萍，紫浮萍。长脚蚊子，水蜘蛛。野菱角开着四瓣的小白花。惊起一只青桩（一种水鸟），擦着芦穗，扑鲁鲁鲁飞远了。

作家笔下所涌动的一切进入混芒的原始自然环境，显然得益于庄子的“至德之时，同与禽兽居，族与万物并”的描写。卢焚对乡土的美好记忆保留在过去时态的果园城里。这个还未被新建的火车站骚扰的先前的果园城里，“果园正象云和湖一样展开，装饰了这座小城”（《果园城》），城里有河，“河湾里散布着飘拂草和三白草……四周围是一片漠然的荒寂。时间在这里犹如在太古羊齿植物的丛林中一样是不存在的。”（《阿嚏》）果园城虽然名为城，却分明是一个地老天荒般原始又安静的乡土村落，一切与“城”有关的文明教化都与它毫不相关。可以看出，河是每一个京派作家描写的重点。河代表着水，一水之隔，就造就了在现代化进程里所演绎的另一个乡曲乡调的道家式的封闭而优美的世界。

三、人性之“自然天放”与生活方式之“自然无为”

虽然在老子的“小国寡民”里，我们似乎见不到老子对“寡民”的人性之描写及老子对其人性应如之何的设计，但综观《老子》一书，可知老子要求生活在“小国”之“寡民”的人性是自然之人性。老子强调“抱一”（《老子》第22章），主张随顺自然，要求恢复人的素性，做到“见素抱朴”（《老子》第19章），“恒德乃足，复归于朴”（《老子》第28章），这就是对“自然本性”的提倡。老子提倡返朴归真，无论是自然界、社会，还是人性，都应去掉人为痕迹，“莫之命而常自然”（《老子》第57章）。老子要求“人法地，地法天，天法道，道法自然”（《老子》第25章），也就是要求人法自然，人按照事物的本来样子和人自己的本来样子来理解人性，规范人生，造就一种自然人性。庄子和老子一样强调人性的“自然”特性，在那个“方今之时，仅免刑焉”（《庄子·人间世》）的社会恶况中，他意识到人求生存的艰难性，主张人应该按人类的自然本性去生活。庄子所理想的“至德之世”，最主要的特点就是“当是时也，莫之为而常自然”。在庄子的“至德之世，其行填填，其视颠颠……是故禽兽可系羁而游，乌鹊之巢可攀援而窥”的前面，还有一段对人的自然性的描写：“彼民有常性，织而衣，耕而食，是谓同德。一而不党，命曰天放。”（《马蹄》）在此，庄子肯定人的“常性”，强调人性的“自然天放”，实际上也就是肯定人的自然性。在《山木》里，庄子又提出“不求文以代形”，意谓自然形体不需要修饰，这种观点是对“素朴而民性得矣”的重要补充。老庄都要求在其理想的人生生存境域里恢复或保持“自然人性”，强调人性应该是“自然天放”的，应该“法天贵真”，要保持人的“天性”、“真性”、“本性”。在他们的“小国寡民”与“至德之世”里，自然环境是僻远优美的，人性是自然天放的，在这个“天人合一”的和谐环境里，人们过着一种恬淡自足，安神逸乐的自然生活——“古之人，在混茫之中，与一世而得淡漠焉”（《庄子·缮性》），自然浑全，俱得恬淡寂寞无为之道也。京派的“原始主义”小说在描写古朴安宁的乡村净土时，不仅接受了老庄对“小国寡民”与“至德之世”的僻远优美的自然环境的规定，也接受了老庄对生活于其中的子民的自然人性与自然的生活方式的设计。

废名的乡村小说是一种天堂式的表现，人物全毫无机心，都一任本心，是纯洁、善良、真诚、本真的人性之表现；生活方式又是安宁的和缓的，即使有愁苦也被这类自然人性的拥有者悄然又轻松地过滤掉了。《浣衣母》里，李妈穷得只有一间茅草屋，又接二连三地遭遇到丧夫失子的人生惨痛。李妈的惨遇比起祥林嫂（鲁迅：《祝福》）的有过之而无不及。可是，在废名的笔下，李妈的心始终是平静安定的，不悲伤，不怨天尤人，也从无“这是为什么”的自问，平静地接受生活赐予的一切，平静地把日子过下去。不管日子怎样难挨，李妈一颗淳朴混芒的心不改。伴随着李妈这种浑全人性表现的，是一种乐天知命的生活方式。《桥》里的小林、细竹与琴子可以说就是大自然的化身，在他们身上没有任何人类历史进化的劣迹，也没有任何人类的苦难遭遇对其的影响（小林自幼丧父，琴子自幼父母双亡，可是这些都如风吹过，不曾在他们心中留下任何伤感的痕迹）。他们的性格是纯任自然的，生活方式亦与大自然融为一体，每日只以看花登山为事，在清新的大自然里流连忘返，沉浸于人与人、人与自然、人与自身和谐美妙的境地之中，是一种真正的“天人合一”的生活方式。人物与环境在《桥》中，自始至终和谐地镶嵌在一起，环境是一片天籁，人物也是一片天籁。《桥》里的史家奶奶和三哑叔，是雇主关系又亲同一家，因为他们都是“端正而不知以为义，相爱而不知以为仁，实而不知以为忠，当而不知以为信，蠢动而相使不以为赐”（《庄子·马蹄》）的“天放”之人。《菱荡》里的陈聋子种的白萝卜又大又甜，洗衣妇女讨着吃了，故意说不甜，陈聋子也只笑笑。陈聋子每天种菜卖菜采菱角挑水，这样竟然一过就是十几年！陈聋子可以说是与自然完全契合为一的人了，无思无虑无欲无望，日子过得悠然从容。《竹林的故事》里，三姑娘从小到大都清纯如水，恬静少言，简直是她周边的青青翠竹的化身。虽然八岁父亲就辞别人世，但三姑娘并没有悲凄感受，“慢慢草长了，坟平了，连这里曾经有个爸爸也被忘掉”。在废名的田园小说里，人物大都只是无限自然中的一个剪影，具有“常德不离，复归于婴”（《老子》第 28 章）的天真可爱纯洁赤诚的本真人性。他们按照大自然的律动行事，融自我生命于自然景象之中，应付各自所得的一份哀乐荣枯而心境恬淡，“日光下或黑夜，这些灵魂，仍然不会骚动，一切与自然谐和，非常宁静”，[①] 卖菜的卖菜，洗衣的洗衣，挑

---

① 沈从文：《论冯文炳》，《沈从文全集》（第 16 卷），太原：北岳文艺出版社 2002 年版，第 150 页。

水的挑水，赏花的赏花，各自在天人合一的人事兴衰里造就一种自足自乐的人生形式。

沈从文一直坚持认为：“一个伟大作品，总是表现人性最真切的欲望。”① 他所谱写的人性不是现代文学史上居为中心话语的启蒙主义理性，而是来自老庄一脉的自然状态的人性，即未经文明规范和教化的天然的人性表现。沈从文由于生活于化外之地的湘西，那里天然，更接近原始的“至德之世”，人们直接处于原始朴野的生存状态，这就给了沈从文一个先天的回归自然的“感觉的结构”，使其价值判断先天地具有初民的单纯质朴：“我崇拜朝气，喜欢自由，赞美胆量大的，精力强的。”② 故其作品里，除了有废名笔下恬静淡泊的人性表现外（像废名作品里一样纯真可爱的老人与少女），其他的更有着一份直率与原始生命力的表现。一如作家自己说他们是“粗糙的灵魂，单纯的情欲”。③《雨后》与《夫妇》都是描写青年男女受了阳春三月草长莺飞的诱惑，光天化日下在满山鲜花里“做呆事”。在沈从文看来，这正是天人合一的自然人性的表现，是人性最彻底的回归自然。沈从文向来坦率地自称为“乡下人”，对“乡下人”的原始的、自然的人性之真都怀着难以言说的宽容与爱意去描摹。沈从文没少写边地人们的露水式的男欢女爱。他们本着生命的自然需求来对待一切，在性爱的选择上注重的是自然生命的本真表达，而与伦理、道德、名分决然无关。这从文明进化的角度来看是落后无耻的行为，在沈从文写来，却因其淳朴赤诚而格外动人。旨意在于为读者提供一种理想的“人生形式”的《边城》里，沈从文就展示了两种完全不同的自然人性与两种完全不同的生活方式，而它们在“法天贵真”的道家哲学视野里，都获得了“真”的同质性。《边城》里有自然之子翠翠。自然既长养且教育翠翠，翠翠是圣洁的纯真的，就像围绕着她的那弯溪水，一清到底，纯任天机。另一面，

---

① 沈从文：《给志在写作者》，《大公报·文艺》，1936 年 3 月 29 日。

② 沈从文：《萧乾小说集题记》，《沈从文全集》（第 16 卷），太原：北岳文艺出版社 2002 年版，第 324 页。

③ 沈从文：《论冯文炳》，《沈从文全集》（第 16 卷），太原：北岳文艺出版社 2002 年版，第 150 页。

沈从文又写了另一种截然不同的生活方式："这种妇人……切切实实尽一个妓女应尽的义务。"沈从文认为，"这种妇人"的生活，一样的也具有坦然率真。在小说《柏子》里，沈从文也笔端带情，描写了这种被文明人视为不齿的男欢女爱。沈从文看重的是边地人民随顺自然的道德，将其置于天地人生的大境界中，认为它是返归自然的淳朴真实之行为，也是一种乐天知命的生活形式。这与王国维的看法完全一致。对于《古诗十九首》里的"昔为倡家女，今为荡子妇。荡子行不归，空床难独守"这四句诗，王国维的评价是："可谓淫鄙之尤。无视为淫词、鄙词者，以其真也。"[①] 王国维所谓的"真"，就是指真实、原始、自然的人性之表现。沈从文显然非常认同王国维用"真"字来评价这四句诗中所表现出的随顺自然的生活方式，以致不但在小说中屡次刻画这类以"真"为内质的边地人们的性爱，而且，还用他颇见功力的章草来书写这首诗，以表明自己的审美所在。沈从文曾对自己的审美观做过"自我鉴定"：

我就是不想明白道理而永远为现象所倾心的人。我看一切，却并不把那个社会价值搀加进去，估定我的爱憎。我不愿问价钱上的多少来为万物作一个好坏批评，却愿意考察他在我官觉上使我愉快不愉快的分量。我永远不厌倦的是"看"一切。宇宙万汇在动作中，在静止中，在我印象里，我都能抓定它的最美丽最调和的风度，但我的爱好显然不能同一般目的相和合。我不明白一切同人类生活相联结时的美恶，另一句话来说，就是我不大领会伦理的美。接近人生时我永远是个艺术家的感情，却不是所谓道德君子的感情。[②]

沈从文以审美的态度来观照人生的一切，所以与伦理道德社会价值统统无关，只与生命的原生态有关，所强调的，还是庄子式的"法天贵真"（《庄子·渔父》）。

---

① 王国维：《人间词话》，上海：上海古籍出版社1998年版，第15～16页。

② 沈从文：《自传·女难》，《沈从文文集》（第9卷），广州：花城出版社1984年版，第179页。

汪曾祺说自己作品的“内在的情绪是欢乐的”,[①] 这种内在的欢乐就是解脱规范束缚，一切效法自然，崇尚生命的自然状态。一篇《受戒》，就是作家用道家的“不受戒”的自然人性来颠覆儒家“受戒”的以仁义礼智信为本心的道德人性。《受戒》里的和尚们在自己的“小国”——荸荠庵里过着一种适性自然的人生。这些和尚过年要杀猪，白刀子进红刀子出，大口吃肉大碗喝酒；仁海和尚有老婆，每年夏秋之交老婆就来庵里住；仁渡和尚年轻漂亮，精明风流，会放焰口唱小调吸引小媳妇；明海这个小和尚就更不用说了，还与小英子私订了终身。他们虽身在佛门，可是都率性而为，崇尚自由，随顺自然，适性得意。汪曾祺欣赏的就是这种生命的自由自在与生活形式的天然无拘。谈及《受戒》的主旨时，汪曾祺说：“我写的是美，是健康的人性。”[②] 由此可见，汪曾祺的人性观也是来自老庄一脉，认为只有自由天放的人性才是健康的人性。在《大淖记事》里，作家特意设立了一个“小国寡民”式的大淖环境：“这里的人也不一样。他们的生活，他们的风俗，他们的是非标准、伦理道德观念和街里的穿长衣念过‘子曰’的人完全不同。”这是道家思想渗透了的世界，一个充满生命活力、率性而为、没有儒家伦理道德束缚的世界，一个自乐自得没有世俗纷争的世界。“他们”都是道家的传人，持旷达超脱的生存态度，不为物累，一举一动皆是人的真性、本性、天性的显露，毫无造作，自然天趣。

不像上面三位作家写到故乡时总是满溢着柔情与赞美，卢焚对其“果园城”则充满了复杂的情感，有眷恋有愤怒有哀伤……但是我们依然能发现卢焚安置在小说集《果园城记》里的甜蜜之梦：它就是以乐天知命的葛天民（《葛天民》）为代表的安时处顺的生活方式和以快乐、有生命力的小渔夫（《阿嚏》）为代表的自然人性。卢焚在为这个人物取名为来自道家语汇里的“葛天民”（作家在文章中称赞他是“葛天氏之民”，而“葛天氏之民”就是远古之民，出

---

① 汪曾祺：《关于〈受戒〉》，《汪曾祺文集》（文论卷），南京：江苏文艺出版社1993年版，第229页。

② 汪曾祺：《关于〈受戒〉》，《晚辈文谈》，杭州：浙江文艺出版社1988年版，第3页。

自陶渊明的《五柳先生传》）时，就已经预设要把他写成道家理想的生活方式的代表。在《果园城记》里，除了小渔夫和邮差先生（《邮差》），所有的人都没有好命运好下场。葛天民也是这样，他被人挤兑，从农场场长变为赋闲在家。然而，当其他人在归来的游子眼里变得面目全非时，“葛天民七年来几乎可以说没有变化，正相反，葛天民反而胖了。一个自得其乐的人总是要胖的。”葛天民随遇而安，处事不惊，闲适自足，有着与生俱来的夹杂着乡土气味的幽默感，又能化失意为洒脱：他坐在葡萄架下看石印的《笑林广记》，还打算乘船溯流而上去小村子里看戏。果园城里其他熟悉的人物在作家笔下不是横死就是堕落，只有葛天民“将来很可能活到八十五岁，然后安静的死去”。这其实表达了作家对老子的“甘其食，乐其俗”的平心静气的生活方式的认同。至于作家怀着强烈的感情所描写的小渔夫“这个被风雨和阳光催打成紫铜色的小渔夫的身上光光的，只在腰里系一条破短绔，或者更确当些说，一块土褐色的布片”（《阿嚏》），他简直就是大自然的化身：粗野强壮，天真赤诚，活泼好动，充满生气。小渔夫与果园城里那些暮气沉沉的或是杀气腾腾的人完全不同，在作家笔下，他的来自自然（生活于河上）又归于自然的直率朴野的人性表现就是果园城的新生的希望。作家的笔端为葛天民、小渔夫这些小人物倾泻了足够的温情，正是他们随遇而安的生活方式与生气勃勃的原始人性，使得果园城“在人的心里，却又是花、香、云和阳光织成的一片朦胧……”（《阿嚏》），成为一个使人倍觉温馨的“小国寡民”。

第四节　美学汇归：关注生命本体，反对人为物役

京派小说的内容可用一首简洁的诗来概括：“一望二三里，烟村四五家。亭台六七座，八九十枝花。”（邵雍）一个天人合一的道家生活环境。沈从文曾经伤感地说：“时代的演变，国内混战的继续，维持在旧有生产关系下而存在的使人憧憬的世界，皆在为新的日子

所消灭。农村所保持的和平静穆，在天灾人祸贫穷变乱中，慢慢的也全毁去了。”[①] 于此我们可以捕捉到两点信息：一是“和平静穆”的农村是沈从文所憧憬的世界；一是这个世界已被“新的日子”所毁灭。沈从文的这个看法可以说是京派创作“原始主义”小说的缘起：京派想在已经变化了的时代里用文字重新建立起和平静穆的农村世界，以对抗现实中的功利世界。所以，京派小说家在作品中展示乡土的美丽宁和，把它作为自然文化的承载者，是其审美理想的寄托处。在京派的笔下，大自然清新静秀，人性原始淳朴，人们过着淡泊简单适性自然的生活。所有这一切，其实渗透着作家们内心的渴望与呐喊：关注生命本体，返朴归真；反对现代文明的虚伪堕落，人为物役。

京派小说家几乎都是从农村走向城市的。废名来自湖北黄梅，沈从文来自湖南化外之地湘西，师陀来自中原古城，汪曾祺来自江苏高邮。从农村到城市，绝不仅仅是一种生存空间、生存地域的迁徙，更深层次的，是由乡土到文明的文化层面上的猛然转换。正如朱光潜指出的：“卢焚先生是生在穷乡僻壤而流落到大城市里过写作生活的。在现代中国，这一转变就无异于陡然以中世纪跌落到现世纪，以原始社会搬到繁复纷扰的‘文明’社会。”[②] 然而，他们所面对的繁复纷扰的“文明”社会，却是城市在繁荣现代的面纱后面所呈现出来的道德的丧失与人性的沦落，是人与人之间的倾轧与算计，是乌烟瘴气的生活环境。文明陷入困境是作家抛弃文明、返归原始的思想土壤。这使得他们身在曹营心在汉，“身子落在柏油马路上，眼睛触着光怪陆离的现代”，“沾满了黑星星的心，每当夜阑人静，不由向往绿的草，绿的河，绿的树与绿的茅舍”。[③] 他们怀念乡村朴素诚真的人际关系，向往在清新的大自然里形成的自然人性美。他

---

① 沈从文：《论冯文炳》，《沈从文全集》（第 16 卷），太原：北岳文艺出版社 2002 年版，第 151 页。

② 孟实（朱光潜）：《〈谷〉和〈落日光〉》，《文学杂志》第 1 卷第 4 期，1937 年 8 月 1 日。

③ 李健吾：《〈画廊集〉》，《李健吾创作评论选集》，北京：人民文学出版社 1984 年版，第 474 页。

们明白："一切由庸俗腐败小气自私市侩人生观建筑的有形社会和无形观念……属于精神堕落处"，"不知不觉培养成一种阉宦似的阴性人格，以阿谀作政术，相互竞争"。[①]"文明"的城市是藏污纳垢之地，所有人性异化的基地。面对这样一个以物欲横流、人性异化为特征的现代文明，他们"在沙漠上梦见江南草"，[②] 而发愿"我的写作就是颂扬一切与我同在的人类美丽与智慧"。[③] 他们描摹乡村的纯美，旨意在于反衬城市的堕落，以乡村"不失其性命之情"的自然人性和天人合一的生活方式来对照文明城市里人的扭曲异化，"以物易其性"（《庄子·骈拇》）。在此种美学理想的观照下，他们不仅有描写自然真朴的乡村之作源源涌现，而且有对现代文明的直接讽刺。如废名写有《张先生和张太太》、《李教授》、《文学者》，揭露这些所谓的都市上流社会人的庸俗、无聊、市侩、少骨气、无个性，他们在名声、利禄甚至"太太却是一双小脚"（《张先生和张太太》）这些"大事件"里彻底丧失了自己而茫然无措，惶惶不可终日。沈从文类似的作品更多，如《八骏图》、《绅士的太太》、《王谢子弟》、《若默医生》、《大小阮》、《有学问的人》等等，声称这是"为你们高等人造一面镜子"（《绅士的太太》）。这是一面巨大的照妖镜，照出了都市中"衣冠社会"的种种丑行：灵魂被金钱、权力、性欲所腐蚀，人性完全沦落。沈从文说："请你试从我的作品里找出两个短篇对照看看，从《柏子》同《八骏图》看看，就可明白对于道德的态度，城市与乡村的好恶，知识阶级与抹布阶级的爱憎，一个乡下人之所以为乡下人，如何显明具体反映在作品里。"[④] 这段话道明了京派小说家在进化论成为时代主潮里却写着"向后看"的小说、甘居时代边缘的美学原因。京派小说家重视人性的刻画，但他们的理想人性，永远属于淳朴的乡村灵魂中所表现出来的未被现代文明污

---

① 沈从文：《沈从文选集》（第5卷），成都：四川人民出版社1983年版，第92～93页。

② 废名：《北平通信》，《宇宙风》第19期，1936年6月16日。

③ 沈从文：《萧乾小说集题记》，《沈从文全集》（第16卷），太原：北岳文艺出版社2002年版，第325页。

④ 沈从文：《从文小说习作选·代序》，《沈从文全集》（第9卷），太原：北岳文艺出版社2002年版，第4页。

染的原始人性。

T. S. 艾略特说：“艺术家比他同时代的人更原始，也更文明。”[①] 京派小说家反对进化论，描写人性的原始淳朴、乡村生活方式的自在从容、乡土自然环境的闭塞幽美，其实都在诉说同一个主题：人类应该诗意地生存，人类应该与大自然谐和，人类应该表现本真的人性。也就是说，人应该人之为人地生存，而不是人之为物地生存。沈从文说：“我还得在‘神’之解体的时代，重新给神一种赞颂。在充满古典庄严与雅致的诗歌失去光辉的意义时来谨谨慎慎写最后一首情诗。”[②] 这个“神”，我们可以理解为生命本体的张扬。京派作家所写的充溢着生命原力、飞扬着健康人性、人与自然谐和的乡土小说，是人为物役的文明时代里的最后一首抒情诗。

莱斯利·怀特曾指出：“个人在做什么，信仰、思维和感觉什么，这不由个人，而由文化和环境决定。”[③] 京派小说家的这种带着独特文化价值观的乡土小说决不是凭空产生的，而是一定文化背景下的产物。林语堂认为：“一个民族常有一种天然的浪漫思想，与天然的经典风尚；个人亦然。道家哲学为中国思想之浪漫派，孔教则为中国思想之经典派。确实，道教是自始至终罗曼斯的：第一，他主张重返自然，因而逃遁这个世界；并反抗狡夺自然之性而负重累的孔教文化；其次，他主张田野风的生活、文学、艺术，并崇拜原始的淳朴……”[④] 在现代化成为古老民族的光辉梦想的时代，在进化论思潮成为古老民族的革新动力的时代，京派的具有原始主义性质的小说却主张重返自然，反抗现代文明对人的异化，崇拜原始的、淳朴的人性，关注生命的本真与原性……这正是来自本土道家的哲学态度与美学追求的影响和浇灌。

---

① 转引自叶舒宪：《庄子的文化解析》，武汉：湖北人民出版社 1997 年版，第 98 页。

② 沈从文：《水云》，《沈从文文集》（第 10 卷），广州：花城出版社 1984 年版，第 294 页。

③ ［美］莱斯利·怀特：《文化的科学》，转引自文学武：《京派小说的文体特征》，《学术月刊》，1998 年第 11 期。

④ 林语堂著，黄嘉德译：《老子的智慧·绪论》，西安：陕西师范大学出版社 2004 年版，第 2 页。

如果不是单独来看老庄对“小国寡民”和“至德之世”的描摹，而是将其放到整部《老子》与《庄子》里看，实可知晓：“小国寡民”和“至德之世”其实是老庄“返朴归真”这一哲学主张的人类最理想的诗意栖居地。“反”、“归”、“复”是道家哲学中经常出现的语汇，表达了道家要求个体生命返朴归真、回归自然的理想。“反”字在《老子》里只出现了 4 次——“大曰逝，逝曰远，远曰反”（《老子》第 25 章），“反者道之动”（《老子》第 40 章），“与物反矣”（《老子》第 65 章）及“正言若反”（《老子》第 78 章）。而到了《庄子》，“反”字一共出现了 88 次；“归”字在《老子》里出现了 11 次，在《庄子》里出现了 33 次；“复”字在《老子》里出现了 15 次，在《庄子》中总共出现了约 50 次。[①]“反”、“复”、“归”这三个相关的概念在道家元典里频频出现，共同表达了道家对人类“复归于朴”（《老子》第 28 章）、“返其真”（《庄子·大宗师》）、“反其性情而复其初”（《庄子·缮性》）的自然无为这一哲学渴望。有学者指出：“在老子哲学概念中，‘道’常常与浑一未分的原始混沌状态联系在一起。‘朴散则为器’（《老子》第 28 章），浑朴未分的状态往往被老子当作‘道’的最重要的形象指称。”[②] 由此可知，老庄所主张的“复归于朴”其实也就是“复归于道”，要求人类按照道的方式生活，自然而然，任性而发，纯任天机。正是从人的生命本体与社会生活方式是否“法道”这个逻辑原点上，老子认为人类历史的发展处于退化状态：“失道而后德，失德而后仁，失仁而后义，失义而后礼。夫礼，忠信之薄，而乱之首也。”（《老子》第 38 章）庄子也描述了“道术将为天下裂后”的人类生存环境，从“至一”状态到“逮德下衰”，直至“人类无以反其性情而复其初”（《庄子·缮性》）！故道家要求“绝巧”（《老子》第 19 章）、“绝学”（《老子》第 20 章）以“见素抱朴”（《老子》第 19 章），返朴还淳。金岳霖说过：“中国哲学家都是不同程度的苏格拉底。”[③] 老庄亦是如此，其哲学的出发点和归宿点都是人，是对现实人

---

① 叶舒宪：《庄子的文化解析》，武汉：湖北人民出版社 1997 年版，第 42 ~44 页。

② 刘绍瑾：《复古与复元古》，北京：中国社会科学出版社 2001 年版，第 18 页。

③ 转引自冯友兰：《中国哲学简史》，北京：北京大学出版社 1985 年版，第 14 页。

生的深切关怀和深沉忧虑，以期实现本真人性的自由表现与达到人生形式的理想境界。老子、庄子如此强调“返”（包括“归”与“复”），其目的就是把生命的自然本真状态放在第一位，要求人们适性自然，法天贵真，保持或回归到见素抱朴的状态。老子、庄子所向往的“小国寡民”和“至德之世”，它们的生存环境就是这种“初始的完美”的自然状态。

在老庄看来，自然的人化和人的文明化只会破坏原始的完美性，破坏人与自然的和谐统一，使得人们“驰其形性，潜之万物，终身不反”（《庄子·徐无鬼》）；“使天下学士不反其本”（《庄子·盗跖》）；“百家往而不反”、“逐万物而不反”（《庄子·天下》）——“自三代以下者，天下何其嚣嚣也?”（《庄子·骈拇》）老子和庄子在各自的著作里描述了“失道”以后的“何其嚣嚣”的种种社会现象，并对导致这一现象的儒家伦理道德进行了严厉批判。

“老子是中国历史上对人类文明进行认真反思的第一人，他深刻地揭示了人类文明的负面影响，极力抨击了文明的异化现象，是我国历史上反对文明异化的第一人。”① 老子认为，儒家仁义礼智的出现不仅没有使人性更完美，反而导致了人类原始美德的沦丧和人类自然本性的堕落：“大道废，有仁义；六亲不和，有孝慈；国家昏乱，有忠臣。”（《老子》第18章）老子深刻地洞悉到文明发展与社会进步所必然带来的负面影响：“民多利器，国家滋昏；人多伎巧，奇物滋起；法令滋彰，盗贼多有。”（《老子》第57章）人类的物质享受、道德理性在“发展”、“进步”的同时也导致人心不古，物欲横流，滔滔不返。老子认为只有弃绝“文明”与“教化”，才能使人的自然天真、淳朴纯原、无知无欲的自然之性复归：“绝圣弃智，民利百倍；绝仁弃义，民复孝慈；绝巧弃利，盗贼无有。”这样，人类就能“见素抱朴，少私寡欲”（《老子》第19章），过一种小国寡民式的安宁、自然的生活。

庄子哲学是生命的哲学，一部《庄子》，探讨的就是如何安置生命，如何理解生命，如何全真保性。“人的生命价值在庄子思想中占

---

① 许抗生：《老子哲学的现代价值》，《北京行政学院学报》，2006年第5期。

有崇高的地位”,[①] 而生命价值的实现在庄子看来就是“法天贵真”（《庄子·渔父》），不失其性命之情。在庄子看来，“古之人在混芒之中，与一世而得淡漠焉”（《庄子·缮性》），天然就保持着“至一”、“抱朴”状态，是一个“莫之为而常自然”的生命本体的自由自在、自然而然的表现与演绎。然而，随着社会的发展，人的本真生命的这种自然状态被毁灭了：“自虞氏招仁义以扰天下也，天下莫不奔命于仁义……天下莫不以物易其性矣”（《庄子·骈拇》），人人追名逐利，“丧己于物”（《庄子·缮性》）、“危生弃身以殉物”（《庄子·寓言》），人的无知无欲、自然无为的生命本性尽失矣！庄子批评说：“残朴以为器，工匠之罪也；毁道德以为仁义，圣人之过也。”（《庄子·马蹄》）面对生命的这一“失道”现象，庄子主张“既雕即琢，复归于朴”（《庄子·山木》），旨在使人能够“反其性情而复其初”（《庄子·缮性》），回归到“朴”与“真”的生命的自然状态，回归到人自身的淳朴自然之本性。正是在这个意义上，李泽厚等明确声称：“反对人的异化是庄子哲学的核心。”[②]

20 世纪二三十年代，中国一方面是政局动乱，民不聊生；另一方面，科学、进化、革命、政治等等，是这个时代的主潮。京派小说家似乎与后者完全绝缘。沈从文说：我就是“对政治无信仰对生命极关心的乡下人”,[③] 极力反对文学近商业与近政治，要求保持文学的独立性。而“重生命轻政治”这六字正可以用来概括整部《庄子》。在一片赞叹科学的语境里（1923 年中国思想界发生了“科学与玄学”的论争，科学主义者占据了上风），废名明确反对机械：“机械发达的国家，机械未必是幸福；在机械决不曾发达的中国民族而购买物质文明，几何而不等于抽鸦片烟呢？谋国者之心未必不是求健康，其结果或至于使国家病入膏肓呢？我们何不去求求我们自

---

① 李泽厚、刘纲纪主编：《中国美学史》（第 1 卷），北京：中国社会科学出版社 1984 年版，第 229 页。

② 李泽厚、刘纲纪主编：《中国美学史》（第 1 卷），北京：中国社会科学出版社 1984 年版，第 228 页。

③ 沈从文：《水云》，《沈从文全集》（第 12 卷），太原：北岳文艺出版社 2002 年版，第 127 页。

己的黄老之学?”① 在此，废名明确提出要用中国古典的传统文化“黄老之学”以抵抗外来的机械文明。我们若穿过历史的时空，可以发现废名反对机械的原生点。庄子明确地反对机械，认为：“有机械者必有机事，有机事者必有机心。机心存于胸中，则纯白不备；纯白不备，则神生不定；神生不定者，道之所不载也。”（《庄子·天地》）由此可见，京派小说家的人生哲学都是来自道家哲学思想的熏陶。京派的具有原始主义性质的小说，在中国那个进化论成为中心话语、追求现代化进程的时代，关注生命本体，提倡本真自然的人性，反对现代文明，反对人的异化，就这样穿越历史时空，与道家的“反朴归真”、“不失其性命之情”获得了美学层面的汇归。

但是，我们还要进一步追问：自有人类社会以来，时间总是文化里的时间，文化总是时间中的文化，从某种意义上来说，时间观就是文化观。老庄是在“自三代以下者，天下何其嚣嚣”（《庄子·骈拇》）的社会语境里提出其退化史观的，表达他们对“素朴而民性得也”这一“天放”（《庄子·马蹄》）时代的向往。而京派处于古典与现代、传统文化与西方思潮纵横交错的“时间”与“文化”里，为何却也持守“旧”与“常”的时间观和文化价值观，反对进化论呢?

从老庄的观点可以看出，道家之所以对人类历史的发展持退化观，主要是从人的自然之性不停地沦丧而人为的文明附加不停地累积这个角度立论的，老庄认为这是“浇淳散朴”，“去性而从于心”。（《庄子·缮性》）面对人性与社会的“朴散已为器”，如何疗救?老庄开出的药方是：返朴归真。

京派主要活动于20世纪二三十年代，由于社会政治诸多因素的影响，导致一方面是民不聊生，另一方面是京派所认为的“人心太坏”②。京派对于这“新的日子”所带来的“人心太坏”非常痛心疾首：“终不能不使人为眼前这个愚昧与贪得虚伪卑陋交织所形成的人

---

① 废名：《莫须有先生坐飞机以后》，桂林：广西师范大学出版社2003年版，第115页。

② 朱光潜：《谈美》，《朱光潜文集》（第1卷），上海：上海文艺出版社1982年版，第20页。

生而痛苦!”[①] 对于现实人生如此悲观又如此清醒的看法，使得京派在对历史与现实、本土与外来的凝眸和反思中，对传自西方、从“五四”以来一直给予中国社会与文化进程巨大影响的进化的历史观和哲学观提出质疑，认为历史并不是直线进化的，“新”不如“旧”的历史迂回乃至倒退是经常发生的。为了挽救“新的日子”所形成的“人心太坏”，京派主张“重造民族品德”：“将‘过去’和‘当前’对照，所谓民族品德的消失与重造，可能从什么方面着手。”[②] 在现代化成为“老中国”的光辉梦想的时代，在进化论思潮成为“老中国”的革新动力的社会语境里，京派却明确声称“历史还正在倒退”，用小说描摹原始淳朴的人性，关注生命的本真与自然，反抗现代文明对人的异化，期望“重造民族品德”……京派的这一切努力，与道家孜孜以求的“反朴归真”、“不失其性命之情”的哲学理想获得了本体论上的同质性。

---

① 沈从文：《看虹摘星录·后记》，《沈从文文集》（第11卷），广州：花城出版社1984年版，第49页。

② 沈从文：《长河·题记》，《沈从文文集》（第6卷），广州：花城出版社1983年版，第4页。

第三章

京派小说的
“异秉”人生与道家理想人物

在京派小说里，“异秉”一词出现于汪曾祺的小说《异秉》里。虽以“异秉”为题，但这篇将近1万字的文章直到文末才点题：“即以王二而论，他这些年飞黄腾达，财源茂盛，也必有其异秉。”以卖烧腊为生的小市民王二不懂何为“异秉”。汪曾祺借作品人物之口解释说：“就是与众不同，和别人不一样的地方。”这篇小说写于1948年。当时汪曾祺正被视为京派的后起之秀，也就是京派的第三代代表作家。事实上，与现代文学史上其他文学流派或其他作家的创作相比，京派小说的一大特色正在于塑造了大量的具有“异秉”的人物形象。要言之，这些人物形象的“异秉”就是诗意地生存，或者说，他们过的是一种“艺术化的人生”。对于京派小说的“异秉”人物来说，如果他们属于阳春白雪一类，必定淡然持定胸次清高不问声名利禄超凡脱俗；如果他们属于下里巴人一类，必定天机淡泊又天性勤奋“由技显道”，虽在烟火尘世里小心经营却过着一种世俗里的“逍遥游”生活。我们可以把京派小说人物形象独有的“异秉”解读为京派作家对人类的诗意生存的渴望与达到其审美追求的一种美学上的设计策略，因为“异秉”在个体生命与诗意栖居之间开辟了一条通道——“异秉”给生命带来了自由感和飞翔感。如果我们去追溯京派“异秉”小说的美学来源，就会发现，老子所塑造的“愚人”形象、庄子再三描摹的“真人”形象以及那些“所好者道也，进乎技也”的庖丁们，正是京派笔下的“异秉”人生的文化原型。

第一节　老庄的“愚人”、“真人”以及“由技显道”的庖丁们

与京派“异秉”人物之“与众不同”相类，道家理想人物也都具有独拔流俗、“和别人不一样的地方”。老子就谓其理想人物“独

异于人”，庄子则称其得道之人“必有异乎人者也”。[①] 老子笔下的“愚人”就是具有这些品德、秉性之人：

> 荒兮，其未央哉！众人熙熙，如享太牢，如春登台。
> 我独泊兮，其未兆，如婴儿之未孩；儡儡兮，若无所归。
> 众人皆有余，而我独若遗。我愚人之心也哉！沌沌兮！
> 俗人昭昭，我独昏昏。俗人察察，我独闷闷。
> 澹兮其若海，飂兮若无止。众人皆有以，而我独顽且鄙。
> 我独异于人，而贵食母。（《老子》第20章）

此处的“愚”，与“敦兮其若朴”（《老子》第15章）、“见素抱朴”（《老子》第19章）、“复归于朴”（《老子》第28章）、“无名之朴”（《老子》第37章）之“敦”、“朴”、“素”意义相近，是一种淳朴、自然、混茫之状态。“大智若愚”，“愚”与“巧”、“学”相反，因为后者蕴藏着机心、巧智，故老子要求“绝巧”（《老子》第19章）、“绝学”（《老子》第20章）以返朴还淳。由是观之，老子所仰慕的“愚人”，就是忘怀尘世、敦朴淡泊，但求精神超拔提升、体道贵道之人。老子在此以“我愚人之心也哉！沌沌兮”，反复与“俗人”的“昭昭”和“察察”进行对比，意在表现“我独异于人”的精神品格。老子所塑造的“愚人”形象已成为一种审美形象，它所内蕴的“淡泊超脱”、“反朴归真”的审美品格，首先获得了庄子的继承和发展。

《庄子》全书中多有对“真人”的描述，内、外、杂篇中都有用例，一共出现了17次。《大宗师》集中谈论了“真人”。“何谓真人？古之真人，不逆寡，不雄成，不谟士。若然者，过而弗悔，当而不自得也。若然者，登高不慄，入水不濡，入火不热，是知之能登假于道者也若此”；“古之真人，不知说生，不知恶死；其出不訢（欣），其入不距；翛然而往，翛然而来而已矣。不忘其所始，不求其所终；受而喜之，忘而复之。是之谓不以心损道，不以人助天，

---

① 分别见《老子》第20章及《庄子·德充符》。

是之谓真人。”真人们“凄然似秋，煖然似春，喜怒通四时，与物有宜而莫知其极。”

可见，“真人”就是超然于世俗，心境恬淡虚静，精神旷达高蹈，与道境同一的人。“真人”与“愚人”有着内质上的一致性，只不过，老子的“愚人”更侧重于敦朴、厚重的一面，而庄子的“真人”则在此基础上有走向飘逸、洒脱的趋向。当然，庄子对“真人”的描述更加具体生动，赋予其更多的内涵，譬如说他“登高不慄，入水不濡，入火不热”，似乎具有神仙的功能。然而，这正如宋人罗大经所说乃“言其心耳，非言其血肉之身也”①，旨意正在强调“真人”精神上的超然自在，不受任何尘世之物的束缚。《庄子》还多次描写了“至人”、“神人”的形象，我们可以将之统一为对“真人”的描述，都表现了道家理想的生存方式：“游心于淡，合气于漠”（《庄子·应帝王》），超越“人间世”，与天为徒。如：“藐姑射之山，有神人居焉。肌肤若冰雪，绰约若处子；不食五谷，吸风饮露；乘云气，御飞龙，而游乎四海之外”（《庄子·逍遥游》）；“至人神矣！大泽焚而不能热，河汉沍而不能寒，疾雷破山飘风振海而不能惊。若然者，乘云气，骑日月，而游乎四海之外，死生无变乎己，而况利害之端乎”（《庄子·齐物论》）！可以看出，至人、神人、真人都是“乘天地之正，御六气之辩，以游无穷”、精神上能够“逍遥游”的人。冯友兰在《新原人》中论及人生有四境界：自然境界、功利境界、道德境界与天地境界。“愚人”、“真人”形象所象征的对审美人生与自由精神的追求就是“天地境界”的表现，它超越了人在现实中的种种羁绊与约束，是一种主体游心于宇宙的理想境界。

我们可以反问一下：老子、庄子为何孜孜于“洒形去欲”、“乘物以游心”的“愚人”、“真人”的塑造呢？老庄所处的时代，在政治上，是一个“天下无道，戎马生于郊”（《老子》第46章）的残酷之世；在伦理道德上，又是人欲横流、矫情伪性的社会世态。针对这种政治上与道德上的双重堕落，老子提出“人法地，地法天，

---

① 罗大经：《鹤林玉露》（乙编卷之三），北京：中华书局1983年版。

天法道，道法自然”（《老子》第25章）的哲学解决举措，主张过一种行动上清静无为而精神上无不为的人生。庄子对功名利禄极其鄙弃，讥讽惠施的相位为“腐鼠”（《庄子·秋水》），嘲笑曹商对秦王的邀宠为舐痔（《庄子·列御寇》），拒绝楚王给予的“愿以境内累”的显赫地位，而宁愿“游戏污渎之中以自快”（《史记·老庄申韩列传》）。庄子的这些观念与行止表明他笔下的“真人”实为他本人的真实写照：“真人……茫然彷徨乎尘垢之外，逍遥乎无为之业，彼又恶能愦愦然为世俗之礼，以观众人之耳目哉!”（《庄子·大宗师》）不管是“愚人”还是“真人”，他们都视世俗价值是对人的自然天性的扭曲，立意从中超脱，从而“外天地，遗万物”，“退仁义，摈礼乐”（《庄子·天道》），追求一种“精神四达并流，无所不极”（《庄子·刻意》）的自由自在的“逍遥游”的生命境界。一如徐复观先生所说：“庄子之所谓至人、真人、神人，可以说都是能游的人。”① 在一个功利的时代里，他们渴望不功利的诗意盎然的艺术化的人生。

庄子哲学将宇宙之浩瀚与永恒贯通于个体的心灵境界，把体道的哲学之路转化为审美的人生形式，故庄子哲学基本上是一种艺术——人生哲学，“在《庄子》中，贯穿到底的红线是怎样在人世的纷争中全真保性的问题”。② 庄子把人的精神解放置于首位，强调个性与身心的自由，提倡自然之美，认为保持人本真的天性与自由的生命价值才是正道，“常因自然而不益生”（《庄子·德充符》）。庄子以自然为美，亦即以个体人格的自由的实现为美，这是庄子美学的实质与核心，他多次倾力摹状的“真人”就是他的美学理想的实践者。然而，庄子这种以“真人”为代表的绝对自由思想在现实中是难以实现的，按照卢梭的观点，这是一种“天然的自由”；而在“人间世”里，作为具体社会场域中的人，必定要接受某种社会契约，以获得“约定的自由”。③ 庄子自己似乎也意识到了这一点，或者从阐释学角度来说，如

① 徐复观：《中国艺术精神》，上海：华东师范大学出版社2001年版，第38页。
② 刘绍瑾：《庄子与中国美学》（修订本），长沙：岳麓书局2007年版，第19页。
③ ［法］卢梭著，何兆武译：《社会契约论》，北京：商务印书馆1980年版，第23页。

果我们从《庄子》中的观点顺理而推，是可以见出庄子已意识到了这一点的。因为庄子不仅在《庄子》全书中塑造了“真人”、“至人”、“神人”形象，而且他也塑造了庖丁、轮扁、承蜩者、捶钩者等等这些尘世中的人。但是，显然，这些尘世中的庖丁、轮扁、承蜩者、捶钩者，他们非技匠也，而是“大匠”（《庄子·天道》），因为他们并非以从事技术为目的，而是“臣之所好者道也，进乎技也”（《庄子·养生主》）！那无拘无束、无影无形、自由自在、适性逍遥的“道”，才是他们所孜孜以求的。庄子所设置的这些“所好者道也，进乎技也”的庖丁们的自由，正可以视为既不脱离尘世生活而又具有高度净化的审美趣味的人生形式，他们把“得至美而游乎至乐”（《庄子·田子方》）的高蹈尘世的“真人”形象落实为世俗人生里的一种审美式的人生态度与人生境界。正是从这个意义上，徐复观先生如此结论：“庄子所要求、所期望的圣人、至人、神人、真人，如实地说，只是人生自身的艺术化罢了。”①

且看一段庄子如何让他的“凡人”在职业里落实“真人”的逍遥游式的人生——艺术化的人生：

庖丁为文惠君解牛，手之所触，肩之所倚，足之所履，膝之所踦，砉然响然，奏刀騞然，莫不中音；合于《桑林》之舞，乃中《经首》之会。文惠君曰：“嘻，善哉，技盖至此乎？”庖丁释刀对曰：“臣之所好者道也，进乎技矣。始臣之解牛之时，所见无非牛者。三年之后，未尝见全牛也。方今之时，臣以神遇而不以目视。官知止而神欲行。依乎天理……动刀甚微，謋然已解，如土委地。提刀而立，为之四顾，为之踌躇满志。善刀而藏之。”（《庄子·养生主》）

庖丁作为现实社会之一分子，需要有某种技能以谋生，他选择了“解牛”。就谋生的技能及纯技术的角度来看，解牛的动作只要合乎程序规范就已足够。而庖丁竟然做到了“莫不中音；合于《桑

① 徐复观：《中国艺术精神》，上海：华东师范大学出版社2001年版，第34页。

林》之舞，乃中《经首》之会”，显然，这已不是技术自身所需要的效用，而是由技术所成就的艺术性的效用，一如叶朗先生所说，“已经达到审美的境界。”[①] 庖丁在技术施展中体验到了一种艺术创造般的快乐，故于解牛之后，他“提刀而立，为之四顾，为之踌躇满志”。这是一种超越实用功利的精神享受，实为艺术性的享受，是精神上的逍遥游。庖丁何以能如此？因为“臣之所好者道也，进乎技也”。徐复观先生认为，“庄子实是把由技巧而进于艺术的情形，称之为‘道’”。[②] 由此我们可以推测出，庖丁的“在技中见道”与其说是庖丁的追求，不如说是庄子自已在世俗人生里落实他的“道”（在本书中以精神自由、无外物束缚的“真人”为其“道”的具体体现者——笔者注）的一种美学策略——庄子一方面说要“独与天地精神往来”，一方面又深知“不谴是非，以与世俗处”（《庄子·天下》）的安身立命的必要，所以，庄子要在凡人无法逃脱的世俗人生——“技”中见道，成就一种艺术化的人生，以安置精神上的自由与旷达。即就庄子本人来说，他也无法逃离尘世中生存的必需技能——织履为生，而他依然在精神上把他的物质贫穷的人生艺术化了——“天地与我并生，而万物与我为一”，梦蝶适志，知鱼之乐，与物为春，“其于宗也，可谓稠适而上遂矣”（《庄子·天下》）。正是从这个角度上，李泽厚、刘纲纪认为：“庄子哲学所提倡的人生态度，就其本质来看，正是一种审美的态度。”[③]

庄子这一于“技”中见“道”、把日常生活审美化的策略，亦在《庄子·达生》篇“佝偻者承蜩”的寓言故事中得到了淋漓尽致的体现：

仲尼适楚，出于林中，见佝偻者承蜩，犹掇之也。仲尼曰：“子巧乎！有道邪？”曰：“我有道也。五六月累丸二而不坠，则失者锱

---

① 叶朗：《中国美学史大纲》，上海：上海人民出版社 1985 年版，第 120 页。

② 徐复观：《中国艺术精神》，上海：华东师范大学出版社 2001 年版，第 73 页。

③ 李泽厚、刘纲纪主编：《中国美学史》（第 1 卷），北京：中国社会科学出版社 1984 年版，第 241 页。

铢；累三而不坠，则失者十一；累五而不坠，犹掇之也。吾处身也，若橛株拘；吾执臂也，若槁木之枝。虽天地之大，万物之多，而唯蜩翼之知。吾不反不侧，不以万物易蜩之翼，何为而不得？”孔子顾谓弟子曰：“用志不分，乃凝于神，其佝偻丈人之谓乎！”

捕蝉的日常性目的全然被佝偻丈人所遗忘，佝偻丈人所做的一切，实际上已成为一种艺术性的创造：“蜩翼以外之一切，皆已将其忘掉，而蜩翼即无异于天地万物。这正是美的观照的具体实现。”① 故佝偻丈人所获得的就是艺术创造的快乐，是精神上的“四达并流，无所不极”的“游”之享受。

还有《庄子·知北游》里的“大马之捶钩者”：

大马之捶钩者，年八十矣，而不失豪芒。大马曰：“子巧与！有道与？”曰：“臣有守也。臣之年二十而好捶钩，于物无视也，非钩无察也。是用之者，假不用者也，以长得其用，而况乎无不用者乎？物孰不资焉！”

捶钩者六十年如一日沉浸在自己喜爱的技能里，“于物无视也，非钩无察也”，尘世的其他一切皆不足以动其心，捶钩成了他自我满足的“神游”（“官知止而神欲行”）方式，达到了一种自由创造的境界。而自由创造的境界正是审美的境界。

庄子笔下的庖丁们（概称厨师、工匠、木匠、石匠、斫轮者、承蜩者、操舟津人、游水丈人这一群体），都是由“技”发展到“道”，在现实人生里实现了社会世俗价值的超越，表现出艺术家的风范，成就的是艺术化的人生。由此可知，庄子喜欢用艺术化的眼光来看待人生及其一切活动，宰牛也好，捕蝉也好，捶钩也好，都可以成为忘怀世界的精神上的“逍遥游”。就这样，庄子把他的“吸风饮露，不食五谷”的形而上的“真人”，落实到了形而下的“人间世”里，由技见道，把被限制的不自由的世俗人生转化为内心

① 徐复观：《中国艺术精神》，上海：华东师范大学出版社2001年版，第74页。

自由超脱的艺术化人生！正如道“无所不在”，甚至“在蝼蚁”、“在稊稗”、“在瓦甓”、“在屎溺”（《庄子·知北游》），庄子把他的逍遥游扩展到世间里巷、吃喝拉撒、工技屠宰的世俗日常生活领域！

第二节 中国古典文学史上的“真人”形象

为了论述的方便，本节我们以“真人”来拢括老子的“愚人”形象和庄子的“真人”形象，且含义以庄子对“真人”的界说为主。在老子的“愚人”基础上所形成的庄子的那些“游乎无何有之乡”（《庄子·逍遥游》）、超越“人间世”一切束缚的精神上“澹然无极”的“真人”，在中国古代文学史上，产生了“众美从之”（《庄子·刻意》）的效应。

陶渊明是我国古代独具特色的大诗人。对于陶渊明的基本思想倾向历来就有争论，传统的看法主要集中于两点，即道家说和儒家说。道家说的代表人物是朱熹，他认为“渊明所说者庄、老”。[①] 现代学者朱自清也持这一观点，认为“陶诗里主要思想实在还是道家”。[②] 主张儒家说的有刘熙载，说是渊明诗“大要出于论语”。[③] 此外尚有儒道调和说。笔者认为陶渊明的思想主要来自于道家，权以一例为证。当时，周续之、祖企、谢景夷三人应刺史檀韶之邀在江州城北讲《礼》，陶渊明对之赠诗，中云：“周生述孔业，祖谢响然臻。道丧向千载，今朝复斯闻。”（《示周续之祖企谢景夷三郎》）似乎是很真诚的赞赏。然而诗的结尾写道：“愿言诲诸子，从我颍水滨”，却是另有主意，劝他们与自己一起去作许由式的隐士。行文至此，才是陶渊明赠诗的真正目的。许由是道家的人格典范，在《庄

---

① 朱熹：《朱子语类》（卷136），北京：中华书局1986年版，第3243页。

② 朱自清：《陶诗的深度》，《朱自清序跋书评集》，北京：生活·读书·新知三联书店1983年版，第227页。

③ 刘熙载：《艺概·诗概》，上海：上海古籍出版社1978年版，第54页。

子·逍遥游》中，他拒绝尧的禅让，认为“尸祝不越庖俎而代之”，看重的是自己精神的自由与高洁。从陶渊明自比为许由，我们应该可以确定其道家立场。陶渊明一生爱慕自然——“久在樊笼里，复得返自然”，不肯为五斗米折腰，认为是“心为形役”，追求精神的自由超脱——“采菊东篱下，悠然见南山”。他的《五柳先生传》里的“五柳先生”，实可视为庄子“真人”形象的翻版：

先生，不知何许人也，亦不详其姓字；宅边有五柳树，因以为号焉。闲静少言，不慕荣利。好读书，不求甚解；每有会意，便欣然忘食。性嗜酒，家贫不能常得，亲旧知其如此，或置酒而招之。造饮辄尽，期在必醉。既醉而退，曾不吝情去留。环堵萧然，不蔽风日；短褐穿结，箪瓢屡空，晏如也！常著文章自娱，颇示己志。忘怀得失，以此自终。

赞曰：“黔娄之妻有言：‘不戚戚于贫贱，不汲汲于富贵。’其言兹若人之俦乎？衔觞赋诗，以乐其志，无怀氏之民欤？葛天氏之民欤？”

五柳先生性格“闲静少言，不慕荣利”，安宁静雅，忘记功名富贵，具有真人能“忘”之风采；“环堵萧然，不蔽风日；短褐穿结，箪瓢屡空，晏如也”，这乃真人式的“其觉无忧，其食不甘，其息深深”（《庄子·大宗师》），超越了尘世的价值标准与物质欲望，内心恬淡虚静。所以，五柳先生能“忘怀得失”，“衔觞赋诗”，过着一种艺术化的诗酒人生。文章虽是陶渊明托言为五柳先生写的传记，实可视为陶渊明的自传，沈约的《宋书·隐逸传》和萧统的《陶渊明传》都认为是“实录”。由此可知，陶渊明与庄子一样，本身就是一个“游方之外”，追求精神自由超拔的“真人”，一如他在《饮酒》（第五首）中的夫子自道：“结庐在人境，而无车马喧。问君何能尔，心远地自偏。”实在说来，“真人”也就是“心远”之人，心灵与尘世无涉而与自然之道相融无间。

魏晋时期，儒教衰落，同时，玄学思想开始蓬勃发展。玄学思想是以老庄的面貌出现的，玄学之士直接师法老庄。当时的名士竹林七贤就对老庄的“真人”境界非常认同，自觉追求个性的张扬和精神的旷达。特别是全面继承、表现了老庄之学的嵇康与阮籍，对庄子所描述的“真人”更是钦慕向往之至，将其视为人格的最高标准，期望自己亦能达到“真人”的那种“遗物弃累，逍遥太和”（嵇康：《答二郭》）的精神境界。

在谈到自己的哲学思想与文学观念的渊源时，嵇康指出：“老子庄周，吾之师也。”（嵇康：《与山巨源绝交书》）虽然嵇康在其诗文中并未直接采用源自老庄的“真人”二字，但是他对“真人”形象的描摹已呼之欲出。如其《幽愤诗》里的自述志趣：“……仰慕严郑，乐道闲居，与世无营，神气晏如……庶勖将来，无馨无臭。采薇山阿，散发岩岫。永啸长吟，颐性养寿。”显然，嵇康的人生志趣受着庄子“真人”原型的支配。

至于“行己寡欲，以庄周为模则”（《三国志·王粲传》）的阮籍，他在《大人先生传》里所塑造的那位“超世而绝群，遗俗而独往”的“大人先生”，更是直承庄子的“真人”形象而来。阮籍的“大人”这一理想人格的名号，来自《庄子·在宥》。《大人先生传》中除“大人”外，还有“真人”、“至人”、“神人”、“圣人”四种超凡绝俗的人物，这都是《庄子》中的形象。阮籍对“大人”的解释是：“夫大人者，乃与造物同体，天地并生，逍遥浮世，与道俱成，变化散聚，不常其形。天地制域于内，而浮明开达于外。天地之永固，非世俗之所及也。”这里的用语就直接来自《庄子》里的《逍遥游》、《齐物论》以及《天下》等篇。在“大人”的主观精神世界中，作为自我意识的主体与作为自然的客体是合二为一的，这是一种天人合一的浑全的精神境界。很明显，阮籍的“大人”与庄子的“真人”一样，都是一种富有情感而独立自足、绝对自由和无限超越的人格本体。阮籍对“至人”亦有界说：“故至人无宅，天地为客。至人无主，天地为所。至人无事，天地为故。无是非之别，无善恶之异。故天下被其泽而万物所以炽也。”阮籍赋予这个以“天地为所”的“至人”有使“天下被其泽而万物所以炽也”的本事，显然与《庄子·逍遥游》中的那个游乎四海之外，“其神凝，使物不疵疠而年熟”的藐姑射之山的“神人”具有承传关系。

旧题唐代司空图所作的《二十四诗品》亦以道家哲学作为其美学理论上的支撑。《二十四诗品》里重要的美学精神表现之一是源于老庄哲学中的“自然”，书中将“自然”单独列为一品，认为诗歌的形成是“俱道适往，着手成春”，“真与不夺，强得易贫”，强调创作诗歌要法道贵真，因任自然。而且，在《疏野》与《实境》这二品里，亦可追溯出诗人崇尚自然的诗歌观念，如“惟性所宅，真取不羁……若其天放，如是得之”（《疏野》），“性情所至，妙不自寻。遇之自天，泠然希音”（《实境》），要旨都在强调诗人的性情要率真本原，自然天放。事实上，全书“二十四品”里基本上都贯穿了承自道家的“自然”这一美学精神。这里我们把探讨的重点集中于《二十四诗品》里的人物上。综观全书，具有这样一些非同凡俗的人物形象：深谷美人（《纤秾》），脱巾独步之人（《沉着》），乘真畸人（《高古》），修竹佳士（《典雅》），道心幽人（《实境》），载歌幽人（《洗练》），幽人空山（《自然》），碧山人来（《精神》），脱帽看诗之人（《疏野》），寻幽可人（《清奇》），违俗之人（《超诣》），惠中高人（《飘逸》），倒酒既尽、杖藜行歌之人（《旷达》）。这些人物从其命名上即可见出在气质与类型上是基本统一的：都可视为体“道”、悟“道”、寻“道”者。他们有着“典雅”、“飘逸”的绰约风姿，“高古”、“疏野”的自在神态，“豪放”、“旷达”的脱俗性情，“冲淡”、“自然”的恬静心境。我们若穿越历史时空，追溯到《老子》与《庄子》，不难发现“愚人”与“真人”们正是这些“幽行之人”的原型。故张法在《中国美学史》里说：“以庄子和陶潜为基础，形成了《诗品》的人的形象”，“庄子和陶潜构成了《诗品》的主色。”①

如果说嵇康、阮籍像庄子一样，主要是塑造了弃绝凡尘、绝对超越的“真人”形象，是人类对心灵的最高自由与最大解放的最富浪漫与创造力的一次想象；那么，陶渊明则是塑造了在“人间世”里真实生存的“真人”形象，虽然他无法脱离贫穷简陋的世俗生活，但他的心灵早已超脱这一切世事羁绊，在精神的自由王国里任逍遥；

① 张法：《中国美学史》，上海：上海人民出版社2002年版，第205页。

而《二十四诗品》的作者则塑造了在深山幽泉边漫步遐想的“真人”形象，这是一位隐者，处于半神半人之间，他的全部生活，就是“音乐，诗歌，饮酒以及在自然中漫步，体悟天地的真味”。[①] 可以看出，虽然这三类“真人”形象由于各自的创造者的审美取向与人生设计小有差异，从而导致在继承老子、庄子的“愚人”、“真人”这一原型上各有侧重和变迁，但他们都在某个层次上统一于“衔觞赋诗”的审美的诗化的人生，终究与胼手胝足、土里刨活的凡俗人生不同。也就是说，庄子所开创的那些把形而上的“真人”落实到形而下的“庖丁”们的在尘世中见出诗意的人生这一脉，在中国古典文学中还未有明显的表现。真正对庄子的这两类诗化的人生形式（“真人”的及“庖丁”们的）都进行了继承的，还有待京派的“异秉”小说。

第三节 京派小说“真人”式的“异秉”人生

京派小说始祖废名与京派最后一个小说家汪曾祺都塑造了诸多“异秉”人物形象，这些人物的“异秉”就是诗意地生存。这与作家对道家的接受有关。京派作家与批评家都有很深的“道缘”，这点我们在第一章已经予以详细论证。具体到废名与汪曾祺来说，他们都有一种道家的超脱与名士的通达。正是这种超脱与通达的气质，使得他们把关注的目光集中到人生境界的意趣与诗性上。二人作品里的“异秉”人物，既有庄子“虚己以游世”（《庄子·山木》）的真人式一脉，又有庄子“由技进道”的庖丁式一脉。

废名、汪曾祺笔下的“真人”式的异秉人生，主要由气质、情调、性格、行为上的类“真人”形象来完成。这类“异秉”人物拥有基本相同的身份：大都是知识分子，可是都无意于功名利禄，有闲情雅趣之好而无凡俗之忧虑，心境纯净淡泊，崇尚“虚静恬淡寂

① 张法：《中国美学史》，上海：上海人民出版社 2002 年版，第 204 页。

寞无为”（《庄子·天道》）的适性自然的诗意人生，超然物外神合自然，身体虽然留在滚滚红尘里，却有“青山不碍白云飞”式的精神飞翔的逍遥游。

废名于1925年始、1934年毕的小说《桥》，曾导致当下评论界的苦苦追问：“《桥》是一部什么样的小说？——散文化小说？诗化小说？观念小说？”最后给出的结论是：“倘若从微观诗学的角度去凸显《桥》所独有的‘这一个’的品格，那么，一个更有效、更具生长性的范畴也许是‘心象小说’。”① 而照笔者看来，如果从人物气度这一角度来解读，《桥》可以说是坐禅修道的废名对其所向往的庄子式的“真人”人生的一次集中表述。小说建构了一个远离人间烟火的世外桃源：史家庄。史家庄有着“白垛青墙，三面是大树包围，树叶子那么一层一层的绿……瓦，墨一般的黑，仰对碧蓝深空”。环绕着史家庄的，是竹林，垂杨，沙滩，木桥，一个理想的天人合一之“道”境。生活于其间，自然会使人形成宁静致远的心境。

《桥》中塑造了三个年轻的主人公：小林、琴子与细竹。与他们所生活的碧绿幽美的史家庄一样，充满他们日常生活的，是一个接一个的清幽诗化之意境：黄昏漫步，沙滩浣衣，春扎柳球，蘸水题诗，晨光梳妆，举灯照花，雨中静立，登山赏花，果园尝鲜……完全是一幅纵情山水、吟诗作画的人生。如果要从中国古典文学史上寻找相匹配的“真人”形象，小林、琴子与细竹就是以庄子思想为基根的《二十四诗品》中的真人们。小林们每日纵情山水、细赏自然的情状，与“赏雨茅屋”（《典雅》）、“杖藜行歌”（《旷达》）、“步履寻幽”（《清奇》）的“违俗之人”的人生表现何其相同！隔了遥远的时空，他们与《二十四诗品》里的“道心幽人”（《实境》）获得了同一性：都是与天地一体、和大化同流的澄怀观道之“真人”。

且看看小林他们的“天地与立，神化攸同”（《二十四诗品·洗练》）的境界与胸怀。用日常生活的眼光来看，清明节应该最是愁云

① 吴晓东：《镜花水月的世界——废名〈桥〉的诗学解读》，南宁：广西教育出版社2003年版，第190页。

惨雾的了，故杜牧亦不能免俗，写道“清明时节雨纷纷，路上行人欲断魂”，而要买酒销愁。那么，小林、琴子与细竹三人如何“清明扫墓”呢？

首先，在他们眼里，坟墓全然没有凄惨、悲哀的颜色，倒像一幅古画：“松树脚下都是陈死人，最新的也快二十年了，绿草与石碑，宛如出于一个画家的手，彼此是互相生长。怕也要拿一幅古画相比才合适。”对于人生的一切，小林、琴子与细竹都用着审美的心胸来观照，清明扫墓就全然与“哀”字不沾边，带给他们的，倒是一种看风景的悠然情怀。宇宙之大，天地之久，世事变幻，沧海桑田，都在这三人眼里变成一幅无言的青青古画。在这里，我们似乎听到了庄子的声音：“天地与我并生，而万物与我为一。”再如小林看坟时的感想：

> 谁能平白的砌出这样的花台呢？“死”是人生最好的装饰。不但此也，地面没有坟，我儿时的生活简直要成了一大块空白，我记得我非常喜欢上到坟头上玩。我没有登过几多的高山，坟对于我确同山一样是大地的景致。
>
> ……
>
> 我想年青死了是长春，我们对了青草，永远是一个青年。

清明时节长歌当哭，他们不哭，反而“微露笑貌”；年轻人对着死亡，应该是份恐惧，他们全无，反而平和地谈论死，还把死当成人生最后一首最美丽的诗。可以说，小林、琴子、细竹三人的人生视境完全不受尘世伦理道德规范的影响，他们都是道家的传人，空物我，齐生死，亲自然，尚心性，到达了“真人”人生的自由和超然的极境。

朱光潜在1937年的评价正点明了生活于《桥》中的人一个个都是“真人”：小林、琴子与细竹“都是参禅悟道的废名先生”。[①] 确实，废名在这里写的虽是小林对死亡的诗意盎然的看法，实际上，

---

① 孟实（朱光潜）：《桥》，《文学杂志》，1937年7月1日第1卷第3期。

却是废名把自己长久以来就认同的“死就是生之美”的思想借小说人物之口来表达。对于常人眼中肃杀凄然的坟墓，废名竟有如此卓然独异的思想：“我是喜欢看陈死人的坟的，春草年年绿，仿佛是清新庾开府的诗了。”① 废名不但认为春草年年绿的坟仿佛是庾开府的清新之诗，而且，他还将“死的寂寞”等同于“生之美丽”：

> 我做大学生的时候，读了俄国梭罗古勃有名的短篇小说《捉迷藏》，很是喜悦，心想我也来写一篇《打锣的故事》罢。打锣的故事如果写起了，应该放在《竹林的故事》之后，《桥》之前。……我的《打锣的故事》与梭罗古勃的《捉迷藏》有什么连带的关系呢？那可是说是寂寞的共鸣，简直是憧憬于一个“死”的寂寞，也就是生之美丽了。②

从上段我们可以看出，《桥》中小林将坟墓看作花台，憧憬着“年青之死”，实乃作家废名自己的看法。废名齐生死，一死生，将之视为一首清新的诗，这亦证明了废名是一个真正的道家传人。庄子笑谈生死，说：“古之真人，不知说生，不知恶死。”（《庄子·大宗师》）庄子悟出了生死之真谛，认为生死之间不过是一种形态的转变而已。废名素好老庄，研读颇深，他的“憧憬于一个‘死’的寂寞，也就是生之美丽”的生死一同观，无疑源自于庄子。

《桥》是一个梦幻的世界，《桥》里的人生是一个梦幻的人生，废名在《桥》里所要表现的正是这种人和自然融会契合，达到超越和永恒的道境。深得废名作品三昧的周作人特意指出：“《无题》（即《桥》。笔者注）中的小儿女，似乎尤其是著者所心爱，那样慈爱地写出来，仍然充满人情，却几乎有点神光了。”③ 表现在小林、琴子与细竹身上的这些“神光”，使得他们超脱了世俗生死，也超脱

---

① 冯健男：《废名散文选集》（第2版），天津：百花文艺出版社2004年版，第108页。

② 冯健男：《废名散文选集》（第2版），天津：百花文艺出版社2004年版，第104页。

③ 周作人：《桃园跋》，《苦雨斋序跋文》，石家庄：河北教育出版社2002年版，第104页。

了“人间世”里的一切俗思，对人生采取审美的观照，过着“杏花疏影里，吹笛到天明”（宋陈与义：《临江仙》）的澄澈诗性的人生。他们直承庄子的形而上的“真人”而来，是废名所理想的庄禅意趣人生形式的承载者与表达者。

汪曾祺的小说《徙》是这样开篇的：

> 北溟有鱼，其名为鲲。鲲之大，不知其几千里也；化而为鸟，其名为鹏，鹏之背，不知其几千里也。怒而飞，其翼若垂天之云。是鸟也，海运则将徙于南溟。
>
> 《庄子·逍遥游》

汪曾祺在这里可谓自报家门，引用《庄子·逍遥游》的开篇作为《徙》的开篇，明确暗示《徙》的渊源及《徙》中人物所具有的“逍遥游”风采。事实正是如此，作品里的主人公——邑中名士谈甓渔，就是这样一位“真人”。

“这谈甓渔是个诗人，也是个怪人。”这个“怪”就“怪”在他与芸芸众生的追求喜好和道德规范之不同。谈甓渔中举之后，累考不进，就无意仕途了，只以每日教书、赋诗、吃螃蟹自娱。谈甓渔书读得多，学问很大，名气更大，教出来的学生有不少中了进士，可是自己却“不识数，不会数钱”，远离世俗之累。谈甓渔家里应有尽有，可是他愿意到处闲逛，“常常傍花随柳，信步所之，喝得半醉，找不到自己的家”。虽是大诗人，又桃李满天下，但“他没有架子，没大没小，无分贵贱，三教九流，贩夫走卒，都谈得来”。很明显，谈甓渔是个“宇泰定者，发乎天光”（《庄子·庚桑楚》）式的“真人”，不闻时世，放浪形骸，无碍无挂，随性而动。他抛弃了“贵富显严名利”这庄子所谓的迷惑志向的六者，忘却了“容动色理气意”这束缚心思的六者，融合了“恶欲喜怒哀乐”这拖累天赋的六者，超脱了“去就取与知能”（《庄子·庚桑楚》）这阻塞大道的六者，可说是到达了“弃世则无累，无累则正平，正平则与彼更生，更生则几矣”的道境，是个“形全精复，与天为一”（《庄子·达生》），不失其自然性命之情，不以物易其性的“真人”。

《岁寒三友》里的画师靳彝甫也是汪曾祺精心塑造的“真人”。靳彝甫靠卖画吃饭，一家子常是半饥半饱，可是他依然过着典雅的人生：

> 他的画室里挂着一块小匾，上书“四时佳兴”。画室前有一个很小的天井。靠墙种了几竿玉屏萧竹。石条上摆着茶花、月季。一个很大的钧窑平盘里养着一块玲珑剔透的上水石，蒙了半寸厚的绿苔，长着虎耳草和铁线草。冬天，他总要养几头单瓣的水仙。不到三寸长的碧绿的叶子，开着白玉一样的繁花。春天，放风筝……夏天，用莲子种出荷花。不大的荷叶，直径三寸的花，下面养了一二分长的小鱼。秋天，养蟋蟀。

这种与花鸟虫鱼相伴的怡情养性的人生，使得靳彝甫具有一种“万物静观皆自得，四时佳兴与人同”的道家胸襟的旷达与超脱。他手里有三块价值不菲的田黄石章，其中一块还有文三桥刻的边款！虽然一家人终年吃不饱，有人当面出了二百大洋，他也丝毫没有卖掉它们的意思，说是“不到山穷水尽，不能舍此性命”。饿肚子的时候，只要把这三块图章拿出来摩挲，他就觉得这个世界很美好了。靳彝甫可以说是陶渊明笔下的五柳先生，虽然“短褐穿结，箪瓢屡空”，但是精神气度“晏如也”，依然过着“衔觞作画”、怡然自得的审美人生。事实上，靳彝甫正是这样一位忘怀得失、超然物外的“古之真人”。当他的两个好友突然家道中落，全家饿得奄奄一息时，他立刻卖掉他视为性命的三块田黄，换来两百大洋，给他们一人一百，自己分文不留！行文至此，汪曾祺写道：“外面，正下着大雪。”纯粹纯白的雪显然是作家特意用来象征靳彝甫的“纯素之道”的：“纯素之道，唯神是守；守而勿失，与神为一；一之精通，合于天伦。野语有之曰：‘众人重利，廉士重名，贤人尚志，圣人贵精。’故素也者，谓其无所与杂也；纯也者，谓其不亏其神也。能体纯素，谓之真人。”（《庄子·刻意》）

汪曾祺笔下的“真人”形象很多。像《钓鱼的医生》中的王淡人简直就是道家理想人格“真人”的化身。很明显，汪曾祺设计这个名字就直上直下地起用了道家资源作精神底蕴：王，即“忘”也；淡人，来自《二十四诗品·典雅》里的“人淡如菊”。王淡人正是这样一位“无不忘也，无不有也”（《庄子·刻意》）的道家式的“真人”。他医术高明，却不在乎名分，“男妇内外大小方脉”都看，给不给钱以及给多给少，从不在意，照看不误。涨了大水，无视性命危险淌水去帮人治病。真是“死生无变乎己，而况利害之端乎”（《庄子·齐物论》）！王淡人看病之余就是垂钓，几乎每天都要钓鱼：

> 你大概没有见过这样的钓鱼的。
>
> 他搬了一把小竹椅，坐着。随身带着一个白泥小灰炉子，一口小锅，提盒里葱姜作料俱全，还有一瓶酒。他钓鱼很有经验。钓竿很短，鱼线也不长，而且不用漂子，就这样把钓线甩在水里，看到线头动了，提起来就是一条。都是三四寸长的鲫鱼。——这条河里的鱼以白条子和鲫鱼为多。白条子他是不钓的，他这种钓法，是钓鲫鱼的。钓上来一条，刮刮鳞洗净了，就手就放到锅里。不大一会，鱼就熟了。他就一边吃鱼，一边喝酒，一边甩钩再钓。这种出水就烹制的鱼味美无比，叫做“起水鲜”。到听见女儿在门口喊：“爸——！”知道是有人来看病了，就把火盖上，把鱼竿插在岸边湿泥里，起身往家里走。不一会，就有一只钢蓝色的蜻蜓落在他的鱼竿上了。

身为常人的我们确实“没有见过这样的钓鱼的”：一根短钓竿，不是鲫鱼就不要，且现钓现煮现吃，钢蓝色的蜻蜓在一旁款款地飞。作为医生，王淡人医术高明；作为钓鱼的医生，王淡人钓法独特。从这里，我们似乎听到了庖丁解牛时的节奏和谐之音，看到了轮扁斫轮时的心手合一之舞。因为喜欢郑板桥的对子“一庭春雨瓢儿菜，满架秋风扁豆花”，王淡人特意从外地找来瓢菜种子种上，以与菜园子里已有的扁豆相匹配。王淡人大概是汪曾祺最理想的表现道家风采的人物，所以这位向来在文中隐藏自己观点的作家都忍不住要跳出来评论了：“这点淡泊的风雅，和一个不求闻达的寒士是非常配称的。其实呢？何必一定是瓢儿菜，种什么别的菜也不是一样吗？王淡人花费心思去找了瓢菜的菜种来种，也可看出其天真处。”正是如此，王淡人在摆脱了世俗名利后的轻松自由、淡泊超脱里过着道家的“法天贵真”、适性自然的诗意人生。

还有《收字纸的老人》中的老白。老白识字，能全文背诵《阴骘文》。老白上岁数了，身体却很好，走起路来，腿脚轻快。老白专门收字纸，然后背到文昌阁去，烧掉。收了字纸，老白要一张一张抹平了看看，怕万一有人家把房地契当字纸扔了，就送回去。老白孤身一人住在文昌阁，文昌阁种着两棵柿子树，夏天一地浓阴，秋天满株黄柿。老白达观安命，粗茶淡饭，怡然自得，“不乐寿，不哀夭，不荣通，不丑穷”（《庄子·天地》）。他心境寂寞恬淡，化纸之后，关门独坐，静听门外长流水，其生命已经超越时空，与天地万物同一，进入了无欲无念的化境——“老白活到九十七岁，无疾而终。”

我们可以把废名、汪曾祺笔下这类“异秉”人物概括为人生情调与气质秉性上的“真人”形象，或曰“知识界的真人”，是老子的愚人、庄子的真人、阮籍的大人、陶潜的五柳先生、《二十四诗品》的幽行之人的后继，都统一于“衔觞赋诗”、“猖狂妄行，乃蹈乎大方”（《庄子·山木》）的潇洒超脱、审美诗性的人生形式。

第四节　京派小说“庖丁”式的“异秉”人生

如果说京派上述“异秉”人生的实践者多属于知识分子，凸显的是一种高情风雅的韵致的话，那么，废名、汪曾祺笔下另一类“异秉”人物则多是平头百姓，实践着庄子的“庖丁”们于“技”中见“道”、在世俗日常中显美的超越之境。这些平头百姓有的甚至没有进过学堂门，大字不识，但都拥有一技之长，或者干脆就是寻常百姓赖以活命的寻常手艺。可是，他们都从各自的手艺里获得了生命的尊严与人生的解脱，在自己平凡的生活里体现出道家不为物役、超然尘外的韵味。他们手中握有的技术，像庖丁解牛、佝偻承蜩、匠石运斤、轮扁斫轮一样，都达到了出神入化、炉火纯青之境，他们把赖以营生的技术升华成为艺术——“所好者道也，进乎技也”；他们从中所获得的精神享受，亦如庖丁们一样，“为之四顾，为之踌躇满志”，是一种艺术上的享受，把本是属于自己的烟熏火燎的个体生活，转换成了艺术化的生活而逍遥游着。相对于上节的“知识界的真人”，我们可以将之称为“手艺界的真人”。

废名的《菱荡》写的就是陈聋子，无陈聋子处亦都是陈聋子。陈聋子是个种菜的长工，会种菜，又卖菜，所得之钱一文一文都上交。陈聋子种的萝卜又大又好吃。看他种菜等于看一首陶渊明的田园诗——

太阳已下西山，青天罩着菱荡圩照样地绿，不同的颜色，坝上庙的白墙，坝下聋子人一个，他刚刚从家里上园来，挑了水桶，夹了锄头。他要挑水浇一浇园里的青椒。风吹得很凉快。水桶歇下畦径，荷锄沿畦走，眼睛看一个一个的茄子。青椒已经有了红的，不到跟前看不见。

陈聋子做二老爹的长工做了十几年，他并不聋，只是轻易不说话而已，遇事就笑笑过去，与世无争，只以种菜为务。每天与绿意盈盈的菱荡相伴，陈聋子种了十几年的青椒、紫茄、白萝卜！

《竹林的故事》里的三姑娘也以种菜为生。三姑娘八岁即丧父，与母亲相依为命。不过丧父并没有给她的心灵留下任何悲伤的回忆，随着“青草铺平了一切，连曾经有个爸爸这件事实几乎也没有了”（从这样的描述里，我们又可以见出废名的“生死同一观”）。三姑娘在风日中健康地长大了。三姑娘不爱人群里的热闹，街上有戏从不去看。三姑娘是沉静如水的。三姑娘种的白菜又大又甜，两棵就有一斤多。人人都抢着买三姑娘的菜，因为隔夜没有浸水，煮起来多，吃起来甜。三姑娘挑着活泼泼的一担菜走来了，穿着竹布单衣，颜色淡得同月色一般，就像她的碧绿的菜一样清新纯净。三姑娘和她的菜在一群学子眼里，成了圣洁的一首诗：

三姑娘是这样淑静，愈走近我们，我们的热闹便愈是消灭下去，等到我们从她的篮里拣起菜来，又从自己的荷包里掏出了铜子，简直是犯了罪孽似的觉得这太对不起三姑娘了。

为何陈聋子的种菜与三姑娘的卖菜都成了一首诗呢？因为他们的生活实已与从种子到蔬菜这一生命的成长过程融为一体，再无他念。他们何尝不像庄子笔下那位抱瓮浇圃的汉阴丈人，弃置机事，亲手种菜，全无机心，纯白具备，神生安定，道之所载也！天地悠悠，宇宙洪荒，人事纷纭，与我何涉！他们所进入的是一个无滞无碍的道境，是“明白入素，无为复朴，体性抱神，以游世俗之间者”(《庄子·天地》)。陈聋子和三姑娘都是那位“不以万物易蜩翼”的佝偻老人，不以万物易其种菜，“日出而作，日入而息，逍遥于天地之间，而心意自得”（《庄子·让王》)。他们都在种菜里体现出了“神性”，融化在这个过程里的，是一种忘怀得失、自由自在的个体生命的自我圆满的诗意人生。

如果说废名的“庖丁”们是沉静的，闲逸的，孤独的，带有闲云野鹤般的“仙气”，那么，汪曾祺的“庖丁”们则是热闹的，兴奋的，群居的，带着现世生活的“人气”。先看他的《鸡鸭名家》。《鸡鸭名家》中写了两个具有“异秉”的民间技人：余老五和陆长庚。余老五有绝技——炕鸡，他炕的鸡绒毛都出足了，显得又大又可爱。余老五是炕鸡这一行的状元。到了炕鸡的关键时刻：

余老五这两天可显得重要极了，尊贵极了，也谨慎极了，还温柔极了。他话很少，说话声音也是轻轻的。他的神情很奇怪，总像在谛听什么似的，怕自己轻轻咳嗽也会惊散这点声音似的。他聚精会神，身体各部全在一种沉湎，一种兴奋，一种极度的敏感之中。……吃饭睡觉都不能马虎一刻，前前后后半个多月！他也很少真正睡觉。总是躺在屋角一张小床上抽烟，或者闭目假寐，不时就着壶嘴喝一口茶，哑哑地说一句话。一样借以量度的器械都没有，就凭他这个人，一个精细准确而又复杂多方的“表”，不以形求，全以神遇，用他的感觉判断一切。炕房里暗暗的，暖洋洋的，潮濡濡的，笼罩着一种暧昧、缠绵的含情怀春似的异样感觉。余老五身上也有着一种“母性”（母性！），他体验着一个一个生命正在完成。

笔者认为，在《庄子》的诸多“技中显道”的寓言里，最富文学曼妙性的描写当属“庖丁解牛”。所以徐复观先生由衷地赞叹：“庄子所想象出来的庖丁，他解牛的特色，乃在‘莫不中音，合于《桑林》之舞，乃中《经首》之会’，这不是技术自身所需要的效用，而是由技术所成就的艺术性的效用。”[①] 八卷本《汪曾祺全集》里，描写“异秉”之处不少，最富文学艺术色彩的“异秉”描写也非此段莫属了。余老五“聚精会神，身体各部全在一种沉湎，一种兴奋，一种极度的敏感之中”，这与佝偻老人的知无旁涉，“用志不分，乃凝于神”，“唯蜩翼之知”（《庄子·达生》）的入神境界何其相似。在此，余老五就是那个“以神遇而不以目视，官知止而神欲行”的庖丁，“不以形求，全以神遇，用他的感觉判断一切”。“炕鸡”过程中，余老五所体验到的“一个一个生命正在完成”这种精神上的享受，正是艺术创造般的审美自由。所以，“炕鸡”之后，余老五提着那把细润发光的紫砂茶壶在街上游游荡荡，“为之四顾，为之踌躇满志”！

余老五是“鸡名家”，陆长庚则是“鸭名家”，外号就是“陆鸭”。他聪明，许多活计一看就会，一想就明白。他最大的“异秉”是放鸭。且看他如何将三百四十二只钻进芦丛里的鸭子唤出来：

拈起那根篙子，把船撑到湖心，人仆在船上，把篙子平着，在水上扑打了一气，嘴里啧啧啧咕咕咕不知道叫点什么，赫！——都来了！鸭子四面八方，从芦苇缝里，好象来争抢什么东西似的，拼命地拍着翅膀，挺着脖子，一起奔向他那里小船的四周来。……看看差不多到齐了，篙子一抬，嘴里曼声唱着，鸭子马上又安静了，文文雅雅，摇摇摆摆，向岸边游来，舒闲整齐有致。

---

① 徐复观：《中国艺术精神》，上海：华东师范大学出版社2001年版，第31页。

被发行歌的吕梁丈夫回答孔子的“蹈水有道乎”这一问题时，说：“亡，吾无道。吾始乎故，长乎性，成乎命。与齐俱入，与汩偕出，从水之道而不为私焉。”（《庄子·达生》）人们传说陆长庚能跟鸭子通话，以吕梁丈夫的观点观之，则陆长庚应是“从鸭之道而不为私”，以鸭观鸭，“啧啧咕咕”，“曼声唱着”，皆为鸭语。陆长庚拿了报酬——十块洋钱，留下众人企羡的目光，走了。去了哪里？茶馆赌钱。一夜“七戳五在手”，输得精光，还是一样的沉静神态。由这我们读懂了道家的“洒脱”。这就是陆长庚，因为拥有“异秉”，而拥有了一个自由自在的生命形式。

《三姊妹出嫁》里秦老吉翁婿四个皆有“异秉”。秦老吉卖馄饨，他的馄饨担子是楠木的，还雕着花，细巧玲珑，好像是《东京梦华录》时期的东西。卖的馄饨各种馅都有，最讲究的是荠菜冬笋肉末馅的——它用刀背剁成！拌馅用的深口大盘，竟是雍正青花！秦老吉哪里是卖馄饨，他分明是在表演一种精致古典的艺术。大女婿麻皮匠是个绱鞋的：“他把锥子在头发里‘光’两下，一锥子扎过鞋帮鞋底，两根用猪鬃引着的蜡线对穿过去，噌，——噌，两把就绱了一把针。流利合拍，均匀紧凑。”他绱鞋时常有人一歪头就看半天，因为他们觉得“很美”。二女婿大福子子承父业，不仅头剃得好，还“笙箫管笛，无不精通”，引得旁人一听就站住不走。好一个技术加艺术化的人生！三女婿吴颐福会做“样糖”，件件都是艺术品，人家买去舍不得吃，当摆设！翁婿四家的日子都过得红红火火。在这里，他们的“异秉”，在物质上，使其获得了丰衣足食的生活世相，得以在世俗界的层面上“全身养生尽年”（《庄子·养生主》）；在精神上，又使其获得了艺术性的“逍遥游”：他们在炉火纯青的技术里放置了个性化的心思和创造，明显含有“所好者道也，进乎技也”的艺术意味，从中获得的是生趣盎然、身心合一的艺术享受，于是乎，个体生命由其“异秉”通达到一种游刃有余、从容自在的艺术化的人生形式。

此外，陈四会糊纸灯，他糊出的蛤蟆灯，“绿背白腹，背上用白粉点出花点，四只爪子是活的，提在手里，来回划动，极其灵巧”（《陈四》）；戴车匠从早到晚都坐在那台祖传的古式车床上车东西，

“戴车匠踩动踏板，执刀就料，旋刀轻轻地吟叫着，吐出细细的木花。木花如书带草，如韭菜叶，如番瓜瓤，有白的、浅黄的、粉红的、淡紫的，落在地面上，落在戴车匠的脚上，很好看”（《戴车匠》）；陶虎臣会做叫“酒梅”的花炮：“一棵弯曲横斜的枯树，埋在一个磁盘里，上面串结了许多各色的小花炮，点着之后，满树喷花。火花射尽，树枝上还留着一朵一朵梅花，蓝荧荧的，静悄悄地开着，经久不熄。”（《岁寒三友》）……进入汪曾祺视野的，几乎都是沉浸在自己个性化“异秉”里的寻常百姓的沉静而带有诗意色彩的人生，一如他的夫子自道：“我对人，更多地注意的是他的审美意义。”[①] 他们通过自己的劳动成果证明了个体生命的存在，“这些产品都是用手工做的，因此带上了劳动者个性化智慧的烙印，是他们作为诗性存在的外化，似乎每一件都是活的，有灵魂的”。[②] 在形成这些活的、有灵魂的产品过程里，他们的心灵变得纯粹专一，虽然未必如梓庆一样“斋以静心”，但从其出神入化的“异秉”之技，我们还是可以见出他们与那位工倕一样，“指与物化而不以心稽，故其灵台一而不桎”（《庄子·达生》），心灵到达了无滞无碍的境地，使其超越了价值社会给他们的“手艺人”的身份与地位规定，演绎出一种“由技显道”的人生境界。

通过描写普通百姓的“异秉”，把凡俗人生里隐藏着的淡泊持定与超然自在发掘出来，这是京派“异秉”小说对庄子的“庖丁”们由技进道的艺术化人生形式的直接继承。中国古典文学史上也不乏对技巧的精彩描写，如欧阳修的短文《卖油翁》中写卖油翁酌油“乃取一葫芦置于地，以钱覆其口，徐以杓酌油沥之，自钱孔入，而钱不湿”，技巧甚是高超。但此文的主旨在于“我亦无他，惟手熟尔”，讲的是凡事熟能生巧之理，并无意要从这“异秉”里见出卖油翁的意气风采。京派的文学审美理想是追求“纯正的文学趣味”，塑造审美的人生，他们宣称，人生的理想境界是能超度物质困苦，

---

① 汪曾祺：《卖蚯蚓的人》，《汪曾祺文集》（小说卷），南京：江苏文艺出版社 1994 年版，第 399 页。

② 胡河清：《汪曾祺论》，《当代作家评论》，1993 年第 1 期。

追求一种生活“形式虽孤单，其精神则最热闹”[①] 的心性世界。在这作为审美人生之表现的心性世界里，京派作家通过描写平凡个体的异秉之技，显示出其智慧的美丽，捕捉到其意气的旷达，传达出其诗化的人生。

第五节 《鉴赏家》：“真人”式与“庖丁”式人生的合一

庄子开创了两类诗化的人生形式，“真人”的及“庖丁”们的。中国古代文学史上主要是继承了“真人”式的这一脉，陶渊明、嵇康等造就的皆是“衔觞赋诗”的审美的诗化的人生。京派小说家则从两方面都给予了阐发，通过描写小说人物的“异秉”，既摹状了诸多襟怀潇散、特立独行的知识分子，凸显出一种高情风雅的韵致，又塑造了诸多胼手胝足、土里刨食的平头百姓，实践着庄子的“庖丁”们于“技”中见“道”、在凡俗生活里显示诗意人生的超越之境。

但是，有没有这样一种可能：京派小说所创造的这个具有“异秉”的人物，他既是那超然物外、遨游八极的“真人”，同时，他又是凡夫俗子，靠一种高超的手艺生活，但这门手艺已经在他手中出神入化，是“庖丁”的“所好者道也，进于技也”，已臻天地之境，“同于大通”（《庄子·齐物论》）？

京派给了我们肯定的答案，这就是汪曾祺的《鉴赏家》。

《鉴赏家》中只有两个人物：大画家季匋民和果贩叶三。

季匋民是汪曾祺喜欢的人物形象，在《岁寒三友》中，作家就描写过：“季匋民是一县引为骄傲的大人物。他是个名闻全国的大画家，同时又是大收藏家，大财主，家里有好田好地，宋元名迹。”在《岁寒三友》中，季匋民是一个热心助人的大画家，不遗余力地指点

---

① 废名：《废名散文选集》，天津：百花文艺出版社2004年版，第91页。

画师靳彝甫如何改变画风，又写推荐信，帮靳彝甫在上海办画展。到了《鉴赏家》里，汪曾祺给我们展示了季匋民的画和画风：

季匋民最爱画荷花。他画的都是墨荷。他佩服李复堂，但是画风和复堂不似。李画多凝重，季匋民飘逸。李画多用中锋，季匋民微用侧笔——他写字写的是章草。李复堂有时水墨淋漓，粗头乱服，意在笔先；季匋民没有那样的恣悍，他的画是大写意，但总是笔意俱到，收拾得很干净，而且笔致疏朗，善于利用空白。他的墨荷参用了张大千，但更为舒展。他画的荷叶不勾筋，荷梗不点刺，且喜作长幅，荷梗甚长，一笔到底。

季匋民的画属于中国古典文人画，画画不着色，笔致疏朗，讲究空白，意境自显。中国真正的文人画家都是虚静清高、意态潇散、逸气弥漫、不染尘俗的。季匋民亦是如此：

季匋民最讨厌听人谈画。他很少到亲戚家应酬。实在不得不去的，他也是到一到，喝半盏茶就道别。因为席间必有一些假名士高谈阔论。因为季匋民是大画家，这些名士就特别爱在他面前评书论画，借以卖弄自己高雅博学。这种议论全都是道听途说，似通不通。季匋民听了，实在难受。

季匋民不近世俗，躲避假名士假充内行的高谈阔论，鄙弃他们的道听途说的“高雅博学”，实与元代大画家倪瓒的感触颇为相似：“近迂游偶来城邑，索画者必欲依彼所指授，又欲应时而得，鄙辱怒骂，无所不有。冤矣乎！讵可责寺人以不髯也！是亦仆自有以取之耶?”（《答张藻仲书》）两位画家都对“画外”的一切表示厌恶。倪瓒说自己的画是“聊以写胸中逸气耳”（《题自画墨竹》），季匋民不慕名利，闲静少言，拒绝与假名士深谈，守着自己的画法画风，也可谓是“写胸中逸气”。我们可以把季匋民视为京派小说家所塑造的又一“知识界的真人”。

季匋民从不当众作画，他画画时有时是把书房门锁起来的。但是，这个禁忌，对叶三是个例外，季匋民喜欢叶三看他作画。

叶三？何人也？

叶三是个果贩子，以卖时鲜水果为业。叶三卖水果，卖得很有个性：不开铺子不摆摊，也不挑着担子走街串巷，而是挎着一个金丝篾篮专门给大宅门送果子，且卖果子从不说价，由人任给。叶三的水果有两大特点：第一，得四时之先；第二，个大，匀称，好看，好吃。叶三所卖水果都是叶三直接到产地采办来的。四乡八镇，哪个园子里有什么出了名的好果树，叶三了如指掌。他叶三就是要卖最水嫩、最香甜的好果子：

立春前后，卖青萝卜。“棒打萝卜”，摔在地上就裂开了。杏子、桃子下来时卖鸡蛋大的香白杏，白得象一团雪，只嘴儿以下有一根红线的“一线红”蜜桃。再下来是樱桃，红的象珊瑚，白的象玛瑙。端午前后，枇杷。夏天卖瓜。七八月卖河鲜：鲜菱、鸡头、莲蓬、花下藕。卖马牙枣，卖葡萄。重阳近了，卖梨：河间府的鸭梨、莱阳的半斤酥，还有一种叫做“黄金坠子”的香气扑人个儿不大的甜梨。菊花开过了，卖金橘，卖蒂部起脐子的福州蜜橘。入冬以后，卖栗子、卖山药（粗如小儿臂）、卖百合（大如拳）、卖碧绿生鲜的檀香橄榄。

这么好的果子，许多时候，人家买去舍不得吃，而是配架装盘，书斋清供，闻香观赏。叶三哪里是在卖水果！叶三分明懂得水果之“道”，他带给人们的，是一种活色生香的艺术！一如庖丁之解牛，成就的是“臣之所好者道也，进乎技也”，水果也成了叶三的艺术化人生的外化。

果贩子叶三不但懂水果之“道”，而且懂画之“道”，他叶三是大画家季匋民的唯一知音！“他给季匋民磨墨、漂朱鳔、研石青石绿、抻纸。季匋民画的时候，他站在旁边很入神地看，专心致意，连大气都不出。有时看到精彩处，就情不自禁地深深吸一口气，甚至小声地惊呼起来。凡是叶三吸气、惊呼的地方，也正是季匋民的得意之笔。”季匋民画了一幅紫藤，叶三从花是乱的看出了“紫藤里有风”；季匋民画了一幅老鼠上灯台，叶三从老鼠把尾巴卷在灯台柱上看出了“这是一只小老鼠”。季匋民画了一幅他最擅长的墨荷，中有好些莲蓬，叶三看了，说：“‘红花莲子白花藕’。你画的是白荷花，莲蓬却这样大，莲子饱，墨色也深，这是红荷花的莲子。”惊得大画家季匋民直呼：“果贩叶三是吾师！”

叶三手里有很多幅季匋民的画。季匋民死后，画价大增，可是任人出价多高，叶三硬是一幅不卖，最后都带进了棺材。

如果说卖水果是叶三的糊口手艺，赏画藏画则是叶三的雅好。只消卖一幅季匋民的画，叶三终身都可坐享其成。可叶三是既卖好果子，又藏好画。叶三懂果“道”，成就的是手艺界的艺术化生活；叶三又懂画“道”，成就的是知识界的艺术化生活；叶三不卖画，无视钱财，潇洒通达，成就的是真人的超功利的率性自然的生活境界的极致。

《鉴赏家》在对道家开辟的两类诗化的人生形式——“真人”的及“庖丁”们的超越是显明的。在道家的文本里，“真人”式的诗化人生和“庖丁”式的诗化人生各自独立，它们是两个生活天地里的两类行事。但是，在《鉴赏家》里，汪曾祺不但塑造了“真人式”的诗化人生的代表——清高虚静的大画家季匋民，而且塑造了“真人式”与“庖丁”式两种诗化人生交相融会的代表——既是果贩子又是鉴赏家的叶三。至于一个卖果子的为何会赏画，为何能成为大画家的唯一知音，又为何能不慕财利将画作生死相随，汪曾祺一句也没有交代。也许汪曾祺就是想把世俗化的异秉和精英化的异秉加以调和，认为理想的诗意的人生理当如此？

在那个“风沙扑面，狼虎成群”（鲁迅语）的 20 世纪二三十年代，京派文学却把它的文学重心聚焦于个体生命的质量，关注的是生命的提升与精神的飞翔。无论是废名写于 20 世纪 20 年代的《竹林的故事》、《菱荡》，30 年代的《桥》，还是汪曾祺写于 40 年代的《鸡鸭名家》、《异秉》等等，都在诉说着这同一个生命主题。而道家的庄子亦显然是在一个世事混乱的年代里关注精神上能够“逍遥游”的个体生命。人类如何才能诗意地栖居，才能使得凡俗的生活艺术化？京派文学家给出的答案是谱写“异秉”人生，老子与庄子给出的答案则是效法“愚人”、“真人”和“由技进道”的庖丁们。温儒敏说：“从梁实秋、新月派，到‘京派’，文学观和批评理论有前后连贯的流脉，就是倾向自由主义，主张文学的相对独立性，与现实拉开距离，推崇古典式的审美标准。”① 我们可以看到，温儒敏列出的“自由主义”、“文学的相对独立性”、“与现实拉开距离”这三点，都是老庄思想及其影响所及的中国古典美学精神的精髓和内核。由此可知，京派“异秉”小说从知识界与手艺界两个领域对老庄“真人”们及庖丁们“由技见道”的艺术化人生的全面承传，是有京派文学观和文学批评理论上的老庄哲学与美学底蕴作为支撑的。

① 温儒敏：《中国现代文学批评史》，北京：北京大学出版社 1993 年版，第 270 页。

第四章

京派的“童心”与老庄的“复归于婴儿”

京派多有以儿童和儿童生活为对象的小说，如废名的《桃园》、沈从文的《三三》、凌叔华的《小哥儿俩》小说集、汪曾祺的《受戒》等等。如果要给它们一个界定的话，我们可以将之称为“童心小说”。为什么将之称为“童心小说”而不是“儿童小说”呢？“儿童小说”是儿童文学的组成部分，其阅读对象是儿童。而“童心小说”虽然作品中的主人公是儿童，但实际上的立足点是成年人，是成年人通过观照童心进而观照人生、“看取人生的一种哲学态度”。[①] 京派以儿童视角结撰而成的小说，其美学目的是以儿童天然的纯真朴实来建立尚未被世俗社会异化的精神家园，用童心之“真”与“朴”来构建归真返朴的生命形式与人生形式。从文化、历史与文学的发展脉络来看，京派小说的这一美学表现来源于老子、庄子所奠定的“孩婴”原型意象与“复归于婴儿”从而“复归于道”的原型思想。

这里需要说明的是，京派小说家萧乾与林徽因也写过不少以儿童生活为中心的小说，本章却没有将之纳入研究范围。因为笔者潜心读完八卷本《萧乾全集》、林徽因的所有作品集以及其他相关资料，都没有发现他们明显受老子、庄子影响的任何事实。所以，尽管这两位作家以儿童为中心的小说亦是反映了他们“看取人生的一种哲学态度”，笔者却不能贸然认为是受了老庄的“复归于婴儿”这一文化与哲学理想的影响。另外，废名他们作品里的儿童都是生活在一个其乐融融的世界里，与纯净美好的自然环境、人、事浑然一体，共同谱写着一个真诚的人生境地。而萧乾与林徽因以儿童为中心的小说，则是着重反映儿童在这个人世间受到的不公平对待，如萧乾的《篱下》与林徽因的《绣绣》；以及以儿童视角发现的这个人世间的丑恶，如萧乾的《雨夕》与林徽因的《文珍》，具有一种人生颠沛流离、沧桑无奈之感。这些美学表现显然与老庄的“复归于婴儿”的哲学意愿不同，这也是不将它们纳入本章论述范围的另一原由。

---

① 王全根：《儿童文学的审美指令》，武汉：湖北少年儿童出版社 1991 年版，第 157 页。

第一节 “孩婴”原型意象与“复归于婴儿”原型思想

在《老子》一书里，屡屡出现“婴儿”这一语汇，反映了老子“复归于婴儿”的理想。综观《老子》五千言，“婴儿”以及类似“婴儿”之义的表达共有五处：

载营魄抱一，能无离乎？专气致柔，能如婴儿乎？(第10章)

众人熙熙，如享太牢，如春登台。我独泊兮，其未兆；沌沌兮，如婴儿之未孩。(第20章)

知其雄，守其雌，为天下蹊。为天下蹊，常德不离，复归于婴儿。(第28章)

圣人在天下，歙歙焉，为天下浑其心，百姓皆注其耳目，圣人皆孩之。(第49章)

含德之厚，比如赤子。毒虫不蛰，猛兽不据，攫鸟不搏。骨弱筋柔而握固。未知牝牡之合而朘作，精之至也。终日号而不嗄，和之至也。(第55章)

第一段和第五段意思相近，赞美婴儿专气致柔、含德深厚，虽身体稚嫩却具有旺盛的生命力。第二段的“如婴儿之未孩”，是老子在同“众人熙熙”的对比中强调自己淡泊宁静、浑厚淳朴的“愚人之心”；另一层意思，可以解读为天然能与“道”对话的有着超然精神意境的隐喻意义上的“婴儿”。第三段主要是说若能“常德不离”，就能“复归于婴儿”这一近于“道”的理想状态，因为“常德”即“道”。也就是说，婴儿的状态就是“道”的状态，如果能像婴儿一样柔静无欲（即“守其雌”），就能不离“常德”，臻于“道”境。第四段“圣人皆孩之”中的孩婴意象，主要是描述婴儿天生的自然无为状态。综此可以看出，在老子看来，婴儿的状态就是“道”的状态。老子所建构的婴儿意象尽管有多种指称内涵，但总的来说，可以归纳为三点：“专气致柔，无知无欲，天真淳朴，而其要在‘无知’，也就是无分辨之心，浑朴自然。”[①] 在老子看来，这三点都是“获道”、“体道”的必要条件，因为“为学日益，为道日损”（《老子》第48章），而婴儿的无知无欲、混沌淳朴等天性，天然就是一种“损”之状态。也就是说，由于婴儿处于“人之初”，是一切的新鲜与原始，还未接受知识、文明、礼乐等人为的熏陶，所以能尽显本真、天真、纯真之气，本身就是“纯任自然”。老子之所以要“复归于婴儿”，就是在他看来，“婴儿”即“自然”。正是在这层意义上，有学者认为，老子“对婴儿的爱、赞美和膜拜，从根本上说当然还是回归‘道法自然’那样‘无知无识，无忮无求，无生无死，无始无终’的‘原初的美妙’”。这是“老子本体论的必然归结和延伸”。[②]

按照美国哲学家威尔赖特的看法，一个在某位作家的作品中反复出现的隐喻可以称为“个人性的象征”，一旦这种“个人性的象征”被人们普遍接受并传播到文化中去，它就又变成了原型性的象征。[③] 以此观点来看老子多次描述的“婴儿”，从文学发展的历史事实来看，可以说，它已经从老子的“个人性的象征”传播为一个具有文学、美学、哲学意义上的原型性象征了。在诸如“童真”、“童心”、“童稚”、“稚子”、“返朴归真”等这些为后世人所熟知和使用的命名中，皆可以解读出从老子“婴儿”这一原型意象所衍生出的历史轨迹，以及“婴儿”这一比喻所具有的历史生命力和文化穿透力。

《庄子·田子方》中讲述了这样一个故事：

孔子见老聃，老聃新沐，方将被发而干，慹然似非人。孔子便而待之，少焉见，曰：“丘也眩与，其信然与？向者先生形体掘若槁

① 刘绍瑾：《复古与复元古》，北京：中国社会科学出版社2001年版，第197页。

② 萧兵、叶舒宪：《老子的文化解读》，武汉：湖北人民出版社1994年版，第827页。

③ 转引自萧兵、叶舒宪：《老子的文化解读》，武汉：湖北人民出版社1994年版，第45页。

木，似遗物离人而立于独也。”老聃曰：“吾游心于物之初。”

庄子用孔子拜见老子这个故事表达了道家独特的个人理想，即像老子那样“游心于物之初”，从而超凡脱俗成为至人。孩童天然地处于一种“游心于物之初”的精神状态，因为孩童本身就是“混沌”，天生就处于“初始的完美”状态中，一如庄子所说：“夫水之于汋也，无为而才自然矣。至人之于德也，不修而物不能离焉，若天之自高，地之自厚，日月之自明，夫何修焉！”（《庄子·田子方》）庄子是老子学说的主要继承者，非常认同老子的“常德不离，复归于婴儿”这一哲学理想，所以，庄子全盘接过来老子所开创的“孩婴”意象。《庄子》全书中直接说到“婴儿”一词的就有五次，分别见于《人间世》（“彼且为婴儿，亦与之为婴儿”）、《天地》（“怊乎若婴儿之失其母也”）、《达生》（“行年七十而犹有婴儿之色”）和《外物》（“婴儿生无硕师而能言，与能言者处也”）。这之间的“彼且为婴儿，亦与之为婴儿”中的“婴儿”意义要稍微复杂一些，陈鼓应注释为“他如果像婴孩那样烂漫，你也姑且随着他像婴孩那样烂漫”，[①] 还是取老子“婴儿”意象中的“天真烂漫”一义。至于其他三处的“婴儿”，则仅是指“婴儿”这一本体义，没有任何引申义。最是承接了老子“婴儿”意象内涵的，当属《庚桑楚》篇中的“儿子”之谓：

能儿子乎？儿子终日嗥而不嗄，和之至也；终日握而手不掜，共其德也；终日视而目不瞚偏不在外也。行不知所之，居不知所为，与物委蛇，而同其波，是卫生之经也。

紧接着，又曰：

“能儿子乎？”儿子动而不知所为，行不知所之，身若槁木之枝而心若死灰。

---

① 陈鼓应：《庄子今注今译》，北京：中华书局1983年版，第131页。

此处的“能儿子乎”即来自《老子》第10章的“专气致柔，能婴儿乎”？而且《老子》第55章讲到赤子含厚德，“骨弱筋柔而握固”，“终日号而不嗄，和之至也”，这显然亦直接为《庚桑楚》所本。可见，庄子对老子赋予给“婴儿”所具有的象征意义是非常赞同的，或者说，庄子也从“婴儿”本身的生理特征发现了其与“道”之相通处。

庄子不仅在“婴儿”、“赤子”（见《庄子·山木》：“子独不闻假人之亡与？林回弃千金之璧，负赤子而趋。”）这些词语上直接继承了老子的说法，而且，庄子还在老子“婴儿”这一意象的使用上向前延伸，或曰涵盖面更加宽泛了。《大宗师》中有“女禹得道”的故事。南伯子葵问乎女禹曰：“子之年长矣，而色若孺子，何也？”孺子就是孩童，年龄显然比“婴儿”大。在《天道》篇中又曰“嘉孺子而哀妇人”。可见，孺子或赤子总是老庄喜爱、崇拜的对象。在《人间世》里，庄子又在老子“婴儿”这一意象的基础上创立了“童子”意象：“与天为徒者……人谓之童子，是之谓与天为徒。”这里的“童子”之义，亦是指“婴儿”的纯真、无机心的天然之状。不错，先于《庄子》的《论语》就已使用到“童子”二字：“莫春者，春服既成，冠者五六人，童子六七人，浴乎沂，风乎舞雩，咏而归。”（《论语·先进》）但是，很显然，此处的“童子”仅仅是一个称呼而已。到了《徐无鬼》里，庄子则把老子的无知无识、纯任自然的“婴儿”意象发展成为一个具有独立人格的主人公了。它讲到“黄帝将见大隗乎具茨之山”，有六圣陪同。结果却是“至于襄城之野，七圣皆迷，无所问塗”。这时他们碰到一个“牧马童子”（注意：这里的“牧马童子”之“童子”又是它的本体义了，与《人间世》里的“人谓之童子”完全不同义），他不仅“知具茨之山，又知大隗之所存”。黄帝非常惊讶，发出了“异哉小童”的惊讶与赞叹，以致虚心地向这个“牧马童子”请教“为天下”之道。虽然对方贵为黄帝，“牧马童子”却并不像成人那样抱了某种功利目的而对其俯首帖耳，而是非常具有个性地推辞不应。经不住黄帝的再三恳求，他才轻松自如地说：“夫为天下者，亦奚以异乎牧马者哉！亦去其害马者而已矣！”“牧马童子”从自己的牧马经验所推断出的“为天下”的简单而深刻之道理，使得黄帝心悦诚服，“再拜稽首，称天师而退”。以今天的阅读视野来看，显然，这个“牧马童子”已具备了后世儿童小说里的主人公雏形，我们完全可以把他看作现代儿童小说里一个生性勤劳（牧马）、天资聪颖（由自己的牧马一事推知何以“为天下”）且又颇具个性（拒不回答黄帝的问题）的少年。从黄帝向“牧马童子”请教这个故事里，我们也可以读出儒道两家对“知识”与“教化”的截然不同的看法。黄帝播百谷草木，发展生产，创造文字，始制衣冠，建造舟车，发明指南车，定算数，制音律，创医学等等，为中华民族始祖，人文初祖。《诗·周颂·思文》歌颂黄帝道：“思维后稷，克配彼天，立我民，莫菲尔极。”孔子对黄帝是非常敬重的，《诗经》既经孔子所删定，《诗·周颂·思文》对黄帝的歌颂当然也是孔子对黄帝的歌颂。但是，庄子却不以为然，竟在《徐无鬼》里塑造了一个不仅要向“牧马童子”“问途”而且要问何以“为天下”的黄帝。庄子赋予“牧马童子”连“七圣”都不具备的才能，其哲学本意在于“婴儿”这一意象所含蕴的“无思无虑始知道，无处无服始安道，无从无道始得道”（《知北游》）。在老子和庄子看来，孩童的自然、原初、“无思无虑始知道”的天性胜过一切成人的人为，也就是黄帝和其他六圣们的“机巧智利”。

第二节　中国古典文学史与美学史上的“复归于婴儿”

可以说，如果没有老子、庄子对“婴儿”的叙说与界定，中国文学想象中的“婴儿体系”就会受到很大的限制。或者说，《老子》与《庄子》基本上奠定了汉语文化共同体有关“婴儿”的叙说传统，“自老子而后，后世的中国文学歌唱孩童天趣，文学理论也标举‘童心’、‘赤子’之心”。[①] 中国古典文学不以叙事文体见长，而以

① 刘绍瑾：《复古与复元古》，北京：中国社会科学出版社 2001 年版，第 198 页。

抒情小诗取胜，故由老庄所奠定的“婴儿”形象主要表现在诗歌里。这类诗歌可分为两大类：一是成人以孩童的天真敦朴之趣来对照世事的变幻无常，用以“忘成人之忧”，即老庄所言的“绝圣弃智”、“忘”、“外”而后能“逍遥游”；一是直接描摹孩童的生活情状，见其天真童稚、顽皮可爱，潜在地使被世事纠缠得心力交瘁的成人获得轻松心境，领会生活之情趣。

第一类可以称为“启发类”。如受道家思想影响很深的陶渊明，就在诗篇里多次描写憨态可掬的孩童形象。《和郭主簿》（其一）中有云：“弱子戏我侧，学语未成音。此事真复乐，聊用忘华簪。遥遥望白云，怀古一何深。”幼儿咿呀学语的天真情状让已经满头华发的诗人暂时忘记了世道的忧伤多艰，并在这“人之初”的洁白纯净、无欲无求中追忆远古的淳朴简单，“复”得精神上的无上之“乐”。《归去来兮辞》中所描述的“童仆欢迎，稚子候门”的景象，旨在表达见到“纯任自然”的稚子后所获得的“久在樊笼里，复得返自然”的轻松心灵。鲍照在《拟行路难》中写道“弄儿床前戏，还家自休息”，亦是诗人从孩童无忧无虑的嬉戏玩耍中获得了解脱尘世纷扰的契机。至于夫子自道深爱老庄的苏轼，则直接承用老子的“婴儿”原型思想，在其《洗儿诗》中云：“人皆养子望聪明，我被聪明误一生。惟愿孩儿愚且鲁，无灾无难到公卿。”该诗的原型就是老子所建构的孩婴天趣之“愚人之心”。苏东坡一生政治失意，仕途坎坷，看透了官场的虚伪逢迎，所以他希望自己的孩子能一直拥有“愚人之心”：“举世而誉之而不加劝，举世而非之而不加沮”（《庄子·逍遥游》），能够超越世俗的价值观念与是非好恶，达到老庄所赞赏的无知无欲、浑全淳朴的“婴儿”之心。

第二类可称为“儿童生活类”。这类儿童诗在中国古典诗歌史上数量很多，写得轻松欢快，直接以儿童的日常生活为题材，表现孩子的天真顽皮、活泼好奇、无机心之天性。如陶渊明将世事抛却一边，纯粹以父爱的眼光写就的《责子》一诗：“阿舒已二八，懒惰故无匹。阿宣行志学，而不爱文术。雍端年十三，不识六与七。通子垂九龄，但觅梨与栗。”此诗就全然以孩童为笔墨重心，无有他向来爱在诗中呈现的怀古之幽思。即使是要“致君尧舜上，再使风俗淳”的杜甫，虽然其人生理念与老庄截然不同，又身逢乱世，诗中忧生悯乱之气最为浓厚，但一旦涉笔儿童生活，仍是饶有情致。如《百忧集行》云：“忆年十五心尚孩，健如黄犊走复来，庭前八月梨枣熟，一日上树能千回。”这里的“心尚孩”之“孩”就来自老庄的“复归于婴儿”之原型，取孩童的无忧无虑之本色，只是杜甫自己可能并未意识到这点。这与“原型”的本身特点有关。原型心理学家荣格说，原型存在于集体无意识之中，“它们为我们祖先的无数类型的经验提供形式，可以这样说，它们是同一类型的无数经验的心理残迹”。① 原型总是自动地要求呈现的机会，由此构成艺术家创作的“自主情结”，引导乃至操纵他的构思和写作。所以有着沉郁顿挫之诗风的杜甫，一旦将笔对准孩童生活，轻快跳跃的节奏就情不自禁地跃然纸上了。与杜甫类似的还有白居易，这位坚持“美刺比兴”批评观的诗人，当他把目光从“惟歌生民病，但愿天子知”的创作主张移开，锁定孩童时，其诗风也是轻松欢快的：“小娃撑小艇，偷采白莲回。不解藏踪迹，浮萍一道开。”（《池上》）笔墨情趣正在于小娃的天真幼稚之情状带给诗人的会心一笑。在老子所首创的“婴儿”这一意象里，婴指女孩，儿指男孩，“复归于婴儿”是不带有分别心的。而也许是由于封建思想的影响，进入这些诗人、词人视野的，几乎都是男童。当然也有例外。把笔墨聚焦于女童，专注于女童日常生活中的嬉戏的，有清代诗人高南阜的《小娃诗再效前体》四首。兹录一首：“姊妹南园戏不归，喁喁小语坐花围，平分一段芭蕉叶，剪碎春云学制衣。”② 高南阜还有《儿童诗效徐文长体》四首，是写男童的顽皮活泼的。周作人在《秉烛后谈・儿童诗》里评价高南阜这八首儿童诗时曾说：“这儿首诗的好坏是别一问

① ［瑞士］荣格著，冯川译：《论分析心理学与诗的关系》，《荣格文集》，北京：改革出版社 1997 年版，第 226 页。

② 为了让读者能有更多的了解，这里把另外三首也录出来。其一是：“画廊东畔绿窗西，斗草寻花又捉迷，袖里偷来慈母线，一勾小袜刺猫蹄。”原注为：作袜不半寸许，着猫足为戏，谓之猫蹄儿。其二是：“安排杓柄强枝语，略着衣裳束一躯，花草堆盘学供养，横拖绿袖拜姑姑。”原注云：以杓柄作刍偶乞灵，谓之请姑姑。其三是：“高高风信放鸢天，阿弟春郊恰放还，偷去长丝缚小板，牵人花底看秋千。”

题，总之是很难得的，古人虽有闲看儿童捉柳花，稚子敲针作钓钩等单句，整篇的在《宾退录》卷六记有路德延的《孩儿诗五十韵》，其次我想该算这七绝八首了吧。”① 周作人终其一生都关注儿童与儿童文学创作问题，他的这个评价是非常符合历史事实的。至于周作人所说的唐代诗人路德延的《孩儿诗五十韵》，从男童的长相服饰、一颦一笑到种种调皮顽劣行径，都详细地描摹出来了，可谓关于儿童的古今第一长诗。②

当然，中国古典诗歌发展历史极其漫长又取得了最骄人的成就，其中，写有儿童形象或者借儿童的天真烂漫之情状来反衬成人日趋繁复的世俗之累的诗作是颇多的，并非上述两种类型能完全概括，而仅仅是为了叙说的方便所作的一个大致分类。像李白的诗《古朗月行》：“小时不识月，呼作白玉盘。又疑瑶台镜，飞在青云端。仙人垂两足，桂树何团团。白兔捣药成，问言与谁餐？蟾蜍蚀圆影，大明夜已残。羿昔落九乌，天人清且安。阴精此沦惑，去去不足观。忧来其如何？凄怆摧心肝。”该诗的前四句把孩子的天真稚气然而想落天外的想象力表现得栩栩如生，中间四句又绘影绘声地描摹出孩子对神话的深信不疑，但是，诗句的后半部分，则可视为诗人对当

---

① 周作人：《秉烛后谈·儿童诗》，石家庄：河北教育出版社2002年版，第42页。

② 唐代诗人路德延的《孩儿诗五十韵》为：情态任天然，桃红两颊鲜。乍行人共看，初语客多怜。臂膊肥如瓠，肌肤软胜绵。长头才覆额，分角渐垂肩。散诞无尘虑，逍遥占地仙。排衙朱阁上，喝道画堂前。合调歌杨柳，齐声蹋采莲。走堤冲细雨，本巷趁轻烟。嫩竹乘为马，新蒲掉作鞭。莺雏金镟系，猧子彩丝牵。拥鹤归晴岛，驱鹅入暖泉。杨花争弄雪，榆叶共收钱。锡镜当胸挂，银珠对耳悬。头依苍鹘裹，袖学柘枝揎。酒殢丹砂暖，茶催小玉煎。频邀筹箸插，时乞绣针穿。宝箧拏红豆，妆奁拾翠钿。短袍批案褥，尖帽戴靴毡。展画趋三圣，开屏笑七贤。贮怀青杏小，垂额绿荷圆。惊滴沾罗泪，娇流污锦涎。倦书饶娅姹，憎药巧迁延。弄帐鸾绡映，藏衾凤绮缠。指敲迎使鼓，筋拨赛神弦。帘佛鱼钩动，筝推雁柱偏。棋图添路画，笛管欠声镌。恼客初酣睡，惊僧半入禅。寻蛛穷屋瓦，采雀遍楼椽。抛果忙开口，藏钩乱出拳。夜分围榾柮，朝聚打秋千。折竹装泥燕，添丝放纸鸢。互夸轮水硙，相教放风旋。旗小裁红卷，书幽截碧笺。远铺张鸽网，低控射蝇弦。吉语时时道，谣歌处处传。匿窗肩乍曲，遮路臂相连。斗草当春径，争球出晚田。柳傍慵独坐，花底困横眠。等鹊潜篱畔，听蛩伏砌边。傍枝拈粉蝶，隈树捉鸣蝉。平岛夸趫上，层涯逞捷缘。嫩苔车迹小，深雪履痕全。竞指云生岫，齐呼月上天。蚁窠寻径劚，蜂穴绕阶填。樵唱回深岭，牛歌下远川。垒柴为屋木，和土作盘筵。险砌高台石，危跳峻塔砖。忽升邻舍树，偷上后池船。项橐称师日，甘罗作相年。明时方在德，戒尔减狂颠。

时朝政的黑暗所发出的深深愤慨与担忧。《古朗月行》显然不能视作纯粹的儿童诗，它既是已成年的李白对儿时美好时光的追忆，又是对丑陋现实的无尽忧伤，难以对其进行简单归类。

文学理论上对老庄的“复归于婴儿”原型思想的承续，直到中国封建社会第二次思想解放的明清时期才出现。“明清许多批评家标举孩婴天趣，充分肯定超越世俗价值观念、传统规范，特别是以儒家伦理道德为主要内容的文明价值追求的天真自然的审美趣味”。[①]明中叶李贽提出的“童心”说，可以说是其代表。李贽的《童心说》一文，被学界认为是“以其与一切专制主义道德说教彻底决裂的勇气和冲决囚缚的豪迈情怀，奏出了中国社会开始从中世纪走向近代的时代最强音，它是晚明思想解放的宣言、个性解放的宣言、文学革新的宣言”。[②] 在《童心说》中，李贽认为有无童心，是真正的人与“假人”的本质区别：“夫童心者，真心也”；“夫童心者，绝假纯真，最初一念之本心也。若夫失却童心，便失却真心；失却真心，便失却真人。人而非真，全不复有初矣。”在李贽看来，童心就是真心，失却了真心，人就“全不复有初”矣。于此，我们可以见出老庄所心仪的“初”与“始”之身影。然则“童心”自何而来？“童子者，人之初也；童心者，心之初也。”在李贽看来，童心为自然所赋予而不是来自后天的文明教化，如同童子为人之初是自然规律一样。在“无所不假”、“满场皆假”的虚伪丑恶的现实里，要找回被“道学之口实、假人之渊薮”的“六经”、《论语》和《孟子》所障蔽的“心之初”，按照李贽的界定——“童心者，心之初也”，最切实也最审美的方法，当然莫过于是从“童子”找起了，因为童子是“人之初”，还处于一派天然的浑全敦朴状态。从这可以看出，尽管李贽的“童心”说可能同时受到了佛禅的影响，但主要渊源，还是来自老庄的“复归于婴儿”的回归初始之完美的思想。童心为自然所赋予，自然法则教导人要做真人；人是自然的一部分，童心也就体现着自然的法则，绝不可丢弃：“夫心之初，曷可失也？”

① 刘绍瑾：《复古与复元古》，北京：中国社会科学出版社2001年版，第199页。
② 许苏民：《李贽的真与奇》，南京：南京出版社1998年版，第106页。

当然，我们说李贽的“童心”说源于老庄的“复归于婴儿”，但也要看到它们之间的区别。笔者认为：老子的“复归于婴儿”主要是复归一种无知无欲的状态，是为了获得“道”的状态，回归到初始本然的道之境界。而李贽的“童心”则不涉及“道”，主要是指“真”，“绝假纯真”之“真”。具体说来，就是与虚假的世俗对立的“真心”，未受儒家伦理道德污染的“真心”。因为李贽曾如是说：

夫六经《语》《孟》，非其史官过为褒崇之词，则其臣子极为叹美之语，又不然则其迂阔门徒，懵懂弟子，记忆师说，有头无尾，得后遗前，随其所见，笔之于书。后学不察，便以为出自圣人之口也，决定目之为经矣，孰知其大半非圣人之言乎。纵出自圣人，要亦有为而发，不过因病发药，随时处方，以救此一等懵懂弟子迂阔门徒云耳。药医假病，方难定执，是岂可遽以万世之至论乎？然则六经《语》《孟》乃道学之口实，假人之渊薮也，断断乎其不可以语于童心之言明矣。(《焚书》卷三)

至此，可以结论，他们提出命题的逻辑起点不一样：老子是从体道角度来提的，为了获道；李贽是从反抗虚伪现实角度来提的，复“童心”是为了做“真人”。

紧随李贽之后，公安派的代表人物袁宏道对童稚之趣亦非常欣赏，在《叙陈正甫会心集》及《寿存斋张公七十序》里分别提出了“童子之趣”和“稚子之韵”，认为趣、韵“得之自然者深，得之学问者浅”，故童子、稚子最是能体现趣、韵之“最上乘”也：

世人所难得者唯趣。趣如山上之色，水中之味，花中之光，女中之态，虽善说者不能一语，唯会心者知之。今之人，慕趣之名，求趣之似，于是有辨说书画，涉猎古董，以为清；寄意玄虚，脱迹尘纷，以为远。又其下，则有如苏州之烧香煮茶者。此等皆趣之皮毛，何关神情！夫趣得之自然者深，得之学问者浅。当其为童子也，不知有趣，然无往而非趣也。面无端容，目无定睛；口喃喃而欲语，足跳跃而不定；人生之至乐，真无逾于此时者。孟子所谓不失赤子，

老子所谓能婴儿，盖指此也，趣之正等正觉最上乘也。（《叙陈正甫会心集》）

大都士之有韵者，理必入微，理又不可以得韵。故叫跳反掷者，稚子韵也，嬉笑怒骂者，醉人之韵也。醉者无心，稚子亦无心，无心故理无所托，而自然之韵出焉。（《寿存斋张公七十序》）

因为童子、稚子本身就是自然，还处于“不知”、“无心”状态，天真未凿，混沌本原，一片天机，故“自然之韵出焉”。袁宏道认为此即“老子所谓能婴儿”。这正是把握了老子“复归于婴儿”的精髓。像李贽认为道理闻见使得童心丧失殆尽一样，袁宏道亦认为“闻见知识”是趣、韵丧失的根本原因，断言：“理者是非之窟宅”，同样把批判的矛头直指文明社会里的一切伦理道德教化，认为它们是趣、韵生存的天敌，是“缚”住趣和韵的“梏”与“棘”。所以，袁宏道指出：“韵者大解脱之场也”。这正是要冲破一切文明礼教，回复到童子、稚子的“无心”状态，以真心任自然，做一真人也。这里我们分明听到了老庄的回响：绝圣弃智，绝仁弃义，绝巧弃利，回到“见素抱朴”状态，“沌沌兮，如婴儿之未孩”（《老子》第20章）。

但是，我们应注意到，袁宏道在此还有“孟子所谓不失赤子”[1]之言，亦用以涵括他所推举的童子、稚子之趣。这很容易给人造成误会。在中国哲学史上，孟子是最早提出“赤子之心”一说的，它是孟子“性善论”的立论基础。孟子认为，人天生就具有恻隐、羞恶、辞让、是非的先验道德本性，这种道德本性就是“赤子之心”。所谓“大人者，不失其赤子之心也”（《孟子·离娄下》），就是指“大人”能时时扩充内心的善端，保持天生的道德本性而不使其流失。很明显，孟子所认可的这一天生具有善恶、是非识断的“赤子之心”，与李贽、袁宏道的来自老庄一脉、本自自然、浑全未化的“童心”、“童子”、“稚子”的所指是大为不同的。然而，袁宏道在

① 以上均见自袁宏道的《叙陈正甫会心集》与《寿存斋张公七十序》，见钱伯城笺校：《袁宏道集笺校》（卷10及卷54），上海：上海古籍出版社1979年版。

此将“孟子所谓不失赤子、老子所谓能婴儿”并列而言，岂不是视孟子的“赤子之心”与老子的“复归于婴”为同义？袁宏道正是此意。李贽的《童心说》出来后，有人要求他解释《孟子》中的“大人者，不失其赤子之心”之义。李贽说：“在予《童心说》。”怕引起误解，李贽紧接着又说：“夫赤子之心，童心也；童心者，真心也……赤子者，人之初也；赤心者，心之初也。”[①] 可见，李贽用其《童心说》的观点将孟子的“赤子之心”给予了重新诠释，使其获得了与“童心”、“真心”、“心之初”对等的意义，这样也就回复到了老子的“含德之厚，比于赤子”中的“赤子”所具有的美学含义。袁宏道与李贽是好友，对李贽的学说甚是服膺，他的“孟子所谓不失赤子”之“赤子”，正是经过李贽重新解释了的带上了“童心”色彩的“赤子”，故他将其与“老子所谓能婴儿”并举。

国学大师王国维也提出过“赤子之心”，在《人间词话》里，他说：“词人者，不失其赤子之心者也”，“主观之诗人，不必多阅世。阅世愈浅，则性情愈真”。[②] 王国维在此将性情之真与社会阅历对立，阅世愈浅者，则是“赤子之心”的保存者，反之，则意味着“赤子之心”的丧失，世俗之心的泛滥。由此可见，王国维也主要是在“童心”、“真心”、“心之初”这一意义上来界定“词人者，不失其赤子之心者”这一命题的。王国维于1906年发表《老子之学说》，从西方哲学本体论的角度探讨《老子》所潜藏的哲学价值，确立了老子作为中国哲学奠基者的历史地位。我们从王国维在“童心”、“真心”、“心之初”的含义上所使用的“词人者，不失其赤子之心者”，可以明显地看出王国维受老子的“复归于婴儿”这一哲学、美学理想的影响。

---

① 许苏民：《李贽的真与奇》，南京：南京出版社1998年版，第213页。

② 王国维：《人间词话》，上海：上海古籍出版社1998年版，第4页。

第三节　五四时期的“儿童崇拜”：外国文化思想的影响

传统的中国文学与中国文学理论批评，主流是以儒家诗教为核心的功利派，以老庄为代表及其影响下的道家美学则处于边缘。虽然老庄极力称赞婴儿的天真原朴、纯任自然、毫无机心，直接就是“道”的体现，而希冀能“复归于婴儿”，但这种理想在漫长的古典中国也是一直居于边缘地位的。从董仲舒在汉武帝时代提出“罢黜百家，独尊儒术”开始，儒家在这段长达两千多年的时光里对儿童几乎是视而不见的，总是把儿童依附于成人，从来就不认为儿童也有自己独立的人格。一如周作人所说：“以前的人对于儿童多不能正当理解，不是将他当作缩小的成人，拿‘圣经贤传’尽量的灌下去，便将他看作不完全的小人，说小孩懂得甚么，一笔抹杀，不去理他。”① 上述论及的李贽、袁宏道之所以能对“童心”与“童子之趣”、“稚子之韵”大加赞赏，主要原因之一是因为他们都是道家美学思想的承传者。尤其是李贽，直以孔孟传统儒学的“异端”自居，对封建社会假道学大加痛斥批判，主张“革故鼎新”，反对思想禁锢。李贽、袁宏道的时代——思想活跃、追求性灵的晚明时代过去了，历史翻到了新的“万马齐喑究可哀”的清代，中国文学理论领域对“婴儿”的欣赏与崇拜又重新陷入了沉寂。直到“五四”新文化运动时期，由人的觉醒才带来了儿童的发现。

“五四”新文化运动健将高扬“民主”与“科学”两大旗帜，讨伐封建传统文化的种种落后与罪恶，从伦理道德上把中国人从礼教的束缚下解放出来，鼓吹个性解放，要求人格独立，一时蔚成强烈的时代主潮。“人的发现，即发展个性，即个人主义，成为‘五

① 周作人：《儿童的文学》，《儿童文学小论　中国新文学的源流》，北京：北京十月文艺出版社2011年版，第41～42页。

四’时期新文学运动的重要目标。”①从文化人类学角度来看，人类只有发现了儿童，人类才真正发现了“人”自己，儿童的发现是人的最后发现之发现。在“五四”新文化运动对个性主义的集中关注这个文化契机下，老中国终于“发现”了独立的个体的“人”。顺此继续深入“发现”下去，然后才渐次“发现”了妇女和儿童。鲁迅于1918年的呐喊“没有吃过人的孩子，或者还有？救救孩子……”（《狂人日记》）一时成为拯救与发现儿童的时代最强音。其后，理论界对儿童的关注蔚为大观，以周作人为代表。“五四”初期一般是文学理论先行，然后才是创作上的收获，具有现代性质意义的小说、散文、新诗及戏剧都是如此，对儿童的礼赞及儿童文学的盛行也不例外。新文学作家正是在这种“发现”了儿童的社会文化态势里开始赞美成人之源头——人类的童年和童心的。冰心这样赞叹孩子：他们是“灵魂中光明喜乐的星”，号召“万千的天使，要起来歌颂小孩子”；因为“小孩子！他那细小的身躯里，含着伟大灵魂”！刘半农为他的女儿献诗：“呵呵，我羡你！我羡你！你是天地间的活神仙！是自然界不加冕的皇帝！”朱自清高声唱道：“光明的孩子，爱之神！”②“五四”文学家纷纷将儿童当作“神”来膜拜。丰子恺就公然宣称自己是一个“儿童崇拜者”，将儿童与“神明”并列而言：“近来我的心为四事所占据了：天上的神明和星辰，人间的艺术与儿童。”③他认为儿童在他心中占有与神明、星辰、艺术同等的地位。《缘缘堂随笔》中就有诸多描写童真、赞美童真的散文作品，构成了一个真率的、有情的、纯美的儿童世界。黎锦晖的《麻雀与小孩》、《葡萄仙子》也是这个时期产生的最优秀的儿童剧，“高高的云儿罩着，淡淡的光儿耀着，短短的篱儿抱着，弯弯的道儿绕着，多好啊！这里真真好好！静悄悄地谁料是春天到了！”（《葡萄仙子》），为儿童塑造了一个春天般明媚晴朗的爱之世界，儿童在

① 茅盾：《关于创作》，《茅盾文艺杂论集》（上集），上海：上海文艺出版社1981年版，第298页。

② 蒋风：《中国儿童文学大系诗歌卷·一》，太原：希望出版社1990年版，第43～44页，第4页。

③ 丰子恺：《缘缘堂随笔集》，杭州：浙江文艺出版社1983年版，第30页。

这仙境里也获得了“活神仙”的姿采。

“五四”时期“儿童崇拜”思想形成的根本主要是来自外国文化资源的影响而非本土老庄的影响，理由凡三：

首先，从“五四”时期的“儿童学”及“儿童文学”的理论资源来看。周作人是中国现代儿童文学理论的奠基者，是“五四”前后最早介绍儿童文学理论、对儿童文学理论研究最力的学者，并且也是最早提出“儿童本位”论的先行者。1913 年，周作人就发表了《儿童研究导言》，中有观点如此：“盖儿童者，大人之胚体，而非大人之缩形……世俗不察，对于儿童久多误解，以为小儿者大人之具体而微者也……”① 这是目前能见到的周作人关于“发现儿童”的最早文字。1914 年，周作人在《绍兴教育月刊》第 9 号的《成绩展览会意见书》一文中明确指出：“故今对于征集成绩品之希望，在于保存本真，以儿童为本位。”② 这是目前能见到的“以儿童为本位”这一表述的最早文字。是年，周作人又写有《儿童问题之初解》，专论儿童及儿童文学。但是，在那个沉寂而古老的中国所推崇的“君君臣臣，父父子子”、“父为子纲”的封建纲常伦理的桎梏下，周作人的这些关于儿童研究的拓荒式的文章并未获得多大的社会反响。事实上，是鲁迅在 1918 年的《狂人日记》中所提出的“救救孩子”，借了“五四”新文化运动在老中国的大地上掀起的“狂飙突进”式的思潮而具有振聋发聩的历史功绩。正是凭借着“五四”新文化运动所造成的对封建传统伦理道德摧枯拉朽式的狂澜，周作人于 1920 年发表的完整、系统地阐述其儿童观的《儿童的文学》才一石激起千层浪，引起了巨大的反响。在该文里，周作人认为：“儿童在生理心理上，虽然和大人有点不同，但他仍是完全的个人，有他自己的内外两面的生活”，儿童的生活“自有独立的意义与

---

① 转引自朱自强：《中国儿童文学与现代化进程》，杭州：浙江少年儿童出版社 2000 年版，第 211 页。

② 转引自朱自强：《中国儿童文学与现代化进程》，杭州：浙江少年儿童出版社 2000 年版，第 210 页。

价值”。[①] 自此，“儿童是完全的个人”，儿童生活“自有独立的意义与价值”，就成了先觉醒的成人们的共识。但是，我们若追溯周作人的“儿童观”的文化资源，则可知其根基是西方和日本的。周作人在《知堂回想录》里曾道：“我在东京时，得到了高岛平三郎编的《歌咏儿童的文学》及所著《儿童研究》，才对于这方面感到兴趣，其时儿童学在日本也刚开始发展。斯丹来贺尔（现通译为斯坦利霍尔——引者注）博士在西洋为斯学之祖师，所以后来参考的书多是英文的，塞莱（Selly）的《幼儿时期之研究》虽已经是古旧的书，我却很珍重，至今时常想起。”[②] 这番回忆表明周作人在留学东京时就已关注儿童及儿童文学，其“儿童学”的自觉由西方文化与日本文化所共同开启。

其次，从当时社会具有影响力的文化事件来看。1919 年 5 月 1 日，也就是“五四”运动爆发前三天，美国实用主义理论代表人物杜威来华访问，直到 1921 年 7 月 11 日离开中国，在中国的时间长达 2 年 2 个多月，足迹遍及中国的 13 个省市。杜威在华时间之长和所到地方之广超过一般来华讲学的学者，故其影响比其他学者广泛得多。在“中国向来对于儿童，没有正当的理解”[③] 这种社会文化状况里，杜威于诸多场次的演讲中大肆宣扬他的“儿童中心主义”学说，将其“儿童是太阳，是中心”的观点反复阐述宣扬，获得了广阔的社会接受面。鲁迅亦于 1919 年 10 月写下《我们现在怎样做父亲》一文，予以热烈响应：“直到近来，经过许多学者的研究，才知道孩子的世界，与成人截然不同，倘不先行理解，一味蛮做，便大碍于孩子的发达，所以一切设施都应该以孩子为本位。”如果说鲁迅 1918 年在《狂人日记》中“救救孩子”的呼声主要是作家自己从本土文化与人性的健全这一角度出发而发出的呐喊，那么，1919 年的《我们现在怎样做父亲》中的呼吁——“一切设施都应该以孩

① 周作人：《儿童的文学》，《儿童文学小论　中国新文学的源流》，北京：北京十月文艺出版社 2011 年版，第 42 页。

② 周作人：《知堂回想录》，合肥：安徽教育出版社 2008 年版，第 475 页。

③ 周作人：《儿童的文学》，《儿童文学小论　中国新文学的源流》，北京：北京十月文艺出版社 2011 年版，第 50 页。

子为本位”，则主要是受了周作人与杜威等诸多学者的儿童观的影响。杜威的“儿童中心主义”思想对沉滞的古老中国产生了巨大的震撼，动摇了中国几千年来的以“父为子纲”为核心的传统儿童观，加之当时“五四”新文化运动发现“人”的热潮而逐渐成为一种时代意识深入人心，进而发展成为中国本土的“儿童本位”论。

最后，从“五四”时期盛行的“儿童文学”的译作来看。“五四”前后是对西方近现代哲学和文学译介相当完全的时期，西方著名哲学家与文学家的儿童观也在这股译介大潮中进入了新文化先驱者的视野，给予他们莫大的精神震撼。郭沫若就引歌德的名言“小孩子是我们的模范，我们应该以他们为师”，得出“小儿的行径正是天才生活的缩型，正是全我生活的规范”的结论。[①]“五四”新文化运动具有狂飙突进色彩，与它具有同质性的西方浪漫主义文学被其引为知音，一时成为“显学”。浪漫主义文学的一个主要特点就是对童心情有独钟，英国浪漫主义诗人代表华兹华斯就如此盛赞儿童：“儿童是成人之父，我希望以赤子之心，贯穿颗颗生命之珠。”[②] 华兹华斯一生歌唱童心，歌唱大自然，这种独特的文学行径也让“五四”作家经历了一次次精神洗礼。“五四”期间不仅在对西方哲学和文学的译介上非常全面，而且对外国儿童文学的翻译也形成了热潮。在走进国门的诸多外国儿童文学作品里，最集中的主题是讴歌完美之童心。安徒生、王尔德、格林、爱罗先珂、泰戈尔等的经典童话和经典儿童诗都已经在这个时期得到广泛传播。显然，这一切都对正迫切从异域文化吮吸营养的“五四”作家产生了深远影响，对其儿童观、儿童文学观的形成具有本源性的决定作用。

“五四”新文化运动本来就具有“收纳新潮，脱离旧套”（鲁迅语）、反对传统文化而全盘“外化”的色彩。在这种社会文化大情势中，本土作品在内容和艺术表现上都不可避免地沐浴着外来文化

---

① 郭沫若：《少年维特之烦恼·序引》，《郭沫若全集》（文学编第15卷），北京：人民文学出版社1990年版，第314页。

② ［英］华兹华斯著，谢耀文译：《每当看见天上的彩虹》，《华兹华斯抒情诗选》，南京：译林出版社1991年版，第135页。

的光与色。“五四”作家们“儿童崇拜”观的形成，对儿童采用仰视的目光、给儿童披上耀眼的光环以致将其当作“神”来膜拜的文学冲动，也正是受了外国文化资源中“儿童崇拜观”的影响。

第四节 京派的“童心”理论及其道家渊源

京派同人也几乎都对“童心”情有独钟，对于何为“童心”有过精准、明确的阐述，并且创作了大量的“童心”小说。学界对京派的“童心”理论及“童心”小说也多有研究，开风气之先的，应该是严家炎。他在《中国现代小说流派史》一书里，论述了京派以儿童生活为题材，表现和讴歌童真美的小说。其他如刘进才的《京派小说诗学研究》、查振科的《对话时代的叙事话语——论京派文学》等书也以专章研究了京派以儿童生活为叙述中心的小说，认为描写儿童，礼赞童真，是京派作家共通的创作特色。但是，他们都没有对京派的“童心”观进行溯源，而仅仅是从其自身的美学表现来谈论的。那么，京派“童心”理论的形成是不是也是来自外来童心观的影响？上文我们谈到了浪漫主义诗歌代表华兹华斯的童心观以及他一生歌唱童心的文学行径对“五四”一代作家的巨大影响。华兹华斯的诗歌1914年就已进入中国，其文学观与“童心”观大规模地被介绍则是自1919年始。但是，我们从当下学界对华兹华斯研究甚力的葛桂录、苏文菁、蓝仁哲等的论著及文章中可以看出，华兹华斯几乎没有对京派产生多少影响。目前还没有资料表明京派对华兹华斯的接受——除了朱光潜于1934年在《诗的主观与客观》一文里对华兹华斯的文学观进行了分析，而1934年京派已蔚为大观。鉴此，我们可以有把握地说，京派“童心”理论的建构资源主要不是外来的，而是渊源于本土早已有之的“童心”观——道家的“复归于婴儿”，原由亦凡三：

首先，从中国现代文学史的发展历程来看，以“收纳新潮，脱离旧套”（鲁迅语）、反对传统文化而全盘“外化”为特征的“五四”在20年代中期逐渐落潮，随之而来的是一个理性的沉淀、分析、反思时期。同样，“五四”时期受外来文化影响所形成的盛赞童心的理论与创作高潮于20年代中后期亦处于沉寂状态，而京派是在20年代末才渐次成熟起来的。

其次，从京派自身的成长历程来看。京派主要成员大都属于“五四”的第二代、第三代作家，不像鲁迅等新文学前辈们处于新旧文化激烈尖锐的冲突中，由于文学革命原因而对传统文化持偏激态度。同时，京派同人大多处于北京，北京中古文化积淀深厚，是一个具有闲适情调的城市，且20世纪20年代末至30年代初期是处于一个政治气氛沉闷而文学气氛相对宽松的文化语境里。这一切使得京派与“五四”一辈作家相比，有更加平静与理性的心境来看待传统文化，对传统文化有一种欣赏与评审的自由，从而有可能在学理上发现传统文化的合理处与优长处，继而在创作中贯注传统文化的精髓。我们认为，由京派的文学主张与创作实绩溯源而去，京派所恢复与表现的文学传统，主要是由老庄所开创的审美的文学传统。

最后，从京派对老庄的接受来看。京派作家与批评家皆有很深的“道缘”。关于废名、沈从文、汪曾祺、凌叔华、卢焚、朱光潜等对道家的接受与热爱，我们在第一章《实证研究：京派小说家对道家哲学与美学思想的接受》已经进行了详尽的论证，这里不再赘述。

综上，在20世纪20年代末30年代初成熟起来的京派，一方面，由于“五四”所确立的“收纳新潮”这个社会文化语境的巨大影响接受了西方文化，但在更深层次的文化基因上，其文学观点、创作理念与审美意趣并未“脱离旧套”，依然表现出对道家思想的传承。同理，京派在理论上对“童心”的界定及其小说文本里所凸现的童心、童真与童趣，正是接受了道家“复归于婴儿”这一本土文化资源的结果。

童心是沈从文的审美心理，他总是以童心为标准来衡量社会、人、事与自然万物：

所有故事都以同一土壤中培育成长，这土壤别名“童心”。一个民族缺少童心时，即无宗教信仰，无文学艺术，无科学思想，无燃烧情感实证真理的勇气和诚心。童心在人类生命中消失时，一切意义即全部失去其意义，历史文化即转入停顿，死灭，回复中古时代的黑暗和愚蠢，进而形成一个较长时期的蒙昧和残暴，使人类倒退回复吃人肉的状态中去。①

显然，沈从文在美学意义上所追求的童心不是个体性的，而是属于整个人类性的。在他看来，童心是人类生命的完整形式的表现，是本真的生命所显示出来的神性、灵性与诗性。这是可以见出老庄"复归于婴儿"的原型意义在内的：孩童天然的"和之至"、"精之至"的"抱一"状态是人类存在的意义所在，是一种"初始的完美"的永恒象征。童心是一个未被"历史文化"所异化的净土（沈从文谓为"土壤"），只有从这净土酝酿出来的"故事"才是真诚的；一个民族乃至整个人类只有拥有了童心，那在历史进程中所创造的一切才具有精神彼岸的终极意义。这也可视作老庄所谓的"道"的意义。正因为沈从文从终极意义上来解读"童心"，与老庄的"道"具有同质性，所以他指出：人类若丧失了童心，就会堕入万劫不复的地步，重新走进"黑暗和愚蠢"。这与老庄所认为的"道"失以后的社会情况一样："失道而后德，失德而后仁，失仁而后义，失义而后礼。夫礼者，忠信之薄，而乱之首。"（《老子》第38章）

沈从文一生追求的是美在文学作品中的表现和永存，因为"美不能在风光中静止"，② 唯有在文字里获得永恒。为了定格美，沈从文极力推崇用美的极致——真与诚的童心来结撰故事和人生，以此来反观现实。沈从文感慨良多："人间缺少的，是一种广博伟大悲悯真诚的爱，用童心重现童心，而当前个人过多的，却是企图用抽象重铸抽象，那种无结果的冒险。社会过多的，却是企图由事实继续

① 沈从文：《青色魇·青》，《沈从文全集》（第12卷），太原：北岳文艺出版社2002年版，第180页。

② 沈从文：《水云》，《沈从文全集》（第12卷），太原：北岳文艺出版社2002年版，第132页。

事实，那种无情感的世故。”① 沈从文孜孜追求的是以“童心”为内核的健康、朴真的人生形式，竭力反对“无情感的世故”，殷殷呼唤“明确而单纯”的童心。而现代白话文“明确而单纯”之义用古文来表达，就是老子所言的“专气致柔，能如婴儿乎”（《老子》第10章），它们隔着漫长的时空在哲学与文学意义上获得了高度的内在一致性。

沈从文夫子自道说他的创作激情源于内在的童心幻想，并说：“我就是不想明白道理却永远为现象所倾心的人……我不大领会伦理的美。接近人生时我永远是个艺术家的感情，却不是所谓道德君子的感情。”② 沈从文观察社会、判断事物时并不掺加社会价值进去，因为他是用艺术家的感情来接近人生的。沈从文的这种“看世界”的方式，与未受文明教化干扰的、混茫天真的童心“看世界”的方式一样，都剔除了理性的离析判断，本质上是庄子式的“天地与我并生，万物与我合一”的审美感知。

废名爱参禅悟道，沉浸在古典人生意境里，对世俗化的现实采取雅致的意趣加以泯化，追求最自然、最合理的于喧嚣人世的生活方式，淡泊持定，泰然处之，永保一份天然真趣、毫无造作的童心。在废名看来，儿童世界是美与理想的天国，《桥》里就如是说：“小孩子的世界……却最是一个美的世界，是诗之国度，人世的‘罪孽’至此得到净化。”联系废名的思想来看，他所认为的“人世的‘罪孽’”应该是“贪”，因为他说：“贪是最大的障碍。”③ 而“贪”正是成人世界的普遍现实。在废名看来，童心是最美的，是诗化的境界，它的单纯与质朴能够更强烈地映射出成人世界的贪婪，同时也对成人世界产生警醒作用，使具有反思精神的对象从而有可能走上复归之路。废名从美学角度对照思考童心的这种模式源自道家。“众人熙熙，如享太牢，如春登台。我独泊兮，其未兆；沌沌兮，如婴

① 沈从文：《青色魇·黑》，《沈从文全集》（第12卷），太原：北岳文艺出版社2002年版，第190页。

② 沈从文：《从文自传·女难》，《沈从文全集》（第13卷），太原：北岳文艺出版社2002年版，第323页。

③ 废名：《莫须有先生传》，桂林：广西师范大学出版社2003年版，第275页。

儿之未孩。”（《老子》第20章）在这里，老子就以已为物役的成人的世俗表现来突出婴儿的无知无识、天真无欲、自然自在。

废名在诗《梦》中如是说：“我在女人的梦里写一个善字，我在男子的梦里写一个美字，厌世诗人我画一幅好看的山水，小孩子我替他画一个世界。”[①] 这可以看作废名的童心观在创作上的具体体现。在功利、政治与商业主宰的中国的20世纪20年代后期，废名却要画梦写梦，且这个梦里只有善和美，只有安宁青翠的山水，这样一个纯美的艺术世界，显然非有童心不能为之。因为只有童心式的审美心理而不是实用的、认知的心理才能对客体世界采取纯粹的审美观照，只有童心的单纯、真诚才能确保作品获得艺术上的纯粹性。废名说：“厌世者做的文章总美丽。”[②] 因为厌世，所以唯美，表现在作品里，总是以童心来塑造一个梦幻般雅致的世外桃源。

凌叔华本以写女性形象走入文坛，从最早的《女儿身世太凄凉》开始，就奠定了以描写女性世界为主题的基调。综观凌叔华以女性作为描写对象的此类小说，可以看出一条显明的情感线索：人愈长大，愈走进世俗的世界，就愈悲哀！一如张爱玲的论断：“生命是一袭华美的袍，爬满了虱子。”[③] 从1924年1月发表经周作人改定的《女儿身世太凄凉》开始，一直到1928年1月小说集《花之寺》的刊出，凌叔华的创作笔墨主要集中在成年女性的“凄凉”这一主题上，集中泄露了作家触摸到人生真相后的绝望感。1929年，凌叔华发表了以天真淳朴的儿童作为小说主人公的《小哥儿俩》与《搬家》。自此，凌叔华不再把创作精力放在描写“世态的一角，高门巨族的精魂”（鲁迅语）上，而是把关注的目光转向儿童，描写童心的作品源源问世。作家把目光投向孩子时，发现孩子清纯如水的目光与心灵才是人类最美好的乐园，永远没有成人世界里爬满了“虱

---

① 废名：《黄梅初级中学二四区毕业同学所办怀友录序》，《平明日报·星期艺文》第14期，1947年7月27日。

② 吴晓东：《镜花水月的世界——废名〈桥〉的诗学解读》，南宁：广西教育出版社2003年版，第118页。

③ 张爱玲：《天才梦》，《张爱玲作品集·张看》，广州：花城出版社1997年版，第265页。

子”式的残酷与悲哀。凌叔华说：“由于爱慕儿童的天真，因而相信‘性本善’的说法，在中国已经有三千年之久了。甚至成人们常想人是愈长大，愈要学坏。于是儿童在一些人心目中成了小天使。”[①] 儿童当然也是凌叔华心中的小天使。

凌叔华曾宣称：“文艺的任务在于表现那永久的普遍的人性，时代潮流虽日异月不同，文艺的本质，却不能随之变化，你能将这不变的人性充分表现出来，你的大作自会博得不朽的声誉。”[②] 作家从描写旧家庭中的婉顺的女性转向创作表现童稚之真的童心小说，这可以视为在追求“不变的人性”的创作道路上一种强烈的“复归于婴儿”的回归意识。通过自己的创作实践，凌叔华强烈地感受到，真正能够表现与反映“永久的普遍的人性”的，只有天真无邪、不谙世事的孩童。因为，作为“最初一念之本心”的童心，意味着人性的复归和纯任自然的返朴归真。正是对童真的孜孜感念，凌叔华在谈及自己的童心式的作品时说：“书里的小人儿都是常在我心窝上的安琪儿，有两三个可以说是我追忆儿时的写意画，怀念着童年的美梦，对于一切儿童的喜乐与悲哀，都感到兴味与同情。”[③] 小孩子是缠绕盘旋于作家心头的天使，童年就是一个个美梦的聚集地，从凌叔华的这番夫子自道中可以显明地捕捉到作家的“复归于婴儿”的情感轨迹。

作为有着“中国最后一个士大夫”之称的汪曾祺，生性纯真通脱又神闲气定。这份独特的文化心理结构和个性气质，使得汪曾祺在日常生活中就是一个非常具有童心的人，直到暮年，作家对生活中的一切依然怀着孩子式的天真与好奇。汪曾祺终其一生都淡漠名利、天性如水，他对“童心”的解读完美地传达出了道家所认为的“婴儿即道”的真谛：“孩子是不大理智的，他们总是直觉地感受这个世界，去‘认同’世界。这些孩子是那样纯净，与世界无欲求，

① 凌叔华：《在文学里的儿童》，《中国儿女——凌叔华佚作年谱》，上海：上海书店出版社 2008 年版，第 91 页。

② 凌叔华：《〈现代文艺〉发刊词》，《武汉日报》副刊《现代文艺》第 1 期，1935 年 2 月 15 日。

③ 凌叔华：《小哥儿俩 · 自序》，载《小哥儿俩》，上海：上海良友图书公司 1935 年版。

无竞争，他们对此世界是那样充满欢喜，他们最充分地体会到人的善良，人的高贵，他们最能把握周围环境的颜色、形体、光和影、声音和寂静，最完美地捕捉住诗。”① 以汪曾祺的眼光来看，孩子本身就是一首最完美的诗。在这个烦躁喧嚣的尘世，一如黑格尔所说，唯有诗能够带领我们穿越世俗的长廊，回复到精神的天堂。而不管是道家所追求的“道”还是道家所颂赞的“婴儿”，本质上都具有彼岸性与超越性。

作为文人画家的汪曾祺非常欣赏齐白石的画，认为这些生机盎然又古朴天真的画作非有童心不能出之，宣称：“第一流的画家所以高出平庸（尽管技法很熟练）的画家，分别正在一个有童心，一个‘纯’，一切文学达到极致，都是儿童文学。”② 在此，汪曾祺表达了两个重要观点：一，童心最重要的质素就是“纯”，这与老庄的看法完全一致；二，“一切文学达到极致，都是儿童文学”，显然是指回返生命的原初，用孩子专一、纯真、新鲜的眼光看待万事万物，回到现象学意义上的人的存在之根，因而是饱含童心之“纯”的文学作品。这与李贽的“天下之至文，未有不出于童心者也”（《童心说》），意思一致。而李贽“童心”说的根基，正是老庄的“复归于婴儿”。由此我们可以看出，京派对“童心”的看法以及以“童心”为内蕴来结撰的文学作品，其哲学与美学上的支撑，都渊源于道家的“复归于婴儿”。

第五节　京派的“童心小说”

京派不仅建立了滥觞于道家的“童心”理论，而且多有以儿童

---

① 汪曾祺：《万寿宫丁丁响——代序》，《汪曾祺全集》（第6卷），北京：北京师范大学出版社1998年，第287~288页。

② 汪曾祺：《齐白石的童心》，《汪曾祺全集》（第6卷），北京：北京师范大学1998年版，第313页。

和儿童生活为表现对象的小说。这类小说的主人公虽然是儿童，但实际上的读者是成年人，是成年人通过观照童心进而观照人生的哲学态度的具体表现。自然，它们是“童心小说”而不是儿童文学意义上的“儿童小说”。

儿童是废名小说中经常出现的人物，如《竹林的故事》中幼时的三姑娘、《桃园》中的阿毛、《小五放牛》中的小五以及《桥》第一卷上编中的小林等等。废名作品中的儿童总是具有独特的意趣，都是令读者过目不忘的小人儿。小时候的三姑娘就惹人怜爱得很，一旦看见爸爸用摇网兜着了鱼，“三姑娘的小小的手掌，这时跟着她的欢跃的叫声热闹起来，一直等到蹦跳蹦跳好容易给捉住了，才又坐下草地望着爸爸”。然而，三姑娘即刻就玩自己的去了，“只是不住的抠土，嘴里还低声的歌唱；头毛低到眼边，才把脑壳一扬”（《竹林的故事》）。废名总是用诗情画意的笔调来写体现童心之真的小说，童真、童趣是其小说里的主要审美意蕴，其中最独特的，就是孩子们的匪夷所思的想象力。李贽曾言：“童子者，人之初也；童心者，心之初也。”儿童还没有进入成人世界，依然天真烂漫，毫无机心——“无心故理无所托，而自然之韵出焉”（袁宏道），成人世界的“理”还没有机会与时间强加到孩子身上，这使得孩子还天然保持着自然原始的本性，对外界事物的反应还保持着自己的独特奇妙处，甚至荒诞处。而作为成人的废名自己又具有常人所无的奇特意趣和心境，且他又能把自己的奇异感受细致入微地渗透到孩子们的思维里，所以，他作品中的孩子们一个个都具有超常的联想力与想象力，都是想落天外的小小诗人。如《桃园》这样描写病中小女孩阿毛的感受：

桃树已经不大经得起风，叶子吹落不少，无有精神。

阿毛低声地说了一句：

“桃树你又不是害病哩。”

她站在树下，抱着箩筐，看爸爸摘桃，林子外不像再有天，天就是桃，就是桃叶——是这个树吗？这个树，到明年又是那么茂盛吗？那时她可不要害病才好！

这短短的一段话，把阿毛自己、物（桃、天）与阿毛的愿望全部融合在一起了，儿童感觉之新颖、意念之奇特、想象之丰富以及心性之天真都显露无遗。

《桥》的第一卷上编是儿童乐园，也是“诗之国度”。程小林和他同伴的私塾生活以及他与小女孩琴子青梅竹马、两小无猜的童年岁月，直是老子“载营魄抱一，能无离乎？专气致柔，能如婴儿乎”（《老子》第10章）的废名版本。小孩子的世界原本就没有世俗社会里的悲哀，心思透明烛照，看取万物都是用自然之子的眼光，天地万物在“与天为徒”的孩子看来都自有它们的可爱之处。私塾先生迟到了，于是这群孩子就逃学到“家家坟”去玩。“家家坟”是个什么地方呢？“据说是明朝末年，流寇犯城，杀尽了全城的居民，事后聚葬在一块，辨不出谁属谁家，但家家都有，故名曰家家坟。”这堆积如山的坟墓在大人的眼里自然是肃杀凄凉、悲哀沧桑，可是在这群孩童看来，却是采芭茅卷成喇叭呜呜地吹的乐园。不仅如此，这些圆圆的坟墓在孩子看来竟然像美丽的瞳仁：“这地方是多么圆，而且相信它是深的哩。越看越深，同平素看姐姐眼睛里的瞳仁一样……”萧萧愁煞人的坟墓竟然能够美丽得如同少女的眼睛，这种奇特的联想非孩子的心不能出之。因为，世界在孩子眼里和心中还是一种本真本原的存在，还没有受到成人社会成熟的指意系统的影响与控制。美籍学者成中英认为“赤子”是《老子》“象征指涉”道论系统里的重要意象：“赤子是纯洁的、单纯的，它尚未被偏曲的知识、坏习惯和邪恶的思想所污染。所以，赤子能够‘无为无不为’。”① 在《桃园》、《桥》里，废名赋予孩子的这些看似奇特甚至荒诞的思想，其实只是失去了童心的成人的感受，而对老子、废名等人来说，这正是“未被偏曲的知识、坏习惯和邪恶的思想所污染”的赤子之天趣的自然表现而已。

汪曾祺的小说多是对童年生活的回忆，其中写得最美的当数

① ［美］成中英：《世纪之交的抉择——论中西哲学的会通与融合》，北京：知识出版社1991年版，第241页。

《受戒》。汪曾祺用其特有的童心与题目“受戒”大大开了一番玩笑，字里行间表达的是“不受戒”的人生形式。担当这个主题表达的角色，是天真原性、未曾受文明礼教污染的农村孩子小明海和小英子。作家为明海设计的身份是和尚，可明海当和尚没有任何宗教信仰的原因，纯粹是由于家里兄弟多田地少为了有口现成饭吃。这就还给明海一个本然的儿童身份。英子没有一般农村女孩的羞涩胆怯，而是生性爽快，一派天机。因为她所生活的，并不是儒家伦理道德充斥着的“子曰诗云”之环境，而是老庄笔下的“小国寡民”与“至德之世”：“小英子的家象一个小岛，三面都是河，西面有一条小路通到荸荠庵。独门独户，岛上只有这一家。”小明海与小英子的清新健康、纤尘不染、两小无猜的情感就产生在这个“不知有汉，无论魏晋”的桃花源里。在这样一个道家所理想的天人合一、物我两忘的化境里，小明海和小英子的一切举止与想法全然以赤子之心表达，浑然天成。汪曾祺把大自然的生命与代表着“人之初”的“童心”式生命交相融合于一派生机中：小英子毛遂自荐要做小明海的老婆，两个人合力将小木船划进了芦花荡——“芦花才吐新穗。紫灰色的芦穗，发着银光，软软的，滑溜溜的，象一串丝线。有的地方结了蒲棒，通红的，像一支小蜡烛。青浮萍，紫浮萍。长脚蚊子，水蜘蛛。野菱角开着四瓣的小白花。惊起一只青桩（一种水鸟），擦着芦穗，扑鲁鲁鲁飞远了。……”可以说，《受戒》里，汪曾祺既用道家天人合一的化境颠覆了儒家“人化”的束缚人心智自然发展的“受戒”，还通过这化境里的浑然天成的童稚之心，表现了人之初的天趣盎然的“不受戒”。这正如陈思和的看法：“这种情感发自还没有受到俗世污染的童心，恰恰可以成为这个桃花源的灵魂的象征。”① 物我两忘的道境孕生出晶莹剔透的童心，表达着作家对赤诚、自由的诗意人生的渴望。

对于汪曾祺的“童心小说”，有评论如是说：“如果说自然美是汪曾祺小说的突出特征，那么，人性美则是其小说美的核心。人性的原型是童心。他精心塑造了一个少男少女形象系列，小英子、明

---

① 陈思和主编：《中国当代文学史教程》，上海：复旦大学出版社1999年版，第249页。

海、巧云、十一子、李小龙、大凤、小凤等形象让人看了无不留恋、迷醉。他们生活在自然、淳朴的生活氛围里，天真、稚气，充满了好奇心和对未来的憧憬。”① 可谓确评。即使对于没有“生活在自然、淳朴的生活氛围里”的孩子，汪曾祺同样能够捕捉住他的“天真与稚气”。在小说《职业》里，对于那个过早肩负了人生的重担、没有书读、从早到晚走街串巷卖“椒盐饼子西洋糕”的十一二岁的孩子，汪曾祺依然写出了他的童稚之心。这个孩子爱看马，每天都要去看这群去郊外饮水的马。一群马里他独爱那匹白色的：“有一匹白马，真是一条龙，高腿狭面，长腰秀颈，雪白雪白。”他是爱看它的漂亮吗？非也。“它总不好好走路。马夫拽着它的嚼子，它总是骤骤騴騴的。钉了蹄钉的马蹄踏在石板上，郭答郭答。”这个孩子其实是在看他自己。白马本该驰骋草原的自由自在的生命却被无端束缚，正是这个孩子自己的心思，他也像白马一样被人世所控而无能为力。一边看马他一边吆喝给马听：“椒盐饼子西洋糕!”这看似闲笔的“对马弹琴”的一声吆喝，实是具有双重含义：孩子的身份与谋生的职业，童心被缚又依然见机显露。

凌叔华发现童心是人性的最后归宿后，就走上了“复归于婴”的回归之路，创作了大量以孩子作为主人公的小说，极力赞颂童趣与童真。有评论指出：“凌叔华的儿童小说令所有的孩子感到亲切，孩子的童趣以及寂寞、委屈等等，无不写得细腻入微、惟妙惟肖，作家仿佛钻进孩子心里，用孩子的心灵、眼睛去感受、观望世界。”② 这个结论在某个方面确实颇为准确地道出了凌叔华以儿童为对象的小说特点。如小说“搬家”里，枝儿要离开她朝夕相处的邻居四婆了，非常不舍；四婆也喜欢这个乖觉的孩子，于是惆怅地说：

“枝儿，你去了北京，没有人给我穿针了！”

---

① 杨学民：《站在边缘处对话——汪曾祺新论》，北京：中国文联出版社 1999 年版，第 124 页。

② 陈学勇：《凌叔华文存·后记》，载《凌叔华文存》（下），成都：四川文艺出版社 1978 年版。

“你喊我，我就来了。”枝儿坦然答道。

“去了北京就不容易来了！”

“你喊我一定来。青姐姐说北京就在圣堂山后面，坐上船就到了。你站在山顶上大声叫我，我会听见的。”

枝儿对地域的看法极富天真之童趣，凌叔华写童心时时见神来之笔。但是《搬家》的主旨是什么呢？它显然不是上述评论所说的属于“凌叔华的儿童小说”。老人与小孩向来是京派小说常用的意象，用以表达人性的单纯美好。枝儿与四婆亲密无间，四婆视枝儿如自己的亲孙女。可是在枝儿的亲戚们看来，四婆总是在占枝儿的便宜。枝儿要去北京，把最心爱的大母鸡托付给四婆照顾，四婆满口答应。四婆给临行的枝儿一家送菜，有鱼有鸡。大人断定：这菜碗里的鸡就是枝儿早上送给四婆的大母鸡。此时四婆已离开，无法自我澄清；枝儿不肯相信大人的话，幼小的心大受伤害，大哭不止，不肯下筷吃鸡，大人们则吃得甚欢。这是儿童小说吗？凌叔华用“搬家”为题其实是大有深意的。枝儿简单天真，对人信任；四婆知情重义，倾其所有为枝儿一家饯行。这一老一小在人性的表现上具有同质性：真诚，只不过枝儿更多了一份童稚。可是，他们得到的却是势利的成人们的嘲弄（成人正是社会的代表与主宰，老人与孩子则是社会的边缘）。凌叔华在此借孩子的天真未凿来表达：人越长大，真诚的人性就越加流失殆尽，取而代之的是势利与世故，冷漠与嘲讽。这种丑陋的人性显然是真诚的人性的“搬家”。所以，当儿童幼稚中显诚挚的言语行为像汩汩清流自凌叔华笔下流出时，我们是没有理由只把它们当作儿童文学读本的。它们是成人世界的一面镜子，照出了这个世界的庸俗与功利的面孔。

《小哥儿俩》里，叔叔给了大乖和小乖一只小小的八哥儿。兄弟俩如获至宝，精心照顾，打算把它培养成音乐家。可是，就在他们去看戏的当口，这只小八哥儿却被一只巨大的老黑猫给吃掉，只剩下一堆血肉模糊的羽毛了。泪水在大乖和小乖的眼睛里团团转，他们高呼要给八哥儿复仇！一夜未睡踏实，天还蒙蒙亮，小哥儿俩就起床了——打那只老黑猫！这时，他们另有发现：“装碎纸的破木箱里，有两个白色的小脑袋一高一低动着，接着咪噢咪噢的娇声叫唤”。二乖高兴得要叫起来：

他用手摸小猫的头，一只手又摸它的小尾巴，嘴里学着它们咪噢咪噢叫着逗它们玩。

一只黑色的大猫歪躺在一傍，一只小猫伏在它胸前肚子上吃奶，大猫微微闭着眼睛得意的看着。

兄弟俩哪里还记得这只大黑猫吃掉了他们心爱的八哥儿！他们只担心猫儿“连褥子都没有，躺破纸的上面，一定很冷”，决定找妈妈要来棉花为它们新做一个窝！凌叔华在此用细腻的笔触描写出了孩子天真善良的本性。孩子还是一派天机，全然没有成人的刻骨铭心的仇恨。一个新生的美好事物，就会使孩子欢欣雀跃，忘记“旧仇”，把关心与爱护无私地给予它们，而全然不问它们是否曾经“伤害”了自己。这正是只属于孩子的纯任自然、“常德不离”的天性。

把沈从文的童心小说放在最后来分析是有原因的。他不仅塑造了一批天真淳朴的孩童形象，还塑造了具有赤子之心的成人形象。《我读一本小书同时又读一本大书》一文，就是沈从文穿过时光的隧道，把自己童年期间的种种顽劣与好奇加以诗性观照的童心之作：

逃学失败被家中学校任何一方面发觉时，两方面总得各挨一顿打。在学校得自己把板凳搬到孔夫子牌位前，伏在上面受笞。处罚过后还要对孔夫子牌位作一揖，表示忏悔。有时又常常罚跪至一根香时间。我一面被处罚跪在房中的一隅，一面便记着各种事情，想象恰如生了一对翅膀，凭经验飞到各样动人事物上去。按照天气寒暖，想到河中的鳜鱼被钓起离水以后拨剌的情形，想到天上飞满风筝的情形，想到空山中歌呼的黄鹂，想到树木上累累的果实。由于最容易神往到种种屋外东西上去，反而常把处罚的痛苦忘掉，处罚的时间忘掉，直到被唤起以后为止，我就从不曾在被处罚中感觉过小小冤屈。

在沈从文的笔下，儿童对这个世界的一切光与影皆怀有热烈的好奇心，在他们审美的眼睛里，这是一个诗意盎然的世界：

为什么骡子推磨时得把眼睛遮上？为什么刀得烧红时在水里一淬方能坚硬？为什么雕佛像的会把木头雕成人形，所贴的金那么薄又用什么方法做成？为什么小铜匠会在一块铜板上钻那么一个圆眼，刻花时刻得整整齐齐？（《我读一本小书同时又读一本大书》）

《三三》里，十岁的三三看到一只鸡欺负了另一只鸡，她就打抱不平地去赶逐它，非得妈妈代为讨情才止住。看到不相熟的人来她家坝前钓鱼，总说："不行，这鱼是我家潭里养的。"她的意思是碾坊既是她家的，游到这里来的鱼当然也是她家的，央求妈妈去折断那人的钓竿。"有时因为鱼太大了一点，上了钓，拉得不合式，撇断了钓杆，三三可乐极了，仿佛娘不同自己一伙，鱼反而同自己是一伙了的神气。"在自由自在的童心面前，一切事物都有生命、有感情。所以，三三常常梦到自己一个人夜里打着灯笼在溪旁走着，她觉得"好象只有鱼知道这回事"，真是写尽了三三的天真与童趣。《边城》里的翠翠之所以获得读者的喜爱，也是因为她有一颗纯净的童心。翠翠天真活泼，"从不想到残忍事情，从不发愁，从不动气"，这正是沈从文认可的童心的内核。有时，等过渡的人走了，翠翠就独自低低地学小羊叫着，学母牛叫着，或采一把野花在头上戴着，翠翠就是这样一个"自然人"。高兴起来，翠翠站在山头锐声喊着拉渡的爷爷："爷爷，爷爷，你听我吹，你唱！"如山泉一般清洌纯净的童音飘荡在溪水上空，让人感觉伸手可触。

左东岭认为李贽的"童心说"的"核心是自然真诚。在其右面，通向纯真洁白之初心与本心；在其左边，则通向无欺无蔽之自然人性"。[①] 如果说沈从文直接描写儿童的天真未凿的作品是表现"纯真洁白之初心与本心"，那么，他的描写有着赤子之心的成人的作品则是表现"无欺无蔽之自然人性"。这就是小说《会明》中的

① 左东岭：《李贽与晚明文学思想》，天津：天津人民出版社 1997 年版，第 166 页。

会明。会明是个伙夫，在腐败的军队里摸爬滚打了十多年，饱经世事还依然葆有一颗自然真诚的童心，不知机心为何物。如沈从文自己所说，他是“天真如小狗，忠厚驯良如母牛”。他对每个人都那么好，无欺无蔽；而别人反过来作弄他、责骂他，他却只嘿嘿一笑。他背着一百二十多斤的锅碗瓢盆在身上，还一路高歌；事情抢着做，决无怨言。别人都升官了，只有他还在津津有味又兢兢业业地做着伙夫。会明在刀光剑影的战场上养了一群小鸡：“小鸡从薄薄的蛋壳里出到日光下，一身嫩黄乳白的茸毛，啁啾的叫喊，把会明欢喜得快成疯子。”无论在什么环境里，会明还是那个自然之子会明，一颗心永远简单淳朴。如果从世俗的眼光来看，会明的行为、精神无疑显出他又呆又傻；而我们若用了赤子之心的自然人性来看，则会明是一个童心犹存的成年人。谁不希望这个世界多一些这样永葆童心的人呢？老子说“复归于婴儿”，其实就是希望人们在浊乱的人世里能够回归自然，复现婴儿那种淳朴无邪、天真未凿的真、善、美。正是在这个意义上，我们说沈从文塑造的会明，是作家对成年人“回归自然”的渴望在美学上的表达。

第六节　美学汇归：“人法自然”与“反朴归真”

正如我们说沈从文的《会明》塑造了一个身体是成人而心思是孩童的“会明”一样，我们不仅可以把京派以儿童为描写对象的小说称之为“童心小说”，对于那些以童心犹存的成年人（主要是老人）为主人公的京派小说，我们依然也可以称其为“童心小说”。如果说《桥》、《小哥儿俩》、《受戒》、《三三》等这些绘摹儿童的小说表现了“纯真洁白之初心与本心”；那么，沈从文《会明》里的会明，《边城》里的老船夫；废名《桥》里的三哑叔，《菱荡》里的陈聋子；汪曾祺《收字纸的老人》里的老白；李健吾《看坟人》里的看坟老人；何其芳《老人》里的老人们，则是显现着“无欺无蔽之自然人性”。京派这种“老小同一”的观点亦来自道家。老子就

认为自己淳朴无欲，将自己归入婴儿一类：“我独泊兮，其未兆；沌沌兮，如婴儿之未孩。”（《老子》第20章）

中国现代文学史上涌现出了众多的文学流派与文学团体，如雷贯耳的就有文学研究会、创造社、语丝社、新月派等。即就小说流派来说，获得众多文学史家一致认可的，也有十多家，如乡土小说、七月派、海派、新感觉派等。但是，综观如许的文学团体与小说流派，集中对“童心”进行阐述且创作了大量“童心小说”的，仅京派一家。为什么京派会对“童心”给予如此的关注并付诸身体力行的创作？京派创作“童心小说”的美学目的，是以儿童（我们可以将京派所塑造的老人形象视为已返朴归真的儿童形象）的纯真天性来建立尚未被世俗社会异化的人类精神家园，用童心之“真”与“朴”来构建返朴归真的生命形式与人生境界。京派对“童心”的这种美学诉求，来自道家“复归于婴儿”的哲学理想的深深熏浸，它们在回归纯洁，回归真实，回归原朴，回归自然这个终极的人类理想层面上，获得了高度的同一性：

1. “人法自然”

老子说：“人法地，地法天，天法道，道法自然。”（《老子》第25章）宇宙万物源于道，而“道法自然”，意谓道之本性即自然。人既法道，那么道之性亦是人之性，故人之本性亦是自然。庄子说：“同乎无知，其德不离；同乎无欲，是谓素朴。”（《庄子·马蹄》）“无知”又“无欲”，正是婴儿的本质特征，是婴儿自然而然的表现，而这种自然而然的“素朴”状态在老庄看来就是“民性”——“素朴而民性得矣”（《庄子·马蹄》）。“民性”即“人性”。追求“民性”的“不离其德”，亦即追求生命的自然、自由与自在，这是老庄哲学和美学的一贯与终极目标。故此，老庄希冀“复归于婴儿”，因为在老庄的哲学与美学象征系统里，婴儿就是纯净原朴、自然而然的直接体现。不仅对人类的生命老庄怀有“人法自然”之情结，就是对待自然界里其他一切生物，老庄所看重的亦是它们的自然自在。如庄子眼中的马：“龁草饮水，翘足而陆，此马之真性也。虽有义台路寝，无所用之。”（《庄子·马蹄》）庄子眼中的雉：“泽雉十步一啄，百步一饮，不蕲畜乎樊中。”（《庄子·养生主》）还有那只“宁其生而曳尾于涂中”而不愿“宁其死为留骨而贵”的乌龟（《庄子·秋水》）……在道家看来，对于一切源自于道的生命（不管是人的还是动物的），都应该“以鸟养养鸟”之方式尊重其天性，而不是“以己养养鸟”之方式将其扭曲（《庄子·至乐》）。正是为了源自于道的生命在本体上能够自然而然，自由自在，任性而发，纯任天机，道家提出要“复归于婴儿”。

京派作家几乎都是从乡村走向都市的。从乡村到都市，绝不仅仅是生存空间、生存地域的迁徙，更主要的是由乡土到文明的文化层面上的转换。这点我们在前面几章已经反复谈到。然而，进入京派作家视野的“文明”，却是都市在繁荣现代的面纱下所呈现的道德的丧失与人性的沦落，这使得他们“进城”以后依然自称“乡下人”，怀念清新的大自然所养育而成的自然人性美。如沈从文就说：“我是个乡下人，走到任何一处照例都带了一把尺，一把秤……来证实生命的价值和意义。”[①] 在这里，“乡下人”绝不仅仅是出身的认同，而主要是京派理想人格的象征性指代——自然本真的人格。在京派的笔下，承载了自然本真人格的，主要是来自乡间的老人与小孩。京派所摹状的老人，平静、诚挚、通达、超越，不管是垂暮之年还是乘鹤西归，都获得了与自然同化的意义：

……和万物一样，或者和波浪一样，不知不觉，溶于自然之流——平静而伟大的自然之流！他（指老人，笔者注）不存在：自然是他的存在。活着，象征着自然的奇迹；死了，他完成自然的美丽。（李健吾：《看坟人》）

而京派塑造的孩子们则天真活泼、淳朴无瑕，一举一动一思一想，皆是一首完美的自然之诗：那认为鱼“同自己是一伙”、喃喃与鱼说着悄悄话的小三三（《三三》），那个想落天外地把坟墓看成姐姐的美丽瞳仁的幼童小林（《桥》），那个在田埂上留下一串歪歪斜

---

① 沈从文：《水云》，《沈从文文集》（第10卷），广州：花城出版社1984年版，第266页。

斜小脚印的小英子（《受戒》），那忘记了“旧仇”一心只想帮新生的猫崽做暖窝的小哥儿俩（《小哥儿俩》）……他们就是道家心仪的“不离常德”的“婴儿”，“专气致柔”，与自然合而为一。

老庄认为，由于婴儿“游心于物之初”（《庄子·田子方》），是一切的新鲜与初始，所以能尽显本真、天真、纯真之气，本身即是纯任自然。进入京派视野的孩子们，由于“触目为青山绿水，一对眸子清明如水晶”（《边城》），亦是纯任自然。而京派笔下的“老人”形象，则在漫长的岁月里直接过滤了乡村人事的影响，从天真原朴的孩子直线走向通达无欲的“老人”——世事已是沧海桑田，他们身心却不留丝毫痕迹，依然适性纯真，与自然同化。

2. “反朴归真”

在老庄看来，人类的物质享受、道德理性在“发展”和“进步”的同时也导致人心不古、物欲横流、滔滔不返：“驰其形性，潜之万物，终身不反”（《徐无鬼》）——“自三代以下者，天下何其嚣嚣也”？老庄认为只有弃绝这一切——“绝圣弃智”、“绝仁弃义”、“绝巧弃利”（《老子》第19章），才能使人的自然天真、淳朴诚实、无知无欲的自然之性回归——“既雕既琢，复归于朴”（《山木》），“在混芒之中，与一世而得澹漠焉”（《庄子·缮性》）。“反”、“归”、“复”三字是道家元典中频繁出现的语汇，它们意思一致，共同表达了道家对人类“复归于朴”（《老子》第28章）、“返其真”（《大宗师》）这一“反朴归真”的哲学渴望。正是从人的生命本体与社会生活方式是否“法天贵真”（《庄子·渔父》）从而“复归于朴”这个逻辑原点上，道家要求“复归于婴儿”。因为，婴儿还未有机会获得社会文明的教化，天然处于“至一”、“抱朴”状态，连“反其性情而复其初”（《庄子·缮性》）之“反”与“复”都免了，直接“与天为徒”，保持着“朴”与“真”的原生态。

京派认为，童心就是经历了社会文明教化后再来呼唤与渴求那已失落的人类初始的精神家园。京派对童心的回忆与书写，实质上是其代人类所作的重返自由自在、本真素朴的生命形式的精神之巡礼。在京派以童心为主题的小说的文化建构中，天真无邪的童心具有人类原始时代的赤诚性与原朴性，是一种未受文明社会和成人世界熏染的人的自然本性与自然情感。学界普遍认为京派小说的重要主题之一是表现“人性美，人情美”[①]。而在我们看来，京派小说所要表现的是一个人际关系简单朴素的生命形式及人生形式——“端正而不知以为义，相爱而不知以为仁，实而不知以为忠，当而不知以为信，蠢动而相使不以为赐”（《庄子·天地》），一切自然而然，诚真质朴，“不失其性命之情”（《庄子·骈拇》）。京派小说所要表现的主题主要并不是“人性美，人情美”，而是“人性真，人情真”。当然，这个“真”来自道家哲学体系里对“真”之本体义的界定，即内在固有的人之本性，是与人的自然之“道”密切相连的。只有在“真”的基础上才能见出“美”，没有真就没有美。而儿童就是“真”的象征，京派认为儿童“具有天真的美”，“是一种无意而为的美，且因无意而美”[②]，这正是从儿童的天然之“真”来立论的。京派小说的这种文学诉求与美学目的，表达了京派对道家“无以人灭天，无以故灭命，无以得殉名，谨守而勿失，是谓反其真”（《庄子·秋水》）这一美学理想的服膺。

也许在此我们有必要讨论下儒家的“童心”观。在儒家元典《论语》里，孔子没有对此进行论述，但西汉刘向在《说苑》里曾有记载：“孔子至齐郭门外，遇婴儿，其视精，其心正，其行端，孔子曰：‘趣趋之，趣趋之，韶乐将作。’”孔子看到这个婴儿眼睛的圣洁，心思的无邪，行止的端庄，非常高兴，说这是他一向最爱的“尽美矣，又尽善也”的“韶乐”即将升起来。我们可以看到，孔子在此对“婴儿”意义的解读，如其所宣扬的“温柔敦厚”之诗教一样，依然带上了儒家礼乐文化的道德功利色彩。这足可见出儒道两家在哲学与美学意义上对“孩婴”意象所赋予的不同内涵。儒家文化最重要的美学宗旨是“文以载道”，即使在对“婴儿”象征意义的诠释中，亦不脱此法规。传统的中国文学与中国文学理论批评，主流就是儒家以诗教为核心的功利派，以老庄为代表及其影响下的

① 严家炎：《中国现代小说流派史》，北京：人民文学出版社1989年版，第227页。

② 汪曾祺：《万寿宫丁丁响——代序》，《汪曾祺全集》（第6卷），北京：北京师范大学出版社1998年版，第286页。

道家美学则处于边缘。但是，由于道家美学强调自我表现，追求文学的独立自主性，重视文学的审美色彩，实质上代表着中国文学的自由艺术精神。与其追求文学的自由一样，老庄在王纲解纽的时代提出“复归于婴儿”的哲学理想，本质上也是为了人类已经异化的生命能够重新走向自在、自由、自然。对现代文明热切向往的京派终于“进城”后，却倾力写着乡村孩童与老人的天真淳朴，无疑亦表达了他们对自在、自由、自然的人性的追忆与渴望。

第五章

京派的文学观与老庄的虚静论

京派小说家有自己独特的文学观和小说艺术理论，他们认为“创作不是描写‘眼见’的状态，是当前‘一切官能的感觉的回忆’”（沈从文），“小说是回忆”（汪曾祺），“创作的时候应该是‘反刍’。这样才能成为一个梦”（废名）。京派对文学创作持“回忆”观和“梦”观，从创作对象上来说，实际上就是把创作看成是一种时间距离和空间距离意义上的审美现象；而具体到创作主体上来说，“回忆”和“梦”文学观又是为了培养作家与实际生活的心理距离，从而造就一个审美的心胸。京派小说家的这种文学创作观和小说艺术观，如果我们把它放到中国古典美学历史发展脉络里，就会发现，它的理论资源是老庄的虚静论。

第一节　老庄的虚静论

在中国哲学与美学史上，“虚静”这一概念首先由老子提出。老子提出“虚静”，具有其明确的哲学目的：观道与体道。在《老子》第 10 章里，老子说：“涤除玄鉴，能无疵乎?”冯友兰先生对此解释说：“‘玄鉴’即‘鉴玄’，‘鉴玄’即观道。要观道，就要先‘涤除’。‘涤除’就是把心中的一切欲望都去掉，这就是‘日损’。‘损之又损’以至于无为，这就可以见道了。”[①] 可见，要能够“玄鉴”，也就是要能够“见道”，必须首先经过一番“涤除”的功夫，即要排除主观欲望和个人成见，保持内心的通透虚静，使心“无疵”，没有任何杂念积淀于心。如果说老子在此还只是初步提出虚以静心致以观道，那么在第 16 章老子就更进一步对“涤除玄鉴”、“无疵”之心加以强调：“致虚极，守静笃。万物并作，吾以观复。”范应元先生解释说：“致虚，守静，非谓绝物离人也。万物无足以扰吾本心

① 陈鼓应：《老子今注今译》，北京：商务印书馆 2003 年版，第 110 页。

者，此真所谓虚极、静笃也。”① 本心就是自然之心，毫无世俗的尘滓栖落，透明烛照，纤尘不染，这样，人心就处于虚静的状态。而只有当人心处于虚静本然的状态时，才能观照宇宙万物的变化及其本原。战国时期的诸多学派都非常认可“虚静”。齐国的管子学派就说“虚其欲，神将入舍”，“动则失位，静乃自得”（《管子·心术上》），强调人应“虚欲”与“去躁动”，保持“静”，这样就能与物感应，获得观察事物运行的法则。法家韩非子亦提出：“思虑静则故德不去，孔窍虚则和气日入”（《韩非子·解老》），“虚则知实之情，静则知动之正”（《韩非子·主道》）。甚至儒家学说的代表荀子亦提出“虚壹而静”（《荀子·解蔽》）的主张，表明高蹈入世的儒家也不反对静观默察的人生态度。应该说，管子学派、韩非子、荀子等在某种程度上对老子率先提出的“虚静”论都有所继承和发挥。但是，若从观道体道的哲学目的以及在文学艺术创作和欣赏的审美领域的应用与发展来看，当以庄子的虚静论最得老子之意和影响最大。

庄子这样论述虚静：

> 至道之精，窈窈冥冥；至道之极，昏昏默默。无视无听，抱神以静，形将自正。必静必清，无劳汝形，无摇汝精，乃可以长生。目无所见，耳无所闻，心无所知，汝神将守形，形乃长生。慎汝内，闭汝外，多知为败。我为汝遂于大明之上矣，至彼至阳之原也；为汝入于窈冥之门矣，至彼至阴之原也。（《庄子·在宥》）

以“窈窈冥冥”与“昏昏默默”为特征的“至道”，只有“目无所见，耳无所闻，心无所知”才能将之体验，也就是要“抱神以静”，排除一切尘世的干扰及人心的欲望，澄澈清净内心，摒弃智识，然后才能见道体道，“至彼至阳之原”，“至彼至阴之原”，与道合一。在这里，我们显然可以见到老子所说的“涤除玄鉴”之烙痕。《庄子》一书里论及以虚静之心来体道的地方还有很多，如在《庄子·知北游》中：

---

① 陈鼓应：《老子今注今译》，北京：商务印书馆2003年版，第134页。

孔子问于老聃曰："今日晏闲，敢问至道。"

老聃曰："汝斋戒，疏瀹而心，澡雪而精神，掊击而知。夫道，窅然难言哉！"

庄子借老子之口表达他自己的观点，认为要知道什么是"至道"和如何才能体会"至道"，必须要做到四件事：首先是斋戒，然后使心疏通，再次，要把精神清洗得不染一丝尘俗，最后还要抛弃一切智识。只有经历了这些过程，心才能处于"虚静"状态，一如空明的灵台，这时才能以一片灵府之地"原天地之美而达万物之理"（《庄子·知北游》）。这也就是庄子所说的"无思无虑始知道，无处无服始安道，无从无道始得道"（《庄子·知北游》）。

显然，与老子的"虚静"论一样，庄子的"虚静"思想依然是其哲学领域里的"体道"说。但是，庄子的"虚静"论所体现出来的心理特征以及在实践上所达到的美学效果，使得它在客观上获得了艺术创作中创作主体应具有的虚静心态这一理论色彩。在《庄子》里，"虚静"就是"坐忘"、"无已"、"丧我"、"心斋"、"神凝"。这些语词的意义是等同的。"心斋之心的本身，才是艺术精神的主体。"[①] 主体经过"忘"、"外"、"丧"这些排除一切外界干扰的活动后，才能成为一种宁静的存在，主体之心就会处于澄明空澈状态，形成审美的心胸。此时，心与物冥为一体，对物进行审美的观照，从而获得对物之原性的认识与了解，极物之真，以应无穷。所以庄子说："以虚静推于天地，通于万物，此之谓天乐。"（《庄子·天道》）天乐就是大乐至乐，是充溢天地的大美，是超越一切的天地情怀，而这只有"虚静"才能为之。显然，在庄子看来，唯有虚静之心才可以获得透明烛照，才能"体道"与"见道"，才能成就"以天合天"的艺术品。因为，只有在虚静的心理状态下，人才可以"与天为徒"（《庄子·人间世》），"入于廖天一"（《庄子·大宗师》）。

---

① 徐复观：《中国艺术精神》，上海：华东师范大学出版社2001年版，第45页。

庄子主张以“抱神以静”、“必静必清”的虚静之心来“体道”、“见道”，这个修养过程，与艺术家以恬淡安宁的心境创造出精美的艺术品的过程，在美学上具有同质性，都是超越的升华的审美的精神活动。只是庄子以虚静之心“游于物之初”（《庄子·田子方》）属于哲学领域，具有思辨的形而上学色彩，涵融的是整个宇宙天地人生，而后者仅是以某一具体的艺术对象作为其精神上的自由与安顿之地。这里尽管在所获对象上存在着“全”（“道”）与“偏”（“具体的事物”）的界限，但在审美终极性上并无二致。所以徐复观先生说：“道家发展到庄子，指出虚静之心；而人类的艺术精神，亦昭澈于人类尽有生之际，无可得而磨灭。”①

事实上，若从影响、接受的观点来看，从庄子的一些论述里，我们可以推知庄子意识到了保持虚静之心对于艺术创造的重要性，因为他在《天道》篇里已明确提出“虚静”须为“大匠”所取法：

> 圣人之静也，非曰静也善，故静也；万物无足以铙心者，故静也。水静则明烛须眉，平中准，大匠取法焉。水静犹明，而况精神！圣人之心静乎！天地之鉴也，万物之镜也。夫虚静恬淡寂寞无为者，天地之本而道德之至，故帝王圣人休焉。

庄子认为“万物无足以铙心者”就是“静”，这正是范应元先生用以解释老子的“虚极”与“静笃”的用语：“致虚，守静，非谓绝物离人也。万物无足以扰吾本心者，此真所谓虚极、静笃也。”范先生用道家两大创始哲人的原话互相阐发，也可见出庄子的虚静论的本源是老子所提出的虚静。庄子用“水静”作喻，说水清净的话可以明澈得照见须眉，那么，人的精神若能清静就可以烛照天地万物，从而领略到天地万物的“原性”之美。故此，庄子认为，“静”应为“大匠取法”，使自己在创造时保持“虚静恬淡寂寞无为”之心理状态。

庄子以“大”来限定“匠”，别有深意存焉，是为了与一般的

① 徐复观：《中国艺术精神》，上海：华东师范大学出版社2001年版，第79页。

工匠区别开来，赋予“大匠”以艺术家的气质。在庄子的哲学系统里，“大”是一个具有特别意义的哲学范畴，它意味着非同一般，获得了审美意义，从而成为一个相当纯粹的审美范畴。“大”字作为限定词在《庄子》一书里随处可见，如《逍遥游》中开篇即有“大鹏”。李泽厚、刘纲纪主编的《中国美学史》谈到“大鹏”时说：“那被庄子极为生动地描绘出来的其背‘不知几千里’，‘怒而飞，其翼若垂天之云’……的大鹏之美”，“是庄子所赞颂的‘大美’”①。《逍遥游》中另有“大瓠”、“大树”，用以与日常的平凡的“瓠”与“树”区别开来，因为它们是作为审美对象而不是实用物件出现的。在《知北游》里又有“天地有大美而不言”，对“美”加以“大”的限定，指的是一种“全体之美，无限之美”。② 所以，一旦庄子用“大”来界定事物，就已经赋予了它特定的哲学与美学意义。《天道》中的“大匠”，其实就是超过了一般纯技术之匠的艺术家。庄子在书中所描述的艺匠百工，如梓庆、工捶、大马之捶钩者等，都属于这类“大匠”，实为艺术家的化身。故庄子于此实际上已明确提出：“虚静”应当是一切艺术家从事创造活动时必须具备的心理状态，它使创作主体通过排除外界的纷扰骚动，从世俗的功利的日常心理进入艺术的无功利的审美心理。

庄子还用了诸多技艺神化的寓言故事来进一步阐述他的虚静思想。且看一例：

> 梓庆削木为鐻，鐻成，见者惊犹鬼神。鲁侯见而问焉，曰：“子何术以为焉?”对曰：“臣工人，何术之有！虽然，有一焉。臣将为鐻，未尝敢以耗气也，必齐以静心。齐三日，而不敢怀庆赏爵禄；齐五日，而不敢怀非誉巧拙；齐七日，辄然忘吾有四枝（肢）形体也。当是时也，无公朝，其巧专而外骨消；然后入山林，观天性；形躯至矣，然后成见鐻，然后加手焉；不然则已。则以天合天，器

① 李泽厚、刘纲纪主编：《中国美学史》（第一卷），北京：中国社会科学出版社1984年版，第254～255页。

② 刘绍瑾：《庄子与中国美学》（修订本），长沙：岳麓书社2007年版，第65页。

之所以疑神者，其是与！”（《庄子·达生》）

在此，庄子指出，梓庆为鐻之所以能使“见者惊犹鬼神”，并不是有什么特殊的法术，而是“齐以静心”的结果。他忘“庆赏爵禄”，忘“非誉巧拙”这些功名利禄和是非分际的干扰，最后“忘己”——“辄然忘吾有四枝（肢）形体也”，达到虚静境界，即后人所说的虚静的审美心理状态，故能“以天合天”，鐻成，使人“疑神”也。《庄子·达生》里还讲述了一个佝偻老人承蜩的故事：孔子见一佝偻者承蜩，犹掇之也，于是问之：“有道邪？”佝偻丈人回答：“吾处身也，若橛株枸；吾执臂也，若槁木之枝。虽天地之大，万物之多，而唯蜩翼之知。吾不反不侧，不以万物易蜩之翼，何为而不得！”很显然，佝偻老人承蜩之所以“犹掇之”，亦在于他能“若橛株枸”，“若槁木之枝”，“不反不侧”，内心虚静，处于“吾丧我”之境。

《庄子·田子方》中也讲述了一个关于“虚静”的寓言：

宋元君将画图，众史皆至，受揖而立；舐笔和墨，在外者半。有一吏后至者，儃儃然不趋，受揖不立，因之舍。公使人视之，则解衣般礴，裸。君曰：“可矣，是真画者也。”

画师之所以能旁若无人、悠然自得、“解衣般礴，裸”，就在于他能够像梓庆为鐻时“齐以静心”一样，忘记利害得失、荣辱毁誉等身外之物，保持内心的虚静无欲。宋代绘画理论家郭熙说：“庄子说画史解衣般礴，此真得画家之法。人须养得胸中宽快，意思悦适。”① 胸中宽快即是虚静空明之心。从这个画师所具有的气魄与胸怀也可看出庄子所说的“大匠”其实就是艺术家，所以，庄子赞他是“真画者”！

以老庄的哲学视野来看，“虚静”是“玄鉴”，即获得“至道”

① 郭熙：《林泉高致·画意》，见沈子丞编：《历代论画名著汇编》，北京：文物出版社1982年版，第71～72页。

的条件；从“虚静”在实践上所达到的美学效果而言，它又是形成创造主体审美心胸的必要前提。那么，如何获得虚静？老子对这个问题似乎避而未谈。其实，如果我们联系《老子》的五千言来看，就会发现老子对这个问题已经反复探讨过。贯穿《老子》最主要的思想之一是“反”——“反者道之动”（《老子》第40章），与“反”意义近同的是“复”与“归”。短短五千字的《老子》全书里，“反”字出现了4次，“归”字出现了11次，“复”字出现了15次！老子反复地论述“反”、“复”、“归”，其哲学目的都是为了复归于“道”，与“道”同一。而“为道日损”，必须忘掉与排除一切人世间的东西，“损之又损，以至于无为”（《老子》第48章），保持心境虚静，才能“为道”。一如老子本人对自己的界定：“我独泊兮，其未兆，如婴儿之未孩……我愚人之心也哉！”（《老子》第20章）因为老子能够淡泊虚静，不露形迹，就像不知嬉笑的婴儿一样安静默然，无知无欲，所以他说自己“独异于人，而贵食母”（《老子》第20章），重视的是“为道”的生活。那么如何保持“愚人之心”，如何才能“如婴儿之未孩”呢？在老子看来，首先要“绝巧”（《老子》第19章）与“绝学”（《老子》第20章）。因为“巧”与“学”蕴藏着机心、巧智，只能使人“昭昭”与“察察”（《老子》第20章），生成一颗功名利禄得失皆惊的世俗之心。若能“绝巧”与“绝学”，就可使人“见素抱朴，少私寡欲”（《老子》第19章），从而“常德不离，复归于婴儿”（《老子》第28章），保持忘怀尘世、淳朴淡泊、虚静恬淡的心境。综上所述，可知老子的意思是，要能“虚极”与“静笃”，必须有一番“致”与“守”的功夫。而这个“致”与“守”的修炼过程，就是先“绝”（“绝巧”与“绝学”），后“反”、“复”与“归”。

庄子也对如何达到虚静之心提出了自己的方法：“心斋”与“坐忘”。何谓“心斋”?《庄子·人间世》里，庄子借孔子之口说：

若一志，无听之以耳而听之以心；无听之以心而听之以气。听止于耳，心止于符。气也者，虚而待物者也。唯道集虚。虚者，心斋也。

拒绝一切外界的干扰与主观的欲念，使心处于自然空灵的状态，物我兼忘，这种状态就是“心斋”。能够做到“心斋”，自然就达到了虚静的心理状态，因为，在庄子看来，“虚”与“心斋”是一致的，“虚者，心斋也”。当内心处于虚静状态时，就会“徇耳目内通而外于心知”，达到“虚室生白，吉祥止止”的道境（《庄子·人间世》）。何谓“坐忘”？《庄子·大宗师》里，庄子借颜回之口解释说：

堕肢体，黜聪明，离形去知，同于大通，此谓坐忘。

忘掉自己的身体，罢黜自己的知识，把主体所能感知的一切外界的存在全部清除，从各种生理欲望和名缰利锁中超脱出来，达到“吾丧我”（《庄子·人间世》）的“无待”、“无己”（《庄子·逍遥游》）境界，获得内心的绝对虚静与通达，以达到“大通”（“大通”即“道”——笔者注）之境界，这就是“坐忘”。可见，“心斋”与“坐忘”的要义都在于“忘我”与“忘物”，去知、无己就能获得与天道一样的虚和静，也就是庄子所说的“同于大通”：“忘乎物，忘乎天，其名为忘己。忘己之人，是之谓入于天。”（《庄子·天地》）

在《庄子·天下》篇里，庄子对当时风行的各派学说的历史起源及其自身价值进行了评论，其中是这样概括老子学说的：“以本为精，以物为粗，以有积为不足，澹然独与神明居。古之道术有在于是者，关尹、老聃闻其风而悦之。建之以常无有，主之以太一；以濡弱谦下为表，以空虚不毁万物为实。”对此，庄子由衷地赞叹道：“关尹、老聃乎，古之博大真人哉！”庄子对老子的学说有继承和发挥，“虚静”论虽然由老子所开创，但是庄子显然在对之继承的同时进行了更加深刻与细致的研讨。在《庄子·庚桑楚》一文里，庄子就对如何达到“虚静”以及由之达到的“虚静”效用，作了一个富有总结性的结论：

彻志之勃，解心之谬，去德之累，达道之塞，贵富显严名利六者，勃志也。容动色理气意六者，谬心也。恶欲喜怒哀乐六者，累德也。去就取与知能六者，塞道也。此四六者，不荡胸中则正，正则静，静则明，明则虚，虚则无为而无不为也。

“贵富显严名利”、“容动色理气意”及“恶欲喜怒哀乐”，正是“心斋”与“坐忘”必须消除的内容，而消除它们后所达到的结果——虚静，也正是“心斋”与“坐忘”所达到的极境。庄子在此指出，“静则明，明则虚，虚则无为而无不为也”，实谓虚静可以通道，因为道也是“无为而无不为”。这又回返到了老庄提出“虚静”所本有的哲学目的：观“道”和体“道”。如果我们从“虚静”所达到的美学效用来看，那么它的“无不为”，即它对艺术创作的启发与意义又表现在哪些方面呢？

第一，由于老子庄子所提出的虚静是由“涤除”、“心斋”与“坐忘”所致，抛弃了尘世的一切得失荣辱，“无己”、“外物”，内心澄澈明透，天地万物也就能“去蔽”，直接以其自然之性呈现于人心，故虚静能使人从日常心理转换到审美心理，造就一个审美的心胸。徐复观先生说，“心斋之心……正是艺术之心”①，艺术之心就是审美之心。叶朗先生也有言：“庄子提出的这种‘心斋’与‘坐忘’的精神境界，作为对审美主体的一种要求，有它的合理性。以审美观照来说，如果观照者不能摆脱实用的功利的考虑，就不能发现审美的自然，就不能从有限的一草一木一山一水中把握宇宙无限的生机，就不能得到审美的愉悦。以审美创造来说，如果创造者不能从利害得失的观念中超脱出来，他就不能得到创造的自由和创造的乐趣。”② 庄子以“庖丁解牛”的寓言说明了从日常心理到审美心理的转换。庖丁在解牛时“以神遇而不以目视，官知止而神欲行”（《庄子·养生主》），忘记了感官的外在感知作用，唯以虚静的心神去感知牛，牛就以其自然之性呈现于庖丁之前，“依乎天理，批大隙，导大窾”，因其固然。至此，庖丁已经超越了“族庖”、“良庖”的日常心理，而进入到“大匠”的审美心理。所以，他解牛时，

① 徐复观：《中国艺术精神》，上海：华东师范大学出版社2001年版，第69页。
② 叶朗：《中国美学史大纲》，上海：上海人民出版社1985年版，第116页。

“手之所触，肩之所倚，足之所履，膝之所踦，砉然响然，奏刀騞然，莫不中音，合于《桑林》之舞，乃中《经首》之会”，纯粹是以一个艺术家的审美心理来创造他的伟大的作品。

第二，由于虚静使人忘却世俗，从日常心理超然出来形成了审美的心胸，故它能使创造主体的心神逍遥自由，“以游无穷”：上能至那“大明之上”，“至彼至阳之原”；下能入那“窈冥之门”，“至彼至阴之原”（《庄子·在宥》），“精神四达并流，无所不极”（《庄子·刻意》），从而到达“天地与我并生，而万物与我为一”（《庄子·齐物论》）的自由和谐境界，这就使得创作主体具有丰富活跃的想象与联想能力。庄子说：“休则虚，虚则实，实则备矣。虚则静，静则动，动则得矣。”（《庄子·天道》）我们可以解读为自由的想象“动”是从“虚”和“静”开始的。所以，庄子先把审美主体置于“视乎冥冥，听乎无声”的虚静的精神状态中，再来描述这处于虚静状态中的审美主体的神思“逍遥游”的历程，即翱翔于自然万物、上穷碧落下黄泉的无拘无束的想象力。

第三，由于虚静能使人的心灵达到空灵宁静、纯任自然的审美境界，客观上就使内心处于“用志不分，乃凝于神”（《庄子·达生》）的专一状态，这样创作主体就能爆发出强大的创造力，创造出“以天合天”、鬼斧神工的艺术品来。如梓庆削木为鐻时，就是“巧专而外骨消”，除掉一切外扰，只聚精会神于技巧，创造力得到超常发挥，做好的鐻使人“惊犹鬼神”。工倕用手指画圆圈时，由于能“知忘是非”，“不内变，不外从”，保持“灵台一而不桎”，心神专一无他物窒碍，所以就能“指与物化”，以致“旋而盖规矩”（《庄子·达生》）。庄子还从反面论述了“虚静”之心对于艺术创作的至关重要。《庄子·田子方》里，列御寇善射，在安全平稳之地能百发百中。但一旦“登高山，履危石，临百仞之渊，背逡巡，足二分垂在外”时，列御寇就无法拉弓了，只能“伏地”而“汗流至踵”。伯昏无人说他是“是射之射，非不射之射也”。林云铭说此意是：“言能以巧用，而不能以神用也。”[①] 庄子用列御寇在平地与高山射

① 陈鼓应：《庄子今注今译》，北京：中华书局1983年版，第552页。

箭的不同表现来说明：创造主体如果内心不能保持虚静，而是心随物迁，利害得失荣辱安危盘驻于心，结果就会连原有的技巧与艺术能力都会损减，更遑论新的创造力！朱熹对此有很好的总结："今人所以事事做得不好者，……这个只是心里闹、不虚静之故。不虚，不静，故不明。不明，故不识。若虚静而明，便识好事物，虽百工技艺做得精者，也是他心虚理明，所以做得来精，心里闹，如何做得。"①

"致虚极，守静笃，万物并作，吾以观复。"虚静的心灵，是道家的心灵，亦是审美的心灵。虚静是一切至纯至美的艺术作品产生的根本。保持虚静就能形成审美的心胸、"用志不分，乃凝于神"的专注以及丰富自由的想象和联想能力，这为道家所孜孜追求的自然全美的艺术品的出现形成了一个坚实的基础。

第二节　中国古典文学艺术理论中的"审美"虚静论

老子和庄子提出虚静论的本义在于见道体道这一哲学目的，但由于它本身具有"涤除"、"坐忘"、"心斋"这些超功利、非求知的通于艺术审美性的特征，使其合于艺术创造的本体论，以致在中国文学艺术史上影响深远。早在"艺术的自觉时代"——魏晋六朝时期，虚静就被引入古典美学理论中。陆机是把老庄哲学上的虚静论自觉运用到文学创作理论领域的创始者。《文赋》开篇即云："伫中区以玄览，颐情志于《典》、《坟》。""玄览"直接来自老子的"涤除玄鉴"，即虚静之心。同时，陆机指出，创作者之所以能自由驰骋想象力，正是由于他能先虚以静心："其始也，皆收视反听，耽思傍讯，精骛八极，心游万仞。"如果创作受阻，就要"罄澄心以凝思"。这都是强调创作主体在艺术构思过程中要保持虚静凝神的心理状态。不过，我们从《文赋》中可以看出，陆机并没有明确使用

① 黎靖德：《朱子语类·论文下》，北京：中华书局1986年排印本，第3333页。

“虚静”这个概念，他所使用的是从老子的“玄鉴”中蜕变而成的“玄览”，并且陆机对“虚静”的使用还停留在思想叙述的阶段，没有形成完整的理论体系。

最早把“虚静”说引入文学创作理论领域的是陆机，这点文学史没有异议。但是，“虚静”论早在先秦时期就已由老庄提出，为何直到西晋时期才被转用于文学创作理论领域，并且不是由其他文学理论家如曹丕或者嵇康而是由陆机来完成这一开创之功，文学史则没有给予探讨。笔者不揣简陋，把形成这一文学历史事实的原因，简要述之如下：

首先，是由于当时的社会文化思想主潮发生了巨大的变化，“儒消道涨”。老庄孔孟皆处于春秋战国时代，“百家争鸣”是这个时代的主要特征。《庄子·天下》篇中，就记述与评判了五个学派：①墨翟、禽滑厘一派；②宋钘、尹文一派；③彭蒙、田骈与慎到一派；④关尹、老聃与庄周一派；⑤惠施、桓团与公孙龙一派。这足可见当时学术思想之活跃。虽然《庄子·天下》中未提及孔子，但事实上也对儒家学说进行了评注：“《诗》以道志，《书》以道事，《礼》以道行，《乐》以道和，《易》以道阴阳，《春秋》以道名分。”即就文艺观来说，孔子是要求文艺为礼教服务的，所谓“《诗》，可以兴，可以观，可以群，可以怨。迩之事父，远之事君，多识于鸟兽草木之名”（《论语·阳货》）。孔子的这种为礼教服务的文艺观在当时的影响并不大，因为在“百家争鸣”的时代，孔子仅是其中一家而已，人们完全可以不听他的。但是，中国社会历史的进程成就了孔子学说。时至汉代，董仲舒提出“罢黜百家，独尊儒术”，得到汉武帝的支持，从此，中国封建社会告别“百家争鸣”的风气，取而代之的，是儒家学术的一统天下。“先秦儒学经过以董仲舒为代表的汉代儒家的改造，遂成为官方的统治思想，它不可避免地要渗透到各个角落，并直接影响到文学思想和文学理论批评的发展，形成了汉代新的儒家文学观，并逐渐发展成为封建的正统文艺观。”① 文学成为宣传儒家礼教的工具，文学创作的主题大都是以政治教化和美

① 张少康：《中国文学理论批评发展史》，北京：北京大学出版社1995年版，第115页。

刺讽谏为主，文学理论亦是如此。但是，从汉末开始，儒教开始衰落，到了魏晋之际，玄学思想蓬勃发展起来，并且一直成为魏晋南北朝的主流思想。玄学的基础就是老庄思想。

其次，由于魏晋之际整个社会思潮发生了由“儒”到“道”的转变，文学的中心也就由注重社会的功利作用转换到关注人的内心，关注独立的人的意义和价值。对于“诗”的作用，汉代的《毛诗大序》说：“故正得失，动天地，感鬼神，莫近于诗。先王以是经夫妇，成孝敬，厚人伦，美教化，移风俗。”《毛诗大序》反映出儒家文艺思想的保守性到了汉代得到进一步加强，突出地强调了文艺必须为巩固封建统治秩序服务。道家元典中没有明显的谈论文学之处，但是，我们可以从某些篇章中捕捉到老庄对文学的看法。《庄子·天下》篇谈到庄周的文章的艺术性时说：“其书虽瑰玮而连犿无伤也，其辞虽参差而諔诡可观。彼其充实不可以已。”① 庄子本是相信“言不尽意”的，一直在《庄子》中倡导忘知忘言，却为何要写出“瑰玮諔诡”的文章来呢？庄子说，这是因为“彼其充实不可以已”。庄子内心“充实”，被巨大的思想情感包绕，不吐不快，“不可以已”，必得倾吐。这是庄子内心的思想情感，是属于“这一个”庄子所特有的思想情感，与“经夫妇，成孝敬，厚人伦，美教化，移风俗”等儒家的功利文学观统统无关，是真正个体性的、情感性的、审美性的、本体性的，因而也是最真实和最独特的。徐复观先生说：“‘充实不可以已’道出了古今中外伟大艺术家常常一生辛苦从事创造的真实原因。”② 儒家的文学观偏重关注文学的社会效用，而道家的文学观，关注的是个人的内心情感的充实与真实。另一方面，儒家强调人的群体性和社会性，而道家重视人性的自由和解放，倡导人的个性和独立。儒家思想自汉末开始衰落，老庄思想自魏晋以来居于社会主潮。庄子“彼其充实不可以已”的书写体现了个人内心

① 徐复观先生说：“按《天下篇》在庄子自述的这一段中‘彼其充实不可以已’的这句话，从来都把它属下读。我现在才了解应当属上读，以说明上文所述之‘其书’‘其辞’，都是由‘充实不可以已’而来，这才文从义顺。”见徐复观：《中国艺术精神》，上海：华东师范大学出版社 2001 年版，第 84 页。笔者在这里取徐先生的看法。

② 徐复观：《中国艺术精神》，上海：华东师范大学出版社 2001 年版，第 71 页。

情感的文学观和道家注重个人的独立自由的观点，在这个时期就得到了“众美从之”（《庄子·刻意》），文学由儒家的注重社会功利作用转换到道家的抒发个人的内心情感上，关注独立的人的意义和价值。

再次，陆机主要生活在西晋时期，不可避免地深受道家美学思想的影响。陆机的《文赋》主要是探讨文学创作的内部规律，在中国古典文学史上第一次全面系统地研究了文学创作的基本理论，而这些都是以老庄哲学与美学思想为指导来谈论的。《文赋》中有多种创作思想来自老庄。不仅有上文说过的“伫中区以玄览”，强调玄览虚静对于审美心理形成的重要作用，而且在探讨创作上的言意关系时，陆机也接受了道家的“言不尽意”的观点，直接引用《庄子·天道》里“轮扁斫轮”的寓言证明说：“是盖轮扁所不得言，故亦非华说之所能精。”陆机进一步把他所认为的“应感之会”（也就是今天所说的“灵感”——笔者注）产生的原因归之于“天机”：“方天机之骏利，夫何纷而不理?”“天机”一词的含义亦本于《庄子》。我们可以引用唐代李善的《文选注》来加以说明。李善说：“《庄子》：‘蚿曰：今予动吾天机。’司马彪曰：‘天机，自然也。’又《大宗师》曰：‘其嗜欲深者，其天机浅也。’刘障曰：‘言天机者，言万物转动，各有天性，任之自然，不知所由然也。’”李善溯源陆机所用的“天机”来自庄子，并用道家最重要的概念之一——“自然”的意义来解读“天机”，正道出了道家思想在文学创作的构思论方面对陆机的深刻影响。张少康先生曾断言说：“从《文赋》所体现的文艺美学思想来看，虽然它也有若干儒家思想的影响，例如最后关于文学的社会功用的论述，以及内容与形式关系等，但主要还是受以老庄为代表的道家思想影响比较深。”①

综上所述，可知：由于中国的社会文化主潮自汉末以来经历了以“道”代“儒”的重大变化，且道家思想一直影响到整个魏晋南北朝，故此，道家美学思想在文学创作及文学理论领域也开始占据主要地位。陆机在这种社会主潮下创作的《文赋》，大胆创新，把研

① 张少康：《中国文学理论批评发展史》，北京：北京大学出版社 1995 年版，第 193 页。

究对象从先前的儒家文学理论所关注的文学之社会功能转移到文学之内部创作规律，实现了中国古代文学研究的“转向”。虽然此前曹丕的《典论·论文》也有研究文学的内部规律的内容，但是其中心点是论述作家才性与文体特征之间的关系。而《文赋》则为中国古典文艺理论发展史第一篇全面系统地研究文学创作规律的论著，这种“破天荒”，必然把先前儒家主要是关注文学的社会作用这一重心聚焦到文学的创作主体上。当《文赋》按照创作的过程探讨创作的准备条件时，必然要先探讨创作主体的精神状态。顺理成章地，《文赋》开篇即云“伫中区以玄览”！

陆机之后的刘勰明确将“虚静”的概念引入文学理论范畴，并对“虚静”进行深入的理论探讨，形成了理论系统。《文心雕龙·神思篇》中说：“陶钧文思，贵在虚静，疏瀹五脏，澡雪精神。”诗人首先必须经过“疏瀹”和“澡雪”的工夫，使心灵处于“虚静”之状，如此才能文思泉涌。刘勰的这个观点直接来源于庄子的原话：“汝斋戒，疏瀹而心，澡雪而精神，掊击而知！”（《庄子·知北游》）并且，刘勰也指出空明虚静之心是作家放飞想象的前提：“文之思也，其神远矣。故寂然凝虑，思接千载；悄然动容，视通万里。”与陆机一样，刘勰也摒弃了道家把虚静与学、识对立起来的观点，而是将之并列，认为都是“驭文之首术，谋篇之大端”。所以他在提倡“陶钧文思，贵在虚静”时，又强调“积学以储宝，酌理以富才，研阅以穷照，驯致以怿辞”。

魏晋时期，老庄的“虚静”论不仅被引入文学创作领域，在绘画方面同样得到了推崇，这就是南朝宋画家宗炳在《画山水序》中提出的著名的“澄怀味象”的美学命题：“圣人含道映物，贤者澄怀味象。”“澄怀”，就是要求审美主体澄清胸怀，涤除俗念，陶冶出纯净虚静的审美心胸。只有纯净虚静的审美心胸，才能“味象”，深刻地体会、品味到体现了“道”的艺术形象。也就是说，画家必须先有一颗空明虚透、纯净安静的心，才能与大自然的一切形成“神会”。叶朗先生认为：“宗炳说的‘澄怀’，就是老子说的‘涤除'，庄子说的'心斋'、'坐忘'，也就是虚静空明的心境。"①

自从陆机、刘勰与宗炳把本属于哲学范畴的道家虚静论引入文学创作理论及绘画理论后，这一获得了美学意义的虚静论在后世于文学、绘画与书法等艺术领域都获得了极大的发展，成为富有中国古典特色的"审美"虚静说。

在诗歌创作理论上，旧题唐司空图所作的《二十四诗品》吸收了由老庄所开创的通于美学创造与欣赏的虚静论，认为虚静是创造诗歌意境时必备的心灵之境。如《诗品》中所言的"素处以默，妙机其微，饮之太和，独鹤与飞"（《冲淡》）；"空潭泻春，古镜照神，体素储洁，乘月返真"（《洗练》），等等，要旨都是强调审美主体在创造诗歌意境时必须排除主观杂念和外界干扰，凝神一志，空灵虚静。宋代苏轼在《送参寥师》一诗里亦提出他的虚静主张："欲令诗语妙，无厌空且静。静故了群动，空故纳万境。"苏轼认为，要想诗句妙语天成，就必须使心灵"空且静"，这样，才能于凝神静照中见出自然万象的物性，涵容天地万物的形象，使物我同一，笔下生辉。明代袁中道在《爽籁亭记》中也论述了虚静在审美过程中的重要作用："故予神愈静，则泉愈喧也。泉之喧者，入吾耳，而注吾心，萧然泠然，浣濯肺腑，疏瀹尘垢，洒洒乎忘身世，而一死生。故泉愈喧，则吾神愈静也。"此处的意思，可用上文提到的宗炳的"澄怀味道"来互释，神愈静而泉愈喧，泉愈喧而神愈静，人与物涵容为一，无分物我，"至道"自显。晚清词人况周颐在《蕙风词话》中说，人静灯昏之时，"据梧暝坐，湛怀息机，每一念起，辄设理想排遣之。乃至万缘俱寂，吾心忽莹然开朗如满月，肌骨清凉，不知斯何世也"。词人通过切身的体悟，自述如何才能获得虚静之心以及获得虚静之心后的活跃开阔的思维活动。晚清学者王国维要求人们在审美活动时要能"超出乎利害之范围外，而惝恍于缥缈宁静之域"（《古雅之在美学上之位置》），强调的也是要以虚静之心来面对万殊物态。他于《文学小言》一文里又有言："吾人之胸中洞然无物，而后其观物也深，而其体物也切。""胸中洞然无物"，就是庄子所

① 叶朗：《中国美学史大纲》，上海：上海人民出版社 1985 年版，第 209 页。

说的“万物无足以扰心”的虚静状态。

在书法绘画创作理论上，老庄的虚静论亦被广泛接受。如初唐书法家虞世南就说：“欲书之时，当收视反听，绝虑凝神，心正气和，则契于妙。心神不正，书则欹斜；志气不和，书则颠仆。”（《笔髓论》）主张泼墨挥毫之前要澄心静思，保持虚静和谐的心理状态。若是心不能静，则书败无疑。张彦远在《历代名画记》中说：“凝神遐想，妙悟自然，物我两忘，离形去智。身固可使如槁木，心固可使如死灰，不亦臻于妙理哉？所谓画之道也。”张彦远指出，“凝神”乃“画之道”，强调拥有虚静的审美心胸是画家必备之“道”。宋代画家米友仁则说：“画之老境，于世海中一毛发事泊然无着染。每静室僧趺，忘怀万虑，与碧虚寥廓同其流。”现代美学家宗白华先生评价说米友仁是“以阿波罗式的宁静涵映世界的广大精微”①，可谓深得老庄的虚静之意。

如果说上面的诸多论述主要是着眼于创作主体的虚静之心，那么，宋郭熙在《林泉高致·画意》中的这段话就是从欣赏主体的虚静之心来说的：“余因暇日，阅晋唐古今诗什，其中佳句，有道尽人腹中之事，有装出目前之景。然不因静居燕坐，明窗净几，一炷炉香，万虑消沉，则佳句好意，亦看不出。幽情美意，亦想不成。”面对佳句佳画佳书，若欣赏者利禄满心，沉湎俗事，不能“静居燕坐”，“万虑消沉”，则是入宝山而空归，徒劳无所获。

由于老庄所提出的本于“见道”与“体道”的“虚静”，触及了文学艺术创作中创作主体的精神状态这一根本性的命题，所以，不论是在文学创作领域，还是在绘画书法等艺术领域，中国古典文艺理论均把虚静视为创作主体形成审美的心胸所必备的基本条件。

① 宗白华：《美学散步》，上海：上海人民出版社1981年版，第73页。

第三节 京派小说家的“回忆”和“梦”文学观

其实，我们还应该注意到，提倡虚静论的，无论是其创始人还是其继承者，本身就是能“静”之人。老子说自己是“愚人之心”——“我独泊兮，其未兆，如婴儿之未咳”（《老子》第20章），实际上也就是说他有一颗虚静之心，故老子所说的“愚人”，也可解读为心能虚静之人。庄子看待世间万物不是从功利态度而是从审美角度出发，濠上观鱼即能与鱼同乐，又愿远离尘世，乃至“外天下”、“外物”，处身于“无何有之乡，广漠之野”，从现实分际超越出来，这正是一份虚静情怀所培养出的审美心胸。虚静实为老子和庄子的主体人格，为其内在本性所固有。提出“澄怀味象”这一绘画美学命题的宗炳也是一个虚静之人。据《宋书·宗炳传》传载，宗炳“好山水，爱远游”，“每游山水，往辄忘归”。宋高祖辟他为主簿，不就，“问其故，答曰，栖丘饮谷，三十余年”。[①] 这反映出宗炳虚静为怀、超凡脱俗的精神境界。其他如苏轼、王国维、宗白华等诗人和学者在本性上均是虚静之人。苏轼就曾写诗曰：“无事此静坐”（《司命宫杨道士息轩》）。一个“静”字，既泄露出诗人天性之虚静，亦泄露出诗人在创作时的虚静之心。宗白华先生说他孩提时“喜欢一个人坐在水边石上看天上白云的变幻，心里浮着幼稚的幻想”，及长，“唐人的绝句，像王、孟、韦、柳等人的，境界闲和静穆，态度天真自然，寓秾丽于冲淡之中，我顶欢喜”。[②] 不管是在个性生成还是艺术取舍方面，宗先生都偏于“虚静”。由之，我们可以推断出，只有主体性格为虚静者，才有可能提出虚静的理论主张或对虚静理论表示服膺。即以庄子所创造的梓庆、画师、捶钩者等“大匠”而言，他们处身于俗世而能忘“庆赏爵禄”，忘“非

① 转引自徐复观：《中国艺术精神》，上海：华东师范大学出版社2001年版，第141页。
② 宗白华：《美学散步》，上海：上海人民出版社1981年版，第279、281页。

誉巧拙”，能“解衣般礴”，养得心中宽快，亦是因为虚静所致。京派小说家们从人格本体上说，与倡导虚静论的道家始祖及其继承者一样，也是以虚静为其主要表征。

废名本性之安静在中国现代文学史上是出了名的。为躲避当时尘世的乌烟瘴气，求得心灵清净，废名甚至在北京西山一个偏僻的陋室隐居了一年多。废名常常打禅入定，这既是为了使心安静，实际上也是其虚静之心的表现。废名的这种修炼方法虽然来自佛教禅宗，但在客观上所达到的对虚静人格的培养，与道家的虚静论在本质上是一致的。

如果说废名用“行动”表明了自己对淡泊出世以致虚静的渴求，那么沈从文等则是用文字表明了这一点。在《烛虚》里，沈从文说：“我需要清净，到一个绝对孤独环境里去消化消化生命中具体与抽象。……我必须同外物完全隔绝，方能同‘自己’重新接近。”① 沈从文多次强调“静”对于写作的意义：“一切优秀作品的制作，离不了手与心。更重要的，也许还是培养手与心那个‘境’，一个比较清虚寥廓，具有反照反省能够消化现象与意象的境。单独……静静的与自然对面，即可慢慢得到。”② 现实生活中，沈从文的生活态度就是淡泊超脱，虚静自守，神游自然，与世无争。而他对“静境”所达致的美学效用的论述与老庄对虚静的论述何其一致！

汪曾祺有着中国古代士大夫的人生观和审美趣味，天生具有隐逸无为之道家气质。他借苏轼的诗句直接写有《无事此静坐》一文，单从标题来看，即可读出作家的安闲宁静之性格。他说：“静，是一种气质，也是一种修养……习于安静确实是生活于扰攘的尘世中人所不易做到的……唯静，才能观照万物，对于人间生活充满盎然的兴致。静是顺乎自然，也是合乎人道的。”③ 汪曾祺所理解的“静”

① 沈从文：《烛虚》，《沈从文文集》（第 11 卷），广州：花城出版社 1984 年版，第 275 页。

② 沈从文：《从徐志摩作品学习“抒情”》，《沈从文全集》（第 16 卷），太原：北岳文艺出版社 2002 年版，第 257 页。

③ 汪曾祺：《无事此静坐》，《随遇而安》，北京：京华出版社 2005 年版，第 240 ~ 241 页。

与庄子的“心斋”、“坐忘”是相通的。在对他所喜爱的西班牙作家阿左林的评价中，汪曾祺也表达了自己对“静”的推崇：“阿左林……是一个沉思的、回忆的、静观的作家。他特别擅长于描写安静，描写在安静的回忆中的人物的心理的潜微的变化。”①

至于凌叔华，她以画家的身份来写小说，画作题材主要为山水兰竹，画风简约淡雅，尺幅之间荡漾着宁静幽美之神韵。凌叔华曾在自己一幅画上题语：“闲来静坐学垂钓，秋水秋色入画图。”② 这可视为其虚静性情的自白。而凌叔华对倪云林画境的解读：“他的画常是一处山不崇高，水不涓媚的平常野外景致，疏落的几株秋树，两三枝竹子，掩映着一间屋或一个亭子。没有一个人或一只鸟，静到似乎一片落叶你都可以听得见。在这平澹萧飒的情调里，使人自然悠然意远。”③ 说明她非常理解“虚静”能使人“意远”。

应该说，京派小说家不仅与老庄一样，本身即是虚静之人；而且，他们对虚静所达到的美学意义上的看法，也是来源于道家。汪曾祺就说过，“习静”是“道家的一种功夫”。④ 这当然与作家对道家的接受密切相关。关于京派小说家与道家哲学美学思想的渊源，本书第一章已有详细论证，此处不再赘述。既然京派小说家的“道缘”很深，那么说他们的虚静观来源于道家，就应该不是一个唐突的结论了。

“文如其人”是中国古代文论中影响深远的一个理论命题，贯穿古代文论的始终。对于这个命题一直存有争论，并且以魏晋六朝为分界，内容有不同的侧重。在此笔者取文学的自觉时代——魏晋六朝时所发展起来的“文如其人”的内涵，即不是此前儒家的道德思想所定位的把文章的风格与作家的道德品质紧紧相连，而是注入了道家的审美思想，把文风与作家的个性特征（性格、气质、才气等）结合起来论述。既然“文如其人”，那么我们可以接过来说，一个作

① 汪曾祺：《谈风格》，《汪曾祺全集》（第3卷），北京：北京师范大学出版社1998年版，第340页。

② 凌叔华：《酒后》，北京：东方出版社2004年版，第2页。

③ 凌叔华：《我们怎样看中国画》，《酒后》，北京：东方出版社2004年版，第114页。

④ 汪曾祺：《“无事此静坐”》，《塔上随笔》，北京：群众出版社1993年版，第263页。

家所持的创作观更应是“如其人”的，因为创作观指导作家的创作。京派作家的虚静的性格、气质以及对由虚静在文艺创作上所形成的审美效果的清醒意识，使得他们提出了“回忆”文学观和“梦”文学观。

废名强调：“文学有二种技巧：一是写实的，即是照相式的，要把当时的真实经验生动地表现出来，而每一个经验都是特殊的、具体的，因此比较难懂；另一种是回忆式的……这类诗比较容易懂些。”① 废名的小说大多是以其故乡湖北黄梅作为梦幻中的桃源来写的“回忆”之作，如其被称为“十年造一桥”的代表作——《桥》。

对于如何创作文学作品，沈从文也有自己独特的文学观：“创作不是描写‘眼见’的状态，是当前‘一切官能的感觉的回忆’。”② 在另一处，他又明确地说：“我只是用一种很笨的、异常不艺术的文字，捉萤火虫那样去扑捉那些在我眼前闪过的逝去的一切，这是我创作的方法。”③ 沈从文反复强调的是：创作就是回忆。沈从文最成功的回忆之作，是出版于1934年的《边城》。《边城》讲述了一个民族所拥有的一种最纯美的爱情与一个民族所表现出的一种最诚挚的人性。

汪曾祺更是说得明白干脆：“我认为小说是回忆。必须把热腾腾的生活熟悉得像童年往事一样，生活和作者的感情都经过反复沉淀，除净火气，特别是除净感伤主义，这样才能形成小说。”④ 汪曾祺的“小说是回忆”的看法虽然是在20世纪80年代公诸于众的，但是，联系到沈从文对创作的看法以及他们二人之间密切的师生关系，我们不难看出其间明显的师承轨迹。1980年，中国文坛还是控诉“文

---

① 《今日文学的方向——“方向社”第一次座谈会议录》，天津《大公报》副刊“星期文艺”第107期，1948年11月14日。这次座谈会于1948年11月7日在北京大学蔡孑民先生纪念堂举行，京派文人大都出席，如朱光潜、沈从文、废名、常风、汪曾祺等。

② 沈从文：《〈秋之沦落〉序》，《沈从文文集》（第11卷），广州：花城出版社1984年版，第11~12页。

③ 沈从文：《〈第二个狒狒〉引》，《沈从文全集》（第16卷），太原：北岳文艺出版社2002年版，第292页。

④ 汪曾祺：《〈桥边小说三篇〉后记》，《汪曾祺全集》（第3卷），北京：北京师范大学出版社1998年版，第461页。

革”的“伤痕”小说年代，但是，在重续几乎中断了二十年的写作生涯后，汪曾祺于此年所写的《受戒》，却把笔墨指向了民国年代，一如他自己所说：“文章淡淡忆儿时。”（《七十书怀出律不改》）“小说是回忆”，我们可以用汪曾祺的这句话来阐解作家所有的小说。

凌叔华也有言：“书里的小人儿都是常在我心窝上的安琪儿，有两三个可以说是我追忆儿时的写意画，怀念着童年的美梦，对于一切儿童的喜乐与悲哀，都感到兴味与同情。”[①] 虽然凌叔华在此谈论的是她的儿童小说，但我们还是可以从中理顺她的“回忆”文学观。

与“小说是回忆”的创作观相连，京派小说家又提出了“小说是写梦”的文学观。

京派小说家的“梦”文学观的形成，也许还要溯源到京派文学的始祖周作人。1925 年，周作人公开自己的看法：“文学不是实录，乃是一个梦：梦不是醒生活的复写。”[②] 废名是周作人的大弟子，无论是在创作风格上还是在对生活的品味上都深受周作人的影响。1925 年，废名的小说集《竹林的故事》出版时，废名在自序中说：“我在这里祝福周作人先生，我自己的园地，是由周先生的走来。”[③] 所以，周作人的“文学乃是一个梦”的观点对废名的触动是很深的。两年之后，即 1927 年，废名写有《说梦》一文，文中有观点如此：“创作的时候应该是‘反刍’。这样才能成为一个梦。是梦，所以与当初的实生活隔了模糊的界。艺术的成功也就在这里。”[④] 这可以看到废名的“梦”文学观是对周作人的一脉继承。废名还在《梦》一诗里表达了自己对“梦”文学观的坚持：“我在男子的梦里写一个美字，我在女子的梦里写一个善字，厌世诗人我画一幅美丽的山水，小孩子我替他画一个世界。”[⑤] 梦总是废名喜欢的人生形式，一种美好的真实的人生形式，所以他说：“‘人生如梦’，不是说人生如梦

---

① 凌叔华：《小哥儿俩·自序》，载《小哥儿俩》，上海：上海良友图书公司 1935 年版。

② 周作人：《〈竹林的故事〉序》，原载 1925 年 10 月《语丝》第 48 期。

③ 沙铁华、月华选编：《废名作品精选》，武汉：长江文艺出版社 2003 年版，第 3 页。

④ 废名：《说梦》，《语丝》第 133 期，1927 年 5 月 28 日。

⑤ 废名：《黄梅初级中学二四区毕业同学所办怀友录序》，《平明日报·星期艺文》第 14 期，1947 年 7 月 27 日。

一样是假的，是说人生如梦一样是真的。”①

凌叔华借用大画家石涛的诗来表明自己的“梦”文学观：“‘不识年来梦，如何只近山。’一次无意中读到石涛这两句诗，久久未能去怀，大约也因为这正是我心中常想到的诗句，又似乎是大自然给我的一个启示。”② 文学是一个“梦”，而这个“梦”的形成出于大自然的启示。这正道出了京派文学的主要特点：大自然永远是作家审美的心胸所倾力描摹的梦幻般的写作对象，而不是粗糙的实形的社会人生。

沈从文说：“把小说看成‘用文字很恰当记录下来的人事’。因为既然是人事，就容许包含了两个部分：一是社会现象，是说人与人之间的种种关系；一是梦的现象，便是说人的心或意识的单独种种活动。单是第一部分容易成为日常报纸记事，单是第二部分又容易成为诗歌。必须把人事和梦两种成分相混合，用语言文字来好好装饰剪裁，处理得极其恰当，才可望成为一个小说。”③ 虽然沈从文强调要“把人事和梦两种成分相混合”，其实，在社会现象和梦的现象之间，作家更偏爱梦的现象。在《水云》里，沈从文就宣称：“有人用文字写人类行为的历史。我要写我自己的心和梦的历史。”因为，“人生至少还容许用将来重新安排一次”。④ 这里的“将来”所具有的美学内容，其实就是“心和梦的历史”。这显然已是美学领域中诗化了的生命与生活，而非现实实存形态中的粗糙枯燥的生命与生活。

被当代文学界视为京派小说在20世纪80年代直接复活的汪曾祺虽然没有明确提出相关的“梦”文学观，但其1980年的小说《受戒》，文尾有特意注明：“写四十三年前的一个梦。”我们可以把这个声明看作是汪曾祺的“梦”文学观的一种隐喻表达。而且，他在

---

① 废名：《莫须有先生坐飞机以后》，桂林：广西师范大学出版社2003年版，第181页。

② 凌叔华：《爱山庐梦影》，《酒后》，北京：东方出版社2004年版，第3页。

③ 沈从文：《短篇小说》，《沈从文全集》（第16卷），太原：北岳文艺出版社2002年版，第493页。

④ 沈从文：《水云》，《沈从文文集》（第10卷），广州：花城出版社1984年版，第273页。

一首自题诗里说“近事模糊远事真”，认为“现在”是“模糊”，“过去”才是“真”，这也可以理解为汪曾祺式的“梦”文学观。

京派小说家提出的“梦”文学观可以视为是其“回忆”文学观的一个分支。因为，“梦不是醒生活的复写”，总是带有审美创造的成分。京派小说家所提出的“小说是回忆”，显然不是从“回忆”所具有的心理机能层面来说的，与理解记忆和机械记忆没有多大干系，而是从审美创造的角度提出的，它是作家的一种情绪记忆，是形象化、感性化、主观化的。这样，作为审美性质的“回忆”当然不是对已经消失的时日的“照相式”再现，而必然是按照美的理想进行乌托邦式的想象和审美创造。戏剧理论家斯坦尼斯拉夫斯基就从“时间的审美作用”的角度说过：“时间……能把我们对体验过的情感的回忆澄清和滤净。它还是一个卓越的艺术家。它不但能澄清回忆，还能把回忆诗化。由于记忆的这种特性，即使是那种黯淡的、实际存在的和粗糙的自然主义的体验，也都会随着时间的进展而变得美丽些、艺术些。”① 这说明了在时间的流逝里所产生的“回忆”本质上具有“诗化”美感。沈从文在谈及自己1934年重回湘西前所写的小说时说：“作品中的乡土情感，混和了真实和幻念，而把现实生活痛苦印象一部分加以掩饰，使之保留童话的美和静，也即由之而来。”② 显然，沈从文夫子自道他的诸多美丽的湘西小说在实质上是一种审美式的加工。接受美学的代表人物尧斯对此有哲学上的论证：“审美经验在乌托邦式的憧憬中和在回忆的认识中都是有效的。它不仅设计未来的经验而且还保存过去的经验，以使那本不完美的世界变得完美。”③ 正是在弥补现实世界、创造审美世界这一美学意义上，京派的“梦”文学观完全可以纳入其“回忆”文学观的范畴。

海德格尔说：“诗人之本性乃是漠视现实，是造梦而非劳作。其

① 转引自钱谷融、鲁枢元主编：《文学心理学教程》，上海：华东师范大学出版社1987年版，第102页。

② 沈从文：《一个人的自白》，《沈从文全集》（第27卷），太原：北岳文艺出版社2002年版，第14页。

③ 尧斯：《审美经验与文学解释学》，上海：上海译文出版社1997年版，第11页。

所创造者仅属梦幻，幻想玄思为诗人能唯一奉献者。”① 海德格尔所称谓的“造梦的诗人”，当然包括作家在内。而京派文人相信：“艺术本来是弥补人生和自然缺陷的。如果艺术的最高目的仅在妙肖人生和自然，我们既有人生和自然了，又何取乎艺术呢？”② 京派的这种“艺术弥补观”与海德格尔的“诗人造梦观”具有异曲同工之妙，在本体论上获得了高度的同质性。综此，可以见出京派的“回忆”与“梦”文学观的美学内涵：文学即是用审美经验建构起的“回忆”性质的“造梦”，文学创作必得超越庸常粗鄙的现实，铸造人类理想的生存图景，使人类诗意地栖居成为可以触摸的幻梦。京派的这种文学观是一种非功利的、审美化的文学观，是一种“日神”式的静观默想。在这一文学观的支撑下，京派作家站在一片精神家园的净土上，俯瞰现实世界的喧嚣和纷扰而不为所动。汪曾祺评价阿左林的话语，其实也可视为京派作家的自评：“沉思的、回忆的、静观的作家。”我们从京派作家所创作的“原始主义小说”、“童心小说”乃至所塑造的具有异秉气质的人物形象，可以看出他们所孜孜描摹的，是生活在别一天地里的本真人性与淳朴情感这一与现实世界迥异的精神世界。这是京派小说家的“回忆”文学观所内含的审美化的观照立场必然形成的审美的人生形式。

既然“回忆”和“梦”都是对生活的审美再创造，以建构一种乌托邦式的人类理想生存境界，那么，具体到创作主体上来说，“回忆”和“梦”文学观的实质，就是要求作家在创造这一审美世界时，内心要处于沉潜、静虑的状态，一如汪曾祺所说，要除尽火气，除尽感伤主义，在审美静照中来处理将要成为小说内容的实际生活，将之升华为美的艺术品。显然，京派小说家的“回忆”与“梦”文学观对创作主体所要求的这种“沉思的、回忆的、静观的”创作心态，既是他们自身的“静心”性情所致，又是他们渊源于老庄的虚静观所致，更是他们对老庄的虚静论所达到的美学效果的熟稔所致。

---

① ［德］海德格尔：《……人诗意地栖居……》，刘小枫主编：《人类困境中的审美精神》，北京：知识出版社 1994 年版，第 561 页。

② 朱光潜：《谈美·谈文学》，北京：人民文学出版社 1988 年版，第 27 页。

第四节 “回忆”文学观与虚静论在美学上的汇归

海德格尔从哲学高度对“回忆”的目的性进行了界定：“回忆就是要告别尘嚣，回归到敞开的广阔之域。”① 而老子与庄子对如何获得虚静之心以见道提出了各自的办法。老子认为“为道日损”（《老子》第48章）。如何损？“涤除”、“绝巧”与“绝学”是也。庄子则认为必须经过“心斋”和“坐忘”，这样，“静则明，明则虚，虚则无为而无不为也”（《庄子·庚桑楚》），到达“同于大通”的“道境”。从创作形态上来说，京派小说家所持守的“回忆”与“梦”文学观强调的是：文学创作从实存的生活到变换为文字所描述的形象，实际上是一个审美静观的过程。作家要能够“涤除”、“心斋”与“坐忘”，在虚静的心理状态中与现实的一切功利保持审美距离，既不“役物”又不“物役”，实现“天人合一”，以将之转化成一个审美的艺术世界。废名把他的文学焦点锁定在其故乡湖北黄梅，在这一明显属于过去的时空里谱写着静穆雅致的庄禅般的人生图景；沈从文反复吟诵的也是他1934年重返现实中的湘西的那个还处于未开化状态的“前湘西”，描摹出来的是一个保持着人类“初始之完美”的纯真世界；汪曾祺的高邮文本则对过去的一切充满了不可言说的温爱，所展示的是一个满含赤子之心的乡风民俗。京派小说家笔下的乡土人生显然不是现实实存形态的，而是一次审美化的重组，一种精神乌托邦的再建构。对于废名的写故土生活的《桥》，学界认为，“《桥》的世界是一个镜花水月的世界。它的田园牧歌般的幻美情调，正是通过对女儿国、儿童乐园、乡土的日常生活与民俗世界等几个层面的诗性观照具体体现的。从总体上说，它们由此都具有了一种乌托邦属性，最终使《桥》生成为一个东方理

① ［德］海德格尔著，孙周兴译：《诗人何为》，转引自王一川：《审美体验论》，天津：百花文艺出版社1992年版，第213页。

想国的象征图式”[①]。扩而言之，京派小说的世界都是一个镜花水月的世界，它们把具体的人生世相加以诗化，创造性地将之转换为一种生命艺术化的诗意时空。京派小说家用隔了时空距离的诗性化的“回忆”心境所营造的这一精神世界，就是一个由“涤除”达致“同于大通”的审美历程。由此我们可以体认到，“回忆”具有老子、庄子所说的“涤除”、“坐忘”和“心斋”的功能，都是在有所“忘”（即海德格尔所言的“告别尘嚣”）后达到“为道”、“同于大通”（即海德格尔所言的“回归到敞开的广阔之域”）的一种乌托邦式的审美境界。

京派小说家之所以提出“小说是回忆”这一文学观，另一方面，是为了与这个流派的批评观相呼应。要求作家保持虚静心理状态以创作出能经受住时间考验的艺术性强的文学作品，一直是京派批评家所孜孜呼吁的。李健吾说：“我们如今站在一个旋涡里。时代和政治不容我们具有艺术家的公平（不是人的公平），我们处在一个神人共怒的时代，情感比理智旺，热比冷要容易。我们的正义感觉加强我们的情感，却没有增进一个艺术家所需要的平静的心境。”[②] 所以，当艾芜的《南行记》在当时获得如潮好评时，京派批评家常风却从“静”的角度指出它不太成功，因为：“他有激昂的热情想将他所见的都忠实地表现在一个艺术的形式里，这个热情反而害了他的艺术。假如他能冷静一点，结果岂不要好点。当他能够冷静他自己……到那时他一定会有更好的成绩。”[③] 李健吾认为创作时要能“冷”而不是“热”，要有一个艺术家的“平静的心境”；常风则要求作家“能够冷静自己”，这与京派的审美主张是一致的：“艺术所用的情感并不是生糙的而是经过反省的。”[④] 正是在这个层面上，朱

① 吴晓东：《镜花水月的世界——废名〈桥〉的诗学研读》，南宁：广西教育出版社 2003 年版，第 238 页。

② 李健吾：《评萧军的八月的乡村》，《李健吾创作评论集》，北京：人民文学出版社 1984 年版，第 502 页。

③ 常风：《艾芜：〈南行记〉》，《逝水集》，沈阳：辽宁教育出版社 1995 年版，第 150 页。

④ 朱光潜：《谈美 · 谈文学》，北京：人民文学出版社 1988 年版，第 27 页。

光潜说："感受情趣而能在沉静中回味，就是诗人的特殊本领。"①无论是京派小说家的"回忆"文学观，还是李健吾所要求的"平静的心境"，常风所要求的"冷静自己"，以及朱光潜所要求的"沉静中的回味"，其美学原型都是庄子的"虚静须为大匠所取法"。它要求艺术家能够"万物无足以扰心"，从现实世务中超然出来，获得一个审美的心胸，以创造出"以天合天"（《庄子·达生》）的艺术品。

"文学是一个梦"，"小说是回忆"，这是京派独特的文学观。这种文学观形成的主观缘由，是因为京派小说家拥有"沉思的、回忆的、静观的"创作之心。这种沉潜、静虑的创作之心就是宗白华先生所说的"艺术心灵"："艺术心灵的诞生，在人生忘我的一刹那，即美学上所谓'静照'。静照的起点在于空诸一切，心无挂碍，和世务暂时绝缘。这时一点觉心，静观万象，万象如在镜中，光明莹洁，而各得其所，呈现着它们各自的充实的、内在的、自由的生命，所谓万物静观皆自得。"静观万象的"艺术心灵"所获得的审美结果是"万象如在镜中，光明莹洁"②。京派小说家由虚静之心所成就的是"艺术心灵"，所创造的，亦是一个审美的世界："这里的田畴，山，水，树木，村庄，阴，晴，朝，夕，都有一层缥缈朦胧的色彩，似梦境又似仙境……引读者走入的世界是一个'世外桃源'。"③ 在论述中国艺术精神时，徐复观如此断言："老、庄思想当下所成就的人生，实际是艺术的人生，而中国的纯艺术精神，实际系由此一思想系统所导出。"④ 并认为"凡是进入到美的观照时的精神状态"，"实际是以虚静之心为观照的主体"⑤。在徐复观看来，虚静就是纯艺术精神境界的标志。我们若把京派的"回忆"文学观放入产生它的那个历史"原场"中去看，就会发现，它实质上也反映出京派小

---

① 朱光潜：《诗论》，《朱光潜全集》（第3卷），合肥：安徽文艺出版社1987年版，第63页。

② 宗白华：《美学散步》，上海：上海人民出版社1981年版，第25页。

③ 吴晓东：《镜花水月的世界——废名〈桥〉的诗学研读》，南宁：广西教育出版社2003年版，第232页。

④ 徐复观：《中国艺术精神》，上海：华东师范大学出版社2001年版，第28页。

⑤ 徐复观：《中国艺术精神》，上海：华东师范大学出版社2001年版，第48页。

说家的纯艺术精神。20 世纪 20 年代后期的中国文坛，是“革命文学”风起云涌之时；30 年代又正是以社会剖析为特征的现实主义文学雄霸文坛之时。在这样的文学语境里，京派小说家甘居时代边缘，不参与主流话语的建构，既疏离政治又疏离商业，重视文学艺术的本体审美价值，提出“写心和梦的历史”的“回忆”和“梦”文学观，把笔墨伸展到历史的纵深处，创造出和谐、优美、静穆、诚真的纯文学作品，以人类美好的乌托邦世界来反衬现实人生，表现出审美主义的纯艺术精神。所以，在纯艺术精神的表现上，京派小说家的“回忆”文学观和老庄的虚静论获得了美学上的汇归。

第六章

京派小说的“意境”与老庄艺术精神

京派小说是诗化小说，其中最主要的“诗性”表现就是“意境”。这已成为评论界对京派小说的定评。① 甚至有学者认为，京派小说就是“意境小说”：“‘意境小说’更能准确表达京派小说的诗学范型，正是通过这一小说类型概念划清了京派小说与其他抒情小说的本质区别。”② 学界认为，京派小说中的“意境”表现，是“五四”时期受外国文论与外国小说的启发后，转而反观中国自身的古代抒情文论传统这一双重影响下所形成的。或者说，中国现代文学史上的诗化小说理论以及在小说文本（以京派小说为代表）中的实践，是在中外文论共同的影响与启发下形成的。③ 而笔者经过多方查阅，梳理资料，发现“意境”之所以能成为京派小说最主要的诗性表现，并不是由于在“五四”这一开放语境下所形成的中（评论界主要是指中国现代文学史的发生期）外关于“抒情诗小说”之类文论的影响与启发，而是由于京派小说家大多同时具有画家身份这一创作主体特征决定的，是他们先画后文这一由“绘画”所天然形成的“意境”意识导致的。因为中国山水画的神韵就是“意境”。这点宗白华先生说得很明白：“山川大地是宇宙诗心的影现；画家诗人的心灵活跃，本身就是宇宙的创化，它的舒卷取舍，好似太虚片云，寒塘雁迹，空灵而自然！”④ 也就是说，即使没有“五四”时期的中外文论关于“抒情诗的小说”、小说诗化等概念的提出，由于京派小说家自身的山水画（文人画）的深厚素养与高超技巧，发而为文，文中必自有“意境”。这是一种自然而然的直接转换与生成。而徐复观先生说：“形成中国艺术骨干的山水画，只要达到某一境界时，便于不知不觉之中，常与庄子的精神相凑泊。甚至可以说，中国的山水画，是庄子精神不期然而然的产品。……庄子精神之影响于文学方面者，总没有在绘画方面表现得纯粹。”⑤ 意谓庄子的艺术精神在

① 见吴晓东：《现代“诗化小说”探索》，《文学评论》，1997 年第 1 期。

② 刘进才：《京派小说诗学研究》，郑州：河南大学出版社 2005 年版，第 236 页。

③ 见方锡德：《现代小说家的“意境追求”》，《中国现代文学研究丛刊》，1989 年第 3 期。

④ 宗白华：《美学散步》，上海：上海人民出版社 1981 年版，第 73 页。

⑤ 徐复观：《中国艺术精神》，上海：华东师范大学出版社 2001 年版，第 80 页。

中国山水画中表现得最为直接。叶朗、李泽厚等当代美学大家则进一步认为老子、庄子是“意境”艺术精神的奠基者。因此，我们可以得出如下结论：京派小说中的“意境”表现，是直接秉承老庄及其影响下的中国古典意境艺术精神而来，是一种由“画的意境”所直接形成的“文（小说）的意境”。

第一节 老子与庄子：中国“意境”理论之源

“意境”，是中国古代文论中最核心的概念，也是“中国文化史上最中心最有世界贡献的一方面”①，我们的文学艺术因为拥有“意境”这个博大而丰厚的理论范畴，即使在世界范围里的“文心”、“诗心”的对话中也能获得自己民族的独特声音。学术界一般认为：“意境”理论萌芽于魏晋南北朝时期，形成于唐代，再经过司空图、严羽的阐发，严密的意境理论系统至此完成。刘勰在《文心雕龙·神思》中所说的“窥意象而运斤”，可视为“意境”理论的最早表现。有唐一代，诗歌创作空前繁荣，中国古典诗歌具有抒情特性尤以唐诗为著，这在极大程度上促进了意境理论的发展。殷璠在《河岳英灵集》中提出的“兴象”；皎然于《诗式》中所提出的“取境”、“假象见意”；司空图在《与王驾评诗书》中所提出的“思与境偕”，等等，都是对“意境”的基本内容与基本特征的总结。到了宋代，严羽于《沧浪诗话·诗辨》中提出“兴趣说”：“盛唐诸人，惟在兴趣，羚羊挂角，无迹可求。”又于《沧浪诗话·诗辨》中提出“妙悟说”：“大抵禅道惟在妙悟，诗道亦在妙悟。且孟襄阳学力下韩退之远甚，而其诗独出退之之上者，一味妙悟而已。惟悟乃当行，乃为本色。”严羽的“兴趣说”和“妙悟说”的提出，标志着意境理论已臻成熟。明清两代，“意境”理论已经在文学创作和文学批评中广泛使用，不少文学理论家对于“意境”都有精辟见解，

① 宗白华：《美学散步》，上海：上海人民出版社1981年版，第68页。

如王夫之、叶燮等。近代的王国维则凭借深厚的西学背景，采用中西学术结合之研究方法，对意境理论进行了全面系统的总结与提升。作为中国近代意境理论研究的集大成者，王国维谈论“意境”的地方非常之多，这里仅录一段，以管窥豹。《人间词话乙稿序》里，王国维说：

> 文学之事，其内足以摅己，而外足以感人者，意与境二者而已。上焉者意与境混，其次或以意胜，或以境胜。苟缺其一，不足以言文学。原夫文学之所以有意境者，以其能观也。出于观我者，意余于境。而出于观物者，境多于意。然非物无以见我，而观我之时，又自有我在。故二者常互相错综，能有所偏重，而不能有所偏废也。

大体说来，意境的形式特点是“情景交融”，美感特点则是“意境两忘，物我一体”。中国现代美学史上，最早明确提出意境理论的，应该是宗白华先生。他于1920年《新诗略谈》一文里就提出：“‘诗的意境’就是诗人的心灵，与自然的神秘互相接触映射时造成的直觉灵感，这种直觉灵感是一切高等艺术产生的源泉，是一切真诗、好诗的（天才的）条件。”① 宗白华先生把“诗的意境”概括为“诗人的心灵与大自然的神秘互相接触映射时造成的直觉灵感”，于此我们可以读出王国维先生所界定的“意境”的“情景交融”、“物我一体”的美学特点。宗白华先生一直致力于“意境”理论的研究，他于1943年发表的《中国艺术意境之诞生》这篇长达一万五千字的文章中，从各个方面详尽地探讨了“中国艺术意境”，并认为“中国艺术意境”结构的特点是：道、舞与空白。正是在这篇长文里，宗白华先生认为“意境”是“情”与“景”（意象）的结晶，并认为“意境”理论的滥觞者是庄子！

确实，如果要追根溯源的话，“意境”这个中国古典美学理论中最核心的审美范畴，实际上发源于道家美学，而并非始于刘勰在《文心雕龙·神思》中所说的“窥意象而运斤”。对于这一点，诸多

---

① 宗白华：《美学散步》，上海：上海人民出版社1981年版，第289页。

学者从不同角度给予了阐说。如《庄子与中国美学》一书的著者刘绍瑾就从庄子"以物观物"的宇宙观出发提出：

从魏晋南北朝萌芽、在唐代开始形成的诗境说（人称意境说）和诗味说，集中体现了中国古典诗歌美学的民族特点，而且这两个概念是互相联系的，它们都是庄子"以物观物"的宇宙观和感应宇宙万物的方式在诗歌创作和诗歌理论中的实现。①

20世纪30年代许文雨著有《人间词话讲疏》，解释王国维的《人间词话》。在《自序》里，许文雨说到：

夫词之为文字，固亦不越夫作者之意与所作之对象，涵内薄外，以成就其体制。其上焉者，则意融于象，殆与庄生物我双遣之旨同符，而王氏则谓之意境两浑矣。②

很明显，与刘绍瑾的看法一样，许文雨也认为中国诗词艺术的意境的美学精神来源于"庄生物我双遣之旨"这一观物感物方式从而获致的"精神四达并流"（《庄子·刻意》）的艺术境界。

宗白华先生是中国现代美学史上最早研究"意境"的美学家，亦认为意境理论起源于庄子。他认为《庄子·养生主》里有关于"庖丁解牛"的这段描写："庖丁为文惠君解牛，手之所触，肩之所倚，足之所履，膝之所踦，砉然响然，奏刀騞然，莫不中音。合于《桑林》之舞，乃中《经首》之会。"就潜含了中国艺术意境的表现，他说：

庄子是具有艺术天才的哲学家，对于艺术境界的阐发最为精妙。在他是"道"，这形而上原理，和"艺"，能够体合无间。"道"的

---

① 刘绍瑾：《庄子与中国美学》（修订本），长沙：岳麓书社2007年版，第84页。

② 许文雨：《钟嵘诗品讲疏人间词话讲疏》之《自序》（影印本），成都：成都古籍书店1983年版。

生命进乎技，“技”的表现启示着“道”……“道”的生命和“艺”的生命，游刃于虚，莫不中音，合于桑林之舞，乃中经首之会。音乐的节奏是它们的本体……这生生的节奏是中国艺术境界的最后源泉。①

正是因为宗白华先生认为庄子所提出的“道”和“艺”的“体合无间”是“中国艺术境界的最后源泉”，所以，他总结说：

中国艺术意境的创成，既须得屈原的缠绵悱恻，又须得庄子的超旷空灵。缠绵悱恻，才能一往情深，深入万物的核心，所谓“得其环中”。超旷空灵，才能如镜中花，水中月，羚羊挂角，无迹可求，所谓“超以象外”。②

李泽厚、刘纲纪在《中国美学史》中也说：

庄子学派把审美当作物我一体的境界，对后来中国美学的发展产生了极大的影响。中国美学不仅是单纯从物的属性（如均衡对称之美）上去寻找美，而且从我与物的精神联系上去寻找美，把美看作是一种生活的境界，一种令人忘怀一切的特定情境。这一思想是发端于庄子学派的，而为后来的“意境”说所本。③

与上述美学家们把“意境”的起源仅仅归于庄子及庄子美学不同，叶朗认为“意境”的形成是由老、庄美学共同导流所出：

“意境”不是表现孤立的物象，而是表现虚实结合的“境”，也就是表现造化自然的气韵生动的图景，表现作为宇宙的本体和生命

---

① 宗白华：《美学散步》，上海：上海人民出版社 1981 年版，第 78 页。

② 宗白华：《美学散步》，上海：上海人民出版社 1981 年版，第 77 页。

③ 李泽厚、刘纲纪主编：《中国美学史》（第一卷），北京：中国社会科学出版社 1984 年版，第 271 页。

的道（气）。这就是“意境”的本质。意境说是以老子美学（以及庄子美学）为基础的。离开了老、庄美学，不可能把握“意境”的美学本质。①

为什么叶朗将“意境”理论的来源同归于老子和庄子呢？我们若将这个问题厘清，也就能够明晓上述美学理论研究家为何认为“意境”理论的形成源泉是道家美学。叶朗认为“诗的意境必须体现宇宙的本体和生命”，而“宇宙的本体和生命”就是道家哲学与美学意义上的“道”。老子哲学认为，“道”是“有”与“无”、“虚”与“实”的统一。庄子在《庄子·天地》一篇里所提出的“象罔”② 是有形和无形、实和虚的统一，故“象罔”能得珠，也就是说，庄子认为“象罔”能表现“道”。至此，叶朗总结说：“正是在老子美学和庄子美学的影响下，唐代美学家提出了‘境’这个美学范畴。‘境’就是‘象罔’。”③ 这是叶朗将“意境”理论的来源同归于老庄的第一个原因。第二个原因是，叶朗认为，要能在诗词中创造出优美的“意境”，必须把虚静作为审美观照的主观条件。而老子哲学是最先提出“虚静”论的，认为要把握“道”必须“涤除玄鉴”；“庄子则建立了审美心胸的理论”。④ 合此，叶朗认为“意境”说的最初源泉是老子美学与庄子美学这两个“源”，而非仅仅是庄子美学这一个“源”。

---

① 叶朗：《中国美学史大纲》，上海：上海人民出版社 1985 年版，第 276 页。

② 《庄子·天地》中说：“黄帝游乎赤水之北，登乎昆仑之丘而南望。还归，遗其玄珠。使知索之而不得，使离朱索之而不得，使喫诟索之而不得也。乃使象罔，象罔得之。黄帝曰：‘异哉！象罔乃可以得之乎？’”“知”，同“智”，象征思虑、理智；“离朱”，古代以目明著称的人，象征视力；“喫诟”，指聪明而善于言辩的人，象征言辩。他们三个在求“玄珠”（即“道”）时都“不得”。“象罔”，象征有形和无形、虚和实的结合。吕惠卿注：“象则非无，罔则非有，不皦不昧，玄珠之所以得也。”（见《庄子义》）郭嵩焘注：“象罔者若有形若无形，故眸而得之。即形求之不得，去形求之亦不得也。”（见《庄子集释》）在这个寓言里，庄子以“玄珠”喻“道”，以“知”、“离朱”、“喫诟”、“象罔”四个虚构的艺术形象比喻四种不同的求“道”方式。

③ 叶朗：《中国美学史大纲》，上海：上海人民出版社 1985 年版，第 274 页。

④ 叶朗：《中国美学史大纲》，上海：上海人民出版社 1985 年版，第 275 页。

宗白华先生说："化景物为情思，这是对艺术中虚实结合的正确定义。以虚为虚，就是完全的虚无；以实为实，景物就是死的，不能动人；惟有以实为虚，化实为虚，就有无穷的意味，幽远的境界。"① 笔者对这一经典论述非常认同，并认为其哲学与美学来源都是道家。为何"意境"的形成要"虚实结合"？主要原因之一与老庄所提出的"道"的特性有关。钱钟书先生对"道"有精辟的概括："道既超越（transcendent），又遍在（immanent）。遍在，故曰：'道在矢溺。'超越，故又曰：'视之不见，听之不闻，搏之不得。'"② 指出老庄之"道"是自然实有与虚无超越的奇妙统一。老庄哲学中"道"的这种虚实结合特性，正为后来意境理论的"化景物为情思"这一虚实结合方法所本。另一原因是，与儒家所信仰的"立言"说不同，道家一直相信"言不尽意"。老子说："道可道，非常道；言可言，非常言。"（《老子》第1章）指出了"道"的不可言说性。庄子认为："可以言论者，物之初也；可以意致者，物之精也；言之所不能论，意之所不能察致者，不期精粗焉。"（《庄子·秋水》）庄子对"言"的局限非常清楚，故他有"得意而忘言"的说法："荃者所以在鱼，得鱼而忘荃；蹄者所以在兔，得兔而忘蹄；言者所以在意，得意而忘言。"（《庄子·外物》）后世的"意境"理论，也多从道家的"言不尽意"这点生发开来。如刘禹锡《董氏武陵集纪》中提出的"境生于象外"，司空图《与极浦谈诗书》中提出的"象外之象"、"景外之景"等，都是强调艺术境界的形成，要通过塑造生动具体的艺术形象（实），来引发悠悠情思从有限（实体的景物描写）通向无限之美，以达到超越的审美的天地极境。

① 宗白华：《美学散步》，上海：上海人民出版社1981年版，第41页。
② 钱钟书：《谈艺录》，北京：中华书局1984年版，第310页。

第二节　京派小说家的画家身份

20 世纪 30 年代初，京派始祖周作人品读了他的大弟子废名的具有古典趣味的小说后，拈出“意境”这一中国古代诗论、画论、词论中最核心的概念来评价：“废名君用了他简练的文章写所独有的意境。”①

自周作人用“意境”来指征废名小说最主要的美学特色后，对于京派其他小说家，用“意境”来说明其文本中“画”的表现与“诗”的情感的流淌，成为现代文学史上的通识。1934 年，沈从文的小说《边城》甫经刊出，即有评论说：“文章能融化唐诗意境而得到可喜成功。其中铺叙故事，刻镂人物，皆优美如诗。”② 可谓定评。杨刚则如此评论芦焚的小说集《里门拾记》：“作者写人写物是中国水墨画的风味，是山水楼阁画的铺排，所取只在其意境和神韵。”③ 杨刚把芦焚的小说视为中国传统的水墨山水画，正是认为它呈现出了最完美的意境。对于凌叔华的小说集《花之寺》，唐弢称颂不已：“以素淡笔墨，写平凡故事，如云林山水，落笔不多，而意境自远。”④ 云林山水画是画之“逸品”的最高境界，唐弢以此赞誉凌叔华的小说，意在强调其意境之古雅。唐湜认为京派的最后传人汪曾祺的小说具有独特的韵味，是“一种虔诚的沉思，一种贴切的‘化入’，开始于一种恬静又流动的自觉精神。只有自觉地‘忘我’，才能使物我深然合一，大我在广阔而众多的意象里自如地遨游”⑤。唐湜从天人合一、心物相融的哲学角度诠释汪曾祺的小说传达出的

---

① 周作人：《枣和桥的序》，《苦雨斋序跋文》，石家庄：河北教育出版社 2002 年版，第 107 页。

② 《边城》广告词，《太白》，1934 年第 1 卷第 7 期。

③ 杨刚：《里门拾记》，（上海）《大公报·文艺》，1937 年 6 月 20 日。

④ 唐弢：《晦庵书话》，北京：生活·读书·新知三联书店 1980 年版，第 151 页。

⑤ 唐湜：《新意度集》，北京：生活·读书·新知三联书店 1990 年版，第 122 页。

中国传统山水画的意境。

从周作人到唐湜，这些现代文学史上的批评大家都认为京派小说彰显出浓郁的意境。然则京派小说形成其诗情画意的意境的文化资源何在？周作人他们在评价时语焉不详，未作深层次的追溯。我们可以从周作人在其他场合的批评话语里探出苗头。1920 年，周作人在翻译俄国库普林的小说《晚间的来客》后特意写了一篇译后附记，表明他翻译该文的理论意图："小说不仅是叙事写景，还可以抒情；因为文学的特质，是在感情的传染，便是那纯自然派所描写，如 Zola 说，也仍然是'通过了著者的性情的自然'。"顺此，周作人提出了"抒情诗的小说"这一概念。[①] 中国现代文学史上，周作人最早提出"抒情诗的小说"，意在强调小说应该注重抒情；小说即使要写景，这景亦应是带上了作者情感的"景"。这种看法其实与中国古代的意境理论不谋而合，因为意境最基本的美学特征就是情景交融，"一切景语皆情语也"，"情因景生，景因情造"（王夫之）。但是，周作人"抒情诗的小说"的内蕴，显然不是渊源于本土的文学传统，而是由于长期熏浸于西方抒情文学作品与西方文学理论所致。周作人是"五四"时期取得最大理论建树的批评家，其"抒情诗的小说"的提出，为现代小说类型中的"诗化小说"的出现提供了强大的理论支撑。废名的小说就表现出鲜明的"诗化"特征：结构散文化，语言诗意化，抒情意象化，写景情感化，如《竹林的故事》和《桥》。故此，周作人给予它们极高的评价，认为创造了"独有的意境"。虽然在字面上周作人是用中国古代的审美范畴"意境"来界定废名的"诗化小说"，但是从上述引文来看，周作人应该是认为废名作品"意境"的形成根由是受"五四"后引进的域外具有抒情特征小说的影响。

自周作人提出"抒情诗的小说"后，现代文学评论界就一直有人在"接着说"。朱光潜就曾用"花"与"花架"的关系来比喻小说中的"诗"与"故事"："第一流小说家不单是会讲故事的人，第一流小说中的故事大半只像枯树搭成的花架，用处只在撑持住一园

---

① 周作人：《晚间的来客·译后附记》，《新青年》，1920 年第 7 卷第 5 期。

锦绣灿烂生气蓬勃的葛藤花卉。这些故事以外的东西就是小说中的诗。”① 在朱光潜看来，“小说中的诗”就是“锦绣灿烂生气蓬勃的葛藤花卉”，这是小说里的诗化描写部分，小说的美学价值主要表现于此。朱光潜是京派的批评巨擘，从他的批评文字可以看出，他当然认为京派小说家都是第一流小说家，都是在小说中营造“诗”的高手。尽管朱光潜亦没有深究京派小说的“诗”化（“意境”是其主要内容）原因，但由于周作人是京派始祖，且朱光潜对周作人的学养极为敬重，故不难推断出朱光潜是非常认同周作人的意见的，即认为“五四”后现代小说（包括京派小说）的诗化原因主要是受到西方抒情文学的影响。

当下学界通过对现代文学史发生、发展的梳理，给出了鲜明的答案：“与其他文学观、文学表现方式一样，现代文学的诗化最初也是受到西方文学的启迪，进而在传统文化资源中寻找到了中国化身份的‘根’。”② 显然，当下学界主流认为，现代文学“诗化”（京派小说的“意境”表现是其主要表征）的形成原因，最初是由于“西方文学的启迪”，然后才是本土传统文学的影响。综观文学批评对京派小说诗化原因的探究，从现代文学史到当代文学史，不管是周作人用“意境”来界定废名的小说，还是其他诸多评论对京派小说的美学表现特征冠以“意境”，其理论滥觞与理论支撑都源自“五四”所造就的历史开放语境下产生的中外关于“抒情诗小说”之类的文论。

如果说周作人用“意境”来说明废名小说的美学特色是一语中的，但是，废名小说中的“意境”成因却并不是由于西方文学的影响，因为废名曾夫子自道：我“写小说乃很像古代的陶潜、李商隐写诗”③，是受本土文学传统的影响；如果说当下学界所认为的“现代文学的诗化最初也是受到西方文学的启迪”这一结论，对于现代文学中的诸多小说流派的美学表现确乎是探根究源，但是具体到京

① 朱光潜：《朱光潜美学文集》（第2卷），上海：上海文艺出版社1982年版，第489页。
② 刘保昌：《道家艺术与现代文学的诗化美》，《学术论坛》，2005年第1期。
③ 废名：《废名小说选·序》，北京：人民文学出版社1957年版。

派小说来说，恐怕就不是一个合乎事实的结论了。

从上文可以看出，唐弢、唐湜等批评大家主要是以中国山水画里的意境表现来类比京派小说的美学特色。这正道出了京派小说与中国山水画之间的深刻因缘。京派小说的“诗化”缘由，或者说显现在京派小说里的山水画般的意境，与外国诗化小说理论以及与以周作人为代表的受西方小说熏陶后提出的本土的“抒情诗的小说”观没有多大干系，而主要是因为京派小说家多是以山水画家这一身份来写小说所致。

凌叔华是中国现代文学史上20世纪二三十年代的才女作家，被称为“中国的曼殊斐儿”，与当时的冰心、黄卢隐、冯沅君、陈衡哲、苏雪林齐名。夏志清在其《中国现代小说史》里对凌叔华甚是赏识，曾将上述几位并列起来评价：“冰心的作品不多，但她是值得在第一期的作家中占一席重要地位的。……除了冰心之外，另外的几个女作家也在这个时期受人注意：黄庐隐，一个相当拙劣的短篇和长篇小说作家，同时也是《小说月报》上常见的投稿者；陈衡哲，胡适圈中的散文家和社评家，也是最早写白话小说的留美学生；冯沅君，大胆的爱情故事作者，中国哲学名教授冯友兰之妹；苏雪林，一个留法学生和天主教徒，她在1929年出版了一本自叙传式的小说《棘心》，但后来又从文学批评和中国文学的研究上建立了比较扎实的声名。不过在创造才能上，这些人都比不上凌叔华。”这里且不论夏志清对冰心、黄庐隐、冯沅君、陈衡哲、苏雪林等人的评价是否符合文学史实，而是重点关注夏志清对凌叔华的欣赏。夏志清还特意将凌叔华与冰心从文学题材的相同而创造能力的不同来对比而谈，“和冰心一样，凌叔华写的也是妇女和儿童的故事。和冰心不一样的是，她一开始就显示出一种较成熟的感性和敏锐的心理观察，潜力也比冰心大，可惜的是她在三十年代的作品很少，无法证实这一份潜力”①，“凌叔华虽得到一些欣赏力较高的读者的偏爱，却没有得到广大读者的赏识。到了三十年代，她为数极少的作品便被当时更重要的作家们的大量作品掩盖住了。但是作为一个敏锐的观察者，

---

① 夏志清：《中国现代小说史》，上海：复旦大学出版社2005年版，第57页。

观察在一个过渡时期中中国妇女的挫折与悲惨遭遇，她却是不亚于任何作家的。整个说来，她的成就高于冰心”。[①] 夏志清认为冰心是“值得在第一期的作家中占一席重要地位的”，但是，在中国现代文学史上“第一期的女作家”中所获文学成就最高的，夏志清则认为是凌叔华。这个评价是非常高的。

1928 年，凌叔华出版她的第一个小说集《花之寺》，徐志摩这样评论：“最恬静最耐寻味的幽默，一种七弦琴的余韵，一种素兰在黄昏人静时微透的清芬……”[②] 应该说，徐志摩对《花之寺》的解读是恰如其分地揭示出了凌叔华小说温婉淡雅的风格的。沈从文也持同样的看法，“叔华女士，有些人说，从最近几篇作品中，看出她有与曼殊斐儿相似的地方，富于女性的笔致，细腻而干净，但又无普通女人那类以青年的爱为中心的习气”，“以明慧的笔，去在自己所见及的一个世界里，发现一切，温柔地写到那各样人物姿态，叔华的作品，在女作家中另走出了一条新路”。[③] 若要细细追溯，凌叔华小说的这种幽深、娴静、温婉、细腻的美，与她是一个造诣极为深厚的文人画家有很大关联。

凌叔华出身于书画世家。其父凌福彭与康有为是同榜进士，曾

① 夏志清：《中国现代小说史》，上海：复旦大学出版社 2005 年版，第 61 页。

② 载 1929 年 2 月 10 日《新月》月刊第一卷第十二号，原为《花之寺》广告语，末署“节录徐志摩本书序文”。

③ 苏雪林：《凌叔华的〈花之寺〉和〈女人〉》，《苏雪林文集》（第三卷），合肥：安徽文艺出版社 1994 年版。

为恭亲王的左膀右臂，官至直隶布政使和顺天府尹[①]，民国以后在北洋政府中担任要职。凌福彭不仅官做得大，而且工于辞章书画，且在北京谋事近40年，结交了陈师曾、姚茫父、王梦白、齐白石、陈半丁等名冠一时的画家。凌叔华的曾外祖父谢兰生是粤中书画大家。凌叔华在《古韵》里回忆了凌福彭非常赞赏曾外祖父的画作：这幅画“笔墨老辣，秋天的山水着色潇洒卓绝，情真意切”[②]。又在该书中记述了凌福彭对书法的看法，“书法是最高的造诣，没有极境，你越写就越觉得它趣味无穷。人有天赋，方可为之。沉醉其中，才能悟得其境界”；“书法是修身养性的佳径，眼手合一，意到笔随，整个身体都有一股气韵”。[③]

一如凌福彭所说书法是“人有天赋，方可为之”一样，凌叔华天生就是个画家。据凌叔华回忆，她六岁那年冬天，面对寒冷萧条的北平，小小的心灵颇感孤单寂寞，遂从地上捡起一根炭棍当墨笔，在后花园的白墙壁上胡乱涂鸦，借以排遣孩童特有的愁怀，天天如

---

① 杨义曾说：“鲁迅说凌叔华的小说写了高门巨族的精魂。因而弄清她的家世，对理解作品是有益的。香港有个凌叔华小说选，在序中说凌叔华的父亲当过保定知府。保定知府这个官不算太小，但我们不能轻易相信这种第二手的资料。中国的文献资料很丰富，应该查一查《明清进士题名碑录》、《清代职官年表》（因为知府以上的官，《职官年表》都可见）。她是广东番禺县人，也可查一查《番禺县续志》，还可以查《清实录》，我们就可以发现“保定知府”说是错误的。她的父亲当过顺天府尹，即北京市市长，后于宣统元年又担任了直隶布政使，即河北省行政长官。（杨义：《杨义文存》（第四卷），北京：人民出版社1998年版，第7页。）其实，我们用不着这样繁复地去查找资料，凌叔华在其小说集《古韵》里的几篇具有自传性的小说里已把她的身世和她父亲的官职交代得非常清楚。《古韵》用英文写就，1953年由英国诗人维塔·塞克维尔·韦斯特（Victoria Saukville West）推荐给伦纳德·伍尔芙夫妇创办的荷盖斯出版社（The Hogarth Press）出版，并亲自写了序言。中文版的《古韵》1991年首先由台湾业强出版社出版，译者傅光明。在中国内地则由中国华侨出版社1994年出版，并于2003年又由山东画报出版社出版。2003年版的《古韵》增加了诸多凌叔华的绘画与照片。而杨义的上述观点，据他本人在《本篇“后记”》［《杨义文存》（第四卷）］中所言，乃出于1986年，所以无由看到凌叔华的《古韵》。杨先生治学的严谨是非常值得钦佩的，正如他紧接其上所说的话：“当然，这些问题是会费许多时间的，但它可以使我们的学术建立在坚实的基础之上。这种考据的方法也是一种基本的学术训练的方法。”

② 凌叔华：《赍先生》，《古韵》，天津：天津人民出版社2011年版，第75页。

③ 凌叔华：《一件小事》，《古韵》，天津：天津人民出版社2011年版，第63页。

此。有一天恰好被来看望她父亲的丹青名家王竹林看到，极为惊讶，认为她有绘画的天赋，遂带她去见凌福彭，并断言这个小女孩日后的绘画成就要比他们两个都大，且证据确凿地对凌福彭说：“你练了那么多年书法，不是最近才掌握了‘皴法’，而她几天就会了。别忘了，她才六岁。”[①] 自此，王竹林遂教凌叔华学画画。后来，王竹林建议凌福彭让凌叔华拜宫廷女画师——慈禧太后的老师缪素筠为师。自六岁起，凌叔华就拜王竹林与缪素筠这样的丹青巨擘为师，她日后的画作自然不同凡响。后来凌叔华又拜赫漱玉为师，还曾得齐白石的亲传。就这样，凌叔华走上了绘画之路，一时以画名噪一时。凌叔华回忆起自己儿时的画室，笔端生情：

> 我的房间布置得像真正的画室，家具都是爸挑选的。房子两侧是窗户，一侧窗前是一大架开满了花的紫藤，微风吹过，香味扑鼻，就好像把花吃到了嘴里。另一侧窗前是紫丁香，白色和淡紫色的丁香花在阳光下显得格外迷人，香气时苦时甜，令人心醉……面对紫藤的窗前，摆放着一条黑漆桌案，光滑透亮，可以反照出美丽的紫藤花。我常在这张桌子上练习书法。一张大红漆桌案放在面朝丁香树的窗前，这种红漆是北平最好的，红得发亮，看久了，令人目眩，简直妙不可言。这种红色也许是由红、蓝和深褐色调制而成，令人感到赏心悦目，柔和怡人，漆黑色或本色家具，再合适不过。即使家具涂上别的色，它的色也能看出来。大方凳正与红漆桌案相配，它比椅子高些，恰好让我这个小女孩坐在上面画画。”（《古韵·一件小事》）

据凌叔华自言，她的绘画天赋被丹青名家王竹林发现后，就只上午去上学，下午乃在家中学画画。这种状况持续了很久，直到1921年入读燕京大学外文系时，每天还把大半时间花在绘画上。毕业后又任职故宫博物院，遍览中国历代名画，用心临摹，孜孜不倦。可以说，在她1924年于《晨报副刊》发表小说处女作《女儿身世太

① 凌叔华：《第一堂绘画课》，《古韵》，天津：天津人民出版社2011年版，第52页。

凄凉》之前，一直是以绘画作为生活与学习中心的。即使1925年的小说《酒后》的发表使她一举成名，跻身于现代著名作家之列，她还是亦文亦画，如影随形。凌叔华自言生平花费工夫最多的艺术不是文学而是绘画。其画作在国外也颇有影响，她曾多次在英国、美国、新加坡举行个人画展，备受称赞。1962年，凌叔华在巴黎东方博物馆举办了她个人绘画以及她所收藏的元明清名家画作和中国文物古玩展。这次活动的主持人是当时法国国家研究院院长、法兰西学院院士、世界著名传记作家安德烈·莫洛亚。展览会结束后印有纪念册，安德烈·莫洛亚为纪念册亲自写了序言，中云：

中国画家从不照抄古人，而是汲取其精华，用以反映自己的时代。他们的画并不一定依照实物。对于他们，重要的是刻画出一种诗的意境。叔华毫不费力地就做到了这一点，她笔下那雾蔼笼罩的群山；寥寥几笔白描勾勒出的波光熠熠的河流，那水纹常与绢的丝纹不谋而合；那略带淡灰色的朵朵白云，构成了她独有的使人如入梦中云雾的意境。①

朱光潜1945年在《论自然画与人文画》一文中这样评价凌叔华的画："在这里面我所认识的是一个继元明诸大家的文人画师，在向往古典的规模法度中，流露她所特有的清逸风怀和细致的敏感。她的取材大半是数千年来诗人心灵中荡漾涵咏的自然。一条轻浮天际的流水衬着几座微云半掩的青峰，一片疏林映着几座茅亭水阁，几块苔藓盖着的卵石中露出一丛深绿的芭蕉，或是一湾静谧清滢的湖水旁边，几株水仙在晚风中回舞。这都自成一个世外的世界，令人悠然意远。"由朱先生的描述，我们可以如在眼前地想象凌叔华的画境。她秉承了中国传统文人山水画的神韵，以心接物，借物写心，萧然淡简而蕴藉浑厚，自然天成。

世人但知沈从文小说写得极好，却不知他还是个对绘画与书法

① 转引自凌叔华著，傅光明译：《古韵——凌叔华的文与画》，济南：山东画报出版社2003年版，第9页。

极为感兴趣也有极高造诣的人。沈从文1924年开始写小说时，还对文字的驾驭感到非常陌生，甚至连新式标点符号也不会用，但已写得一手好字，并且对中国传统画非常熟悉。即使在文坛上已小有名气后，他依然想学绘画，1928年，就曾想报考上海美术专科学校，跟刘海粟学绘画。1945年，他还念念不忘自己的“画望”，在《赤魇》里抒发了自己想做八大山人那样的画家的愿望，甚至说：“为自己一生作计，当真应当设法离开军队改业学画。学习用一枝笔来捕捉这种神奇的自然。我将善用所长，从楮素上有以自见。一个王子能够做的事，一个兵也未见得不能作到!”[①] 并在纪实性小说《雪晴》里也表达了想当画家的意思：“我难道还不愿意放弃作一个画家的痴梦？真的画起来，第一笔应捕捉眼睛上的青春光辉，还是应保持这个嘴角边的温情笑意?”[②] 沈从文自幼就醉心书法，每天坚持临帖，写得一手好字，这是他在行伍生涯中赖以立足的一个“硬件”。《从文自传》中简短地回顾了他对书法的酷爱：“我得临帖，我那时也就觉得世界上最使人敬仰的是王羲之。我常常看报，原只注意有正书局的广告，把一点点薪水聚集下来，谨谨慎慎藏到袜统里或鞋底里，汗衣也不作兴有两件，但五个月内我却居然买了十七块钱的字帖。”[③] 沈从文还说自己那时心高气傲，具有这样的雄心壮志：“差弁房中墙上挂满了多种连发小枪，我房间中却贴满了自写的字。每个视线所及的角隅，我还贴了小小字条，上面这样写着：‘胜过钟王，压倒曾李。’因为那时节我知道写字出名的，死了的有钟王两人，活着却有曾农髯和李梅庵。我以为只要赶过了他们，一定就可独霸一世界了。”[④]

沈从文是个一流的书法家，其章草功力堪称独步。在保靖时，沈从文因写得一手好字，被派任给陈渠珍作书记，住在会议室里。

---

① 沈从文：《赤魇》，《沈从文文集》（第七卷），广州：花城出版社1983年版，第353页。

② 沈从文：《雪晴》，《沈从文文集》（第七卷），广州：花城出版社1983年版，第359页。

③ 沈从文：《从文自传·保靖》，《沈从文文集》（第九卷），广州：花城出版社1983年版，第196页。

④ 沈从文：《一个大王》，《沈从文文集》（第九卷），广州：花城出版社1983年版，第205页。

会议室的大橱里呈列有约百来轴自宋及明清的旧画。这使得沈从文欣喜若狂，一有机会，就把“把那些旧画一轴一轴的取出，挂到壁间独自来欣赏”[①]。这样朝夕研摩，使他对中国画产生了浓厚兴趣。对中国传统绘画的了解与赏玩，使得沈从文本人也成为一个画家。与他甚是相知的朱光潜就曾说：“从文不只是个小说家，而且是个书法家和画家。”[②] 黄永玉也说：“从文表叔有时也画画，那是一种极有韵致的妙物。”[③] 沈从文确实具有绘画天赋，散文集《湘行散记》原是沈从文在回湘西途中写给在京的张兆和的一丛信札，其中就是图文并茂的。至于小说《虹桥》，通篇实为沈从文自己化身为三个毕业于国立美术学校的年轻人在大自然中突然奇遇“那近于自然游戏，唯有诗人或精灵可用来作桥梁的垂虹”时所发出的“画论”，我们可以随手摘抄几段来见证。“大家把先前一时所作的几十幅山景速写整理出来，相互交换欣赏时，认为李兰一幅全用水墨涂抹，只在那条虹上点染了一缕淡红那张小景为最成功。其余凡用色彩表现表现色彩的，都近于失败。”面对同伴的赞叹，李兰说：

“这就是我说的经验！不是发明，是摹仿！我记得在学校讲南北宋时，××先生总欢喜称引旧话，以为画鬼容易，画人难。画奇禽异兽容易，画哈巴狗和毛毛虫难。写天宫梦境容易，写日常事物困难。人人都说××先生是当代论画权威，都极相信他的意见。若带他来这地方逛一年，他的讲义可就得完全重写。因为他会觉得所见到的事物，都完全不能和画论相合。若写实，反而都成了梦境，更可知道任何色彩的表现都有个限度。而限度还异常狭小，山水中的水墨画，且比颜色反而更容易表现某种超真实的真实印象。当年顾陆王吴号称大手笔，对于墨色的使用，一定即比彩色更多理解，从

① 沈从文：《从文自传·学历史的地方》，《沈从文全集》（第13卷），太原：北岳文艺出版社2002年版，第355页。

② 朱光潜：《从沈从文先生的人格看他的文艺风格》，朱光潜等编：《我所认识的沈从文》，长沙：岳麓书社1986年版。

③ 黄永玉：《太阳下的风景——沈从文与我》，朱光潜等编：《我所认识的沈从文》，长沙：岳麓书社1986年版。

他们的遗迹上即可见出。都明白色彩的重要，象是不敢和自然争胜，却将色彩节约到吝啬程度，到重要处才使用那么一点儿。顾吴人物的脸颊衣彩那点儿淡赭浅绛，即足证明对于色彩虽不能争胜，还可出奇。以少许颜色点染，即可取得应有效果。我知道摹仿自然已无可望，因此试学吴生画衣缘方法涂抹一线浅红，居然捉住了它……”

沈从文在此借李兰的口几乎把中国古代画史的发展情况简述了一遍。“××先生总欢喜称引旧话，以为画鬼容易，画人难。画奇禽异兽容易，画哈巴狗和毛毛虫难。写天宫梦境容易，写日常事物困难。”这显然本于《韩非子·外储说》：

客有为齐王画者，齐王问曰：“画孰最难者?”客曰：“犬、马最难。”齐王曰：“孰易者?”客曰：“鬼魅最易。夫犬马，人所知也，旦暮罄于前，不可类之；鬼魅无形者，不罄于前，故易之也。”

在中国画论史上，韩非是最早肯定客观现实是第一性的而模仿现实的艺术是第二性的观点。从战国时代一直到宋代以前，人们都认为韩非的观点是完全正确的，直到欧阳修首次提出不同的看法：“善言画者，多云：鬼神易为工。以为画以形似为难，鬼神人不见也。然至其阴威惨淡，变化超腾，而穷奇极怪，使人见辄惊绝，及徐而定视，则千状万态，笔简而意足，是不亦为难哉!”（《六一题跋》）从韩非到欧阳修，我们可以看到中国画论从重形似到重神似的观点的变化。[①] 沈从文非常熟悉中国画论史，对此不可不知，而在上文中偏偏借李兰之口说：“人人都说××先生是当代论画权威，都极相信他的意见。”实有反讽之意。所以，紧接着，沈从文非常专业地论及中国山水画所特有的重神似（“若写实，反而都成了梦境”）以及不用色（“山水中的水墨画，且比颜色反而更容易表现某种超真实的真实印象”）的民族审美品格。而他的《读展子虔〈游春图〉》，对中国古代画史、画论和画家如数家珍，一一道来，令人叹为观止。

---

① 参见葛路：《中国画论史》，北京：北京大学出版社2009年版，第12～89页。

且引一段，以佐证沈从文对中国山水画的熟稔：

至宋元代，即有意为云水壮观如孙位，画鬼神如龚开，作钟馗如颜辉，笔均细而不悍。石恪、牧溪又近于王洽泼墨，有涂抹而无点线，嗣胤寻觅，却唯有从磁州窑墨画刻镂水云龙人兽，尚得一脉薪传。直延长到明代彩绘及青瓷，勾勒敷彩，面目尚具依稀；至于纸素艺术，虽会通于王洽泼墨与二米云山，衍化成大痴、仲圭、方壶、石田、青藤，有意认亲，还是无从攀援，两不相关也。吴生画法，在纸素上已可说接手无人，如不嫌附会，可说直到千年后，才又有任伯年、吴昌硕、齐白石，居然敢纵笔作人物，写草字，画花鸟虫鱼。①

当代评论家孙郁等这样评价汪曾祺："汪曾祺晚年除写小说、随笔外，写字画画是一大乐趣，风格直逼齐白石，在笔墨里找到诸多的乐趣。他的随笔和小说，在气韵上和他的花鸟草虫类的绘画小品类似，构图简约，淡墨传神，有时意袭徐渭，偶尔也类似印象派的神色。他的字好，是柔美的，张弛有度，令人想起周邦彦的词，清秀而暖意浓浓。"② 短短的文字里，说尽了汪曾祺的小说、书法与绘画。

虽不像凌叔华出身于高门巨族、书画世家，汪曾祺的绘画与书法也可谓家学渊源。汪曾祺出生在苏北高邮湖畔的一个书香门第，祖父是清朝末年的"拔贡"，收藏有不少珍贵的古董字画。父亲是画家，会刻图章，画写意画。祖父在他12岁时教他写字，大字写《圭峰碑》，小字写《闲邪公家传》，后练《张猛龙碑》。这些字帖都是初拓本，弥足珍贵。父亲则每逢春秋佳日天气晴和时就气度悠闲地在画室里挥毫泼墨，汪曾祺从小就跟着父亲学画画，他的审美意识的形成，与从小看父亲作画有很深刻的关系。日后汪曾祺回忆说：

---

① 沈从文：《读展子虔〈游春图〉》，《沈从文文集》（第12卷），广州：花城出版社1984年版，第289～290页。

② 孙郁、姬学友：《汪曾祺片影》，《当代作家评论》，2007年第4期。

“我从小学到中学，都‘以画名’。我父亲有一些石印的和珂罗版印的画谱，我都看得很熟了。放学回家，路过裱画店。我都要进去看看。高中毕业，我本来是想考美专的。”① 汪曾祺读小学时，曾别出心裁地画过一阵子牛：用大拇指蘸墨，在纸上一按，加几笔犄角、四蹄、尾巴，由于大拇指有腡纹，印在纸上有牛毛效果，于是，顷刻间，一头牛就活灵活现神气十足地“哞哞”于纸上了！读初中二年级时，汪曾祺画了一幅墨荷，笔墨疏朗清淡而风致自现，父亲就帮他裱出展览，这是汪曾祺的画第一次装裱。由于汪曾祺自小受到父亲绘画艺术的熏陶，对绘画具有浓厚的兴趣，所以高中毕业后，甚至想报考杭州艺术专科学校，但最终还是当时在西南联大任教的沈从文吸引了他。虽然汪曾祺在沈从文的指点下成了短篇小说大师，但是他并没有放弃绘画。汪曾祺是沈从文的大弟子，且在欣遇沈从文之前就对绘画有一定的了解，而沈从文一直都是亦文亦画，这师生二人之间关于绘画的交流虽然没有见诸文字，但是作为读者的我们想来是应该存在的。无独有偶，我们在上文谈过沈从文在 1945 年，也就是他已经 43 岁时还念念不忘自己的“画望”，想当一位画家，汪曾祺亦是这样：“我到四十来岁还想彻底改行，从头学画。我始终认为用笔、墨、颜色来抒写胸怀，更为直接，也更快乐。”② 师生二人对艺术的热爱之心是相通的。汪曾祺喜欢临帖泼墨，描绘丹青，也对中国绘画史与书法史了然于心，我们可以从他写的《徐文长论书画》看出。这里且随手摘抄一段：

文长也画人物。集中有《画美人》诗，下注：“湖石、牡丹、杏花，美人睹飞燕而笑”，诗是：

牡丹花对石头开，
雨燕低飞杏杪来。
勾引美人成一笑，
画工难处是双腮。

---

① 汪曾祺：《汪曾祺：文与画》，济南：山东画报出版社 2005 年版，第 189 页。
② 汪曾祺：《汪曾祺：文与画》，济南：山东画报出版社 2005 年版，第 189 页。

这诗不知是题别人的画还是题自己的画的。我非常喜欢“画工难处是双腮”，此前人所未道。我以为这是徐渭自己的画，盖非自己亲画，不能体会此中难处。即此中妙处。文长亦偶作山水，不多，但对山水画有精深的赏鉴。他给沈石田写过几首热情洋溢的诗。对倪云林有独特的了解。《书吴子所藏画》：“闻吴子所藏红梅双鹊图，当是倪元镇笔，而名姓印章则并主王元章，岂当时倪适在王所，戏成此而遂用其章耶?”倪元镇画花鸟，世少见，文长的猜测实在是主观武断，但非深知云林者不能道也。此津津于印章题款之鉴赏家所能梦见者乎！但是文长毕竟是花卉画家，他的真正的知交是陈道复。白阳画得熟，以熟胜。青藤画得生，以生胜。

《画美人》是一首题诗，所提者不知是徐文长自己的画还是别人的画，由于史料不全，无从知之。但是，汪曾祺从自己的绘画经验得出结论，断定《画美人》这幅画为青藤所画，因为题诗《画美人》的最后一句“画工难处是双腮”泄露了这个画史上的秘密：“我以为这是徐渭自己的画，盖非自己亲画，不能体会此中难处。即此中妙处。”徐渭善书画，与陈淳齐名，画史上素有“青藤、白阳”之称。汪曾祺说：“白阳画得熟，以熟胜。青藤画得生，以生胜。”此语非有深厚的中国绘画鉴赏功力不能出之。汪曾祺最喜欢的画家应该是徐渭，在精深的研究基础上，汪曾祺这样评价徐渭的画：“其画作，是有意识的写意，笔墨淋漓，取快意于一时，不求形似，自称曰‘涂’，曰‘抹’，曰‘扫’，曰‘狂扫’。”[①] 对于徐渭的这种绘画范式，汪曾祺显然是心仪之从而欣欣然效仿，所以他夫子自道自己的画作说，“我的调色碟里没有颜色，只是墨，从渴墨焦墨到浅得像清水一样的淡墨”，我的画“逸笔草草，不求形似”。[②]

从凌叔华、沈从文、汪曾祺留下的画来看，应属于“文人画”。

---

① 汪曾祺：《徐文长论书画》，《汪曾祺文集》（文论卷），南京：江苏文艺出版社1994年版，第249页。

② 汪曾祺：《晚饭花集·自序》，《汪曾祺文集》（文论卷），南京：江苏文艺出版社1994年版，第198页。

何谓“文人画”？明画家兼画论家董其昌在《画旨》中说：

“文人之画，自王右丞始。其后董源、巨然、李成、范宽为嫡子。李龙眠、王晋卿、米南宫（米芾）及虎儿（米伯仁）皆从董、巨得来。直至元四大家黄子久、王叔明、倪元镇、吴仲圭，皆其正传。吾朝文（征明）、沈（石田），则又远接衣钵。”

在董其昌看来，王维是文人画之祖。但是文人画的特征何在？董其昌没有讲明。同郡陈继儒则在《偃曝余谈》中如是说：

“山水画至唐始变，盖有两宗：李思训、王维是也。李之传为宋王诜、郭照、张择端、赵伯驹、伯骕以及李唐、刘松年、马远、夏珪皆李派。王之传为荆浩、关仝、李成、李公麟、范宽、董源、巨然以及燕肃、赵令穰、元四大家皆王派。李派板细无士气，王派虚和萧散。”

“李派板细无士气，王派虚和萧散”，董其昌没有道明文人画与非文人画的区别，陈继儒却非常精要地指出来了。作为文人画之祖的王维的画是怎样的呢？王维一身兼二任——诗人和画家。他的诗“明月松间照，清泉石上流”（《山居秋暝》），“渡头余落日，墟里上孤烟”（《辋川闲居赠裴秀才迪》），“落花寂寂啼山鸟，杨柳青青渡水人”（《老将行》），等等，真是一幅幅清丽秀雅的水墨画。王维的画之风格，陈继儒笼统地说过“王派虚和萧散”，沈颢则非常具体地说明：“王摩诘裁构淳秀，出韵幽淡。”（《画麈》）今天我们所能看到的传为王维所作的《雪溪图》，绢本，墨笔画，坡石有渍染似无勾皴，无款。展轴而览，雪花飘洒，积雪封溪，动中有静，天籁一片。王维对于自已诗人兼画家的身份是非常满意的，曾道：“老来懒赋诗，惟有老相随。宿世谬词客，前身应画师。不能舍余习，偶被世人知。名字本皆是，此心还不知。”（《偶然作六首》之一）但是王维并没有就诗画二者之间的关系发表看法。这个将诗画结合起来研究的美学任务是由苏轼来完成的。苏轼在《书摩诘蓝田烟雨图》中说："味摩诘之诗，诗中有画；观摩诘之画，画中有诗。"美术史论家葛路指出："王维的画中有诗，诗中有画的特点，一经苏轼点出，风靡古今，成为人们追求的一种艺术目标和评画的一条准则了。"[①]苏轼所提出的"诗中有画"很好理解，意谓"见诗如见画"（欧阳修：《盘车图诗》），诗中对景物的描写细腻而清新。什么是"画中有诗"呢？这点不好理解，而且画论史上也很少有具体的评述。笔者不揣简陋，试分析如下：

首先，我们对苏轼所说的"诗"进行归类。一般而言，诗分为抒情诗和叙事诗，联系到中国诗歌发展史的实际情况来看，苏轼所说的应该是抒情短诗。

其次，我们应该追问：苏轼所说的"诗"的本质特征是什么？《尚书·尧典》中记舜的话说"诗言志"，这是先秦两汉时期占主导地位的理论。随着五言诗的出现与发展，陆机在《文赋》里提出了"诗缘情而绮靡"。"诗缘情"说从理论上揭示了诗歌以情感为本体、以审美表达为形式的本质特征。张少康说："陆机提出的'诗缘情而绮靡'主张，具有开一代风气的重大意义。他只讲缘情而不讲言志，不管他主观上是否意识到，实际上是起到了使诗歌的抒情不受'止乎礼义'束缚的巨大作用。"[②] 可以说，"诗缘情而绮靡"打破了"诗言志"这一儒家正统文学观念的束缚，高度概括、总结了建安、西晋以后诗歌向抒情化、形式美方向发展的艺术规律。这样，我们可以明白，宋朝大诗人苏轼所说的王维的"诗中有画，画中有诗"之中的"诗"，不管是具体到王维本人的诗作，还是就中国古典诗歌发展史来说，都是陆机所界定的"缘情之诗"。

至此，苏轼所言的"画中有诗"的意思就很明显了，意谓画中的一山一水一景一物皆要含蕴有画家强烈而真挚的情感。

苏轼所论及的"诗画相通"，古希腊时代的西蒙尼底斯也说过类似的意思："画是无声诗，诗为有声画。"不过，西蒙尼底斯只谈到了诗和画这两种艺术门类在描述对象上的相同之处，而没有涉及情

---

① 葛路：《中国画论史》，北京：北京大学出版社2009年版，第96页。

② 张少康：《中国文学理论批评发展史》，北京：北京大学出版社1995年版，第190页。

感问题。这是因为西方古代把文艺看作是对现实的模仿和再现。如柏拉图就认为艺术是“影子的影子”——现实世界是模仿理念世界的，艺术是模仿现实世界的，它们都是对理念世界的模仿，并且是不成功的模仿的产物。亚里士多德批评了柏拉图的“理念”，明确提出艺术是再现现实的产物。而不管是中国古代的“诗言志”还是“诗缘情”，其本质都是“把文艺看作是人的心灵的表现。”① 当然，西方文艺理论上自古希腊以来一直占主导地位的模仿说到了十八世纪的浪漫主义思潮时期有所衰退，代之而起的是艺术上的表现说。如英国浪漫主义诗人代表华兹华斯就说：“诗是强烈情感的自然流露”。所以我们也可以说，十一世纪的苏轼所提出的“诗中有画，画中有诗”中的“诗”，与古希腊时代西蒙尼底斯所说的“画是无声诗，诗为有声画”中的“诗”，并不具有同质性，而要等到十八世纪华兹华斯提出的“诗是强烈情感的自然流露”中的“诗”，才具有与之匹配的知音。当然，具体到中国文学艺术的独特性来说，苏轼所言的“诗中有画，画中有诗”中的“画”和“诗”，都要求是艺术家的深厚情感的表现，都是“缘情之画”和“缘情之诗”。中国古代绘画的这种艺术审美品格，稍晚于苏轼的《宣和画谱》也谈到了：“或铺张图绘间，景物虽少而意常多，使览者可以因之而遐想。”“景物虽少而意常多”之“意”，即指“景物”之中饱含了画家丰富深厚的情感，使得观者可以“因之而遐想”。

至此，我们可以理解文人画的最重要的特质。陈继儒笼统地说过“王派虚和萧散”，沈颢则非常具体地说明：“王摩诘裁构淳秀，出韵幽淡。”（《画麈》）“虚和萧散”与“出韵幽淡”，正在于强调文人画家在泼墨挥毫时超拔通脱不同流俗的情感在一笔一画中的一一流露。也就是说，文人画刻意表现的不仅是山川花草林木等“自然之体”本身，更主要的是，画面要含藏有深厚的内容，以表现画家本人的情趣神韵和思想意境。陈师曾先生在《文人画之价值》中指出：“何为文人画？即画中带有文人之性质，含有文人之趣味，不在画中考究艺术上之功夫，必须于画外看出许多文人之感想。此之

① 张少康：《中国文学理论批评发展史》，北京：北京大学出版社 1995 年版，第 23 页。

所谓文人画。"① 这正符合苏轼所论文人画始祖王维的"画中有诗"之特性，是"缘情之画"。与文人画对应的是行家画，沈颢说："北则李思训，风骨奇峭，挥扫燥硬，为行家建幢。"（《画麈》）中国古典绘画向来重文人画而轻行家画以及宫廷画，自北宋以后到清末，文人审美观一直居主导地位，这是因为："中国的文人画论，表达了中国哲学道艺合一、以艺体道的意识，其独树一帜的特点和久盛不衰的生命力在此。"②

第三节 中国山水画的本质："意境中的山水"

这节我们讨论中国山水画的本质。在探讨这个问题之前，先把中国古代文人画与中国古代山水画之间的联系与区别简要地梳理一下。中国画的基本画科主要分为人物、山水、花鸟和界画四大画科。顾名思义，山水画是以描写山川自然景色为主体的绘画。从中国绘画发展史来看，虽然山水画产生时间较人物画晚，孕育于早期人物画的背景中，直到魏晋南北朝时期才逐渐独立出来形成一个独立的画科，但是，山水画是中国四大画科中最重要的一种形式，最能圆满地表达中国文化与艺术精神。而从上节关于文人画的论述中我们可以知道，文人画就其创作主体来说，是指我国古代文人（士大夫）的绘画，故又称"士人画"。邓椿就曾说过："观士人画，如阅天下马，取其意气所到。乃若画工，往往只取鞭策、毛皮、槽枥、刍秣，无一点俊发，看数尺便卷。"（《画继》）于此可以明白，苏轼是推崇文人画，贬低画工画的。至于文人画的创作对象，我们只要翻阅中国古代绘画经典之作，就可知主要是山水和花鸟两大类，而尤以山水画为盛。我们可以再看看明画家兼画论家董其昌在《画旨》中所说的这段话："文人之画，自王右丞始。其后董源、巨然、李成、范

① 陈师曾：《文人画之价值》，载北京大学《绘学杂志》第2期，1921年1月出版。
② 葛路：《中国画论史》，北京：北京大学出版社2009年版，第215页。

宽为嫡子。李龙眠、王晋卿、米南宫（米芾）及虎儿（米伯仁）皆从董、巨得来。直至元四大家黄子久、王叔明、倪元镇、吴仲圭，皆其正传。吾朝文（征明）、沈（石田），则又远接衣钵。”董其昌所论及的文人画家，历时自唐至明，画家包括王维在内一共十五位，皆以画山水名于世。其中，王右丞、董源、巨然、李成、范宽、王晋卿、米南宫（米芾）、虎儿（米伯仁）、黄子久、王叔明、倪元镇与沈石田主攻山水画。李龙眠画罗汉极有声望，但是山水画亦宗董源与巨然。吴仲圭善画墨竹，亦善画山水。文征明的书画造诣极为全面，山水、人物、花卉、兰竹等无一不工，而尤以山水画为优。至此，我们可以得出如下结论：文人画为一种风格流派，主要是从创作主体的身份特征来命名；山水画为一种画科，主要是从创作对象的内容特征来命名，这是它们之间的区别。按理说，文人画与山水画属于两种不同的分类，很难说它们之间具有什么联系。但是，中国绘画史显示，文人画风格出世色彩浓厚，多借山水抒发创作主体清越超拔的情感，且技法上以水墨为主，这天然地使得文人画家多是山水画家，文人画作亦以山水画为最多。

《世说新语》里，“孙绰《庾亮碑文》曰，公雅好所托，常在尘垢之外，虽柔心应世，蠖屈其迹，方寸湛然，固以玄对山水”①。什么是“以玄对山水”呢？徐复观先生对此有解释：“以玄对山水，即是以超越于世俗之上的虚静之心对山水；此时的山水，乃能以其纯净之姿，进入于虚静之心的里面，而与人的生命融为一体，因而人与自然，由相化而相忘。”② 由徐先生的解释，可知“以玄对山水”其实就是一种审美观照的态度，以此来观照山水进而描绘成图画，氤氲画里的，必是主体精神与客体山水的无间融合。这其实就是“意境”的呈现。因为，“‘意境’就是‘情’与‘景’（意象）的结晶品”③。所以，宗白华断言：

① 刘义庆编撰，陈引驰、盛韵注译：《世说新语·容止第十四》，广州：花城出版社2006年版，第439页。

② 徐复观：《中国艺术精神》，上海：华东师范大学出版社2011年版，第140页。

③ 宗白华：《美学散步》，上海：上海人民出版社1981年版，第70页。

晋宋人欣赏山水，由实入虚，即实即虚，超入玄境。画家宗炳云“山水质而有趣灵。”……晋宋人欣赏自然，有“目送归鸿，手挥五弦”，超然玄远的意趣。这使中国山水画自始即是一种“意境中的山水”。①

综观徐先生与宗先生的言论，可以得知：大自然中的实体山水还只是第一自然，是“形”而已；进入到中国山水画里的山水则是第二自然，因为它们已经过画家之“玄心”的过滤，是“神”了。蒋述卓曾精辟地指出：“意境最大的问题就是超越。”② 也就是说，意境的形成，必须要从“第一自然”里见出“第二自然”。《世说新语》中载：“顾长康从会稽还，人问山川之美。顾云，千岩竞秀，万壑争流。”③ 这“竞秀”与“争流”之感，其实是顾长康的“玄心”所得，是山水的第二自然；美只能成立于这个第二自然之上。中国山水画“意境”的形成亦是如此，绝非纯客观地机械地临摹大自然，而是“偶遇枯槎顽石，勺水疏林，都能以深情冷眼，求其幽意所在”④，必得经过画家的“迁想妙得”（顾长康）。一如清方士庶所说：“山川草木，造化自然，此实境也。因心造境，以手运心，此虚境也。虚而为实，是在笔墨有无间，——故古人笔墨具此山苍树秀，水活石润，于天地之外，别构一种灵奇。或率意挥洒，亦皆炼金成液，弃滓存精，曲尽蹈虚揖影之妙。”⑤ 画家遍览奇峰，赏尽灵水，旨意不在于摹状物态，而在于借山水之灵抒发自己灵府中的高蹈逸气！

中国山水画脱胎于早期人物画中的背景，于魏晋南北朝时期逐渐独立，直到北宋才臻于高峰。中国山水画在形成、发展与成熟的

---

① 宗白华：《美学散步》，上海：上海人民出版社 1981 年版，第 210～211 页。

② 这是笔者于暨南大学读博时，在蒋述卓先生的课堂上聆听到的。

③ 刘义庆编撰，陈引驰、盛韵注译：《世说新语·言语第二》，广州：花城出版社 2006 年版，第 98 页。

④ 见宗白华：《美学散步》，上海：上海人民出版社 1981 年版，第 74 页。

⑤ 方士庶：《天慵庵随笔》，见宗白华：《美学散步》，上海：上海人民出版社 1981 年版，第 69 页。

这段漫长历史里包藏了何种社会原因，体现了何种审美思想的变迁与兴盛？徐复观先生对此有深刻的分析。因为这种分析涉及庄子的艺术精神与中国山水画的关系，而京派小说家又都是为道家美学所化之人，故此，笔者权作一回文抄公，全录如下：

> 一、山水画的技巧，经长期酝酿，至五代时已完全成熟，故到北宋而有此技巧成熟以后之收获。
>
> 二、一直到唐代，绘画所受政治上的影响甚大。朝廷的好恶，无形中制约了绘画向山水画、风景画方面的发展。唐天宝以后，迭经丧乱，皇帝对绘画的兴趣已大为降低。到了唐末，名都大邑，率多残破；统治集团，及与政治有关的宗教势力，自顾不暇，何能关心绘事。虽当时画人，多避地入蜀，犹稍保持佛道人物画的传统；但山水画则是由完全摆脱了政治影响的高人逸士，有如10世纪的荆浩、关仝、董元、巨然、李成、范宽们所完成的。他们与政治的距离愈远，则所寄托于自然者愈深，而其所表现于山水画的意境亦愈高，形式亦愈完整。
>
> 三、北宋文人，和唐代不同的是：（1）经五代之变，彻底扫荡了门第意识，都是出自平民。而在唐代发达到了顶点的禅宗，此时在丛林的自身，已开始衰落；转而庸俗化于文人之间，成为一种新的清谈风气。此种新的清谈风气的内容，实与庄学没有什么大区别，此对苏（东坡）黄（山谷）们而言，更显得是如此。这便鼓荡着许多文人的超越心灵，托山水竹木的绘画，以寄托其对自然景物的慕恋。①

我们可以将徐复观先生的观点归纳为主要两点：①画家距政治愈远，则距大自然愈近；②禅宗发展到北宋时在文人之间成为一种新的清谈风气，其内容与庄学很类似，② 这使得画家的心灵能够超越

---

① 徐复观：《中国艺术精神》，上海：华东师范大学出版社2001年版，第183页。

② 徐复观先生曾明确说过：“宋以后所谓禅对画的影响，如实地说，乃是庄学、玄学的影响。”见徐复观：《中国艺术精神》，上海：华东师范大学出版社2001年版，第2页。

飞扬，寄情山水。由此可知为什么徐先生说庄子的艺术精神在中国山水画里表现得最为纯粹，因为只有像庄子一样远离政治，超越利欲熏心的现实社会，才有可能获得精神上的自由，真正寄情于山水，从而生就“天地与我并生，而万物与我合一”这份“独与天地精神往来”的气魄与胸襟。自北宋后，中国山水画一直都很发达，成为中国艺术的骄傲。我们看到凌叔华、沈从文、汪曾祺的文字里经常提及到的画家，如郭熙、倪云林、石涛、黄子久、米氏父子、徐渭等等，都是北宋及其以后的山水画家（山水画家有时也兼画花鸟，且花多为兰竹）。他们的画作都是主体生命与自然山水的相融无间，天人合一，和谐浑全，意境深远。宗白华论述中国山水画（包括花鸟画）的独特的美学表现时说：“中国绘画里所表现的精神是一种‘深沉静默地与这无限的自然，无限的太空浑然融化，体合无一’。它所启示的境界是静的，因为顺着自然法则运行的宇宙是虽动而静的，与自然精神合一的人生也是虽动而静的。它所描写的对象，山川、人物、花鸟、虫鱼，都充满着生命的动——气韵生动。但因为自然是顺法则的（老、庄所谓道），画家是默契自然的，所以画幅中潜存着一层深深的静寂。就是尺幅里的花鸟、虫鱼，也都像是沉落遗忘于宇宙悠渺的太空中，意境旷邈幽深。”① 可见，中国绘画（包括山水画与花鸟画）是一种意境之画，而它们都是道家纯艺术精神的最纯粹体现。

且以倪云林为代表来领会中国山水画的神韵所在。倪云林与黄公望、王蒙、吴镇并称为元代文人画四大家，曾云：“余之所谓画者，不过逸笔草草，不求形似，聊写胸中逸气耳。”（《论画》）何谓“逸气”？就是“超尘脱俗，与自然冥合的道的精神”②。倪云林的画最富独创性，被誉为“逸品”的代名词，是中国文人画最高境界的标志。恽南田评倪云林说：“云林画天真简淡，一木一石，自有千岩万壑之趣。”（《南田画跋》）倪画何以能达到这样的灵气呢？因为他“洗尽尘滓，独存孤迥”，“潜移造化而与天游”，“乘云御风，以游

① 宗白华：《美学散步》，上海：上海人民出版社 1987 年版，第 147 页。
② 王庆生：《绘画：东西方文化的冲撞》，北京：北京大学出版社 1991 年版，第 74 页。

于尘埃之表”（《南田画跋》），故能创立一个冰清玉洁又自然而然的山水灵境。恽南田的这些评语所描述的正是老庄美学所孜孜追求的境界：首先要达到老子所强调的“涤除玄鉴”、庄子所推崇的“坐忘”境界（“洗尽尘滓，独存孤迥”），才能“与天为徒”、“游心于物之初”，从而“乘云御风，以游于尘埃之表”，风神潇洒，不滞于物。京派小说家都具有典型的文人气质，都有王子敬的“从山阴道上行，山川自相映发，使人应接不暇。若秋冬之际，尤难为怀”[①]的一往情深，听到箫声会落泪，远处小羊固执而柔和的叫声也使他们感到忧郁。[②] 京派作家的这种哀乐过人、不同流俗的“情之所钟，正在我辈”的生活情调，为其“以玄对山水”奠定了个体自身的情调超越之基础，更易以主体之超越精神与自然之原性精神合二为一，形成山水画之意境。

凌叔华最喜爱的画家是倪云林，她不仅在自己的画论中多次称颂他，而且写有小说《倪云林》。行文中，凌叔华紧紧抓住一个“逸”字，着重叙写倪云林如何在画中“完全寄托他自己”而达到“气逸神全”。凌叔华这样解读倪画：“倪云林这样一个天资卓绝而又能摆脱尘俗的人，他画的意境，也常具萧然物外情趣的。他的画常是一处山不崇高，水不涓媚的平常野外景致，疏落的几株秋树，两三枝竹子，掩映着一间屋或一个亭子。没有一个人或一只鸟，静到似乎一片落叶你都可以听得见。在这平澹萧飒的情调里，使人自然悠然意远。”[③] 凌叔华在此虽然是描述她所喜爱的画家的画风，实际上她自己的画作亦是如此。她的画作《伊人秋水》，画面上就是一石、一花、一蜻蜓而已，秀逸简洁，却仿佛能听见满幅的水响，闻到满幅的馨香，看到蜻蜓的飞翔。还有《春深》，整个画面就是一朵

---

① 刘义庆编撰，陈引驰、盛韵注译：《世说新语·言语第二》，广州：花城出版社2006年版，第100页。

② 沈从文在《鸭窠围的夜》这篇散文里写道：“什么人家吊脚楼下有匹小羊叫，固执而且柔和的声音，使人听来觉得忧郁。”汪曾祺在《沈从文的寂寞》这篇散文里也说：“那只小羊固执而柔和地叫着，使沈先生不能忘记，也使我多年不能忘记，并且如沈先生常说的，一想起就觉得心里‘很软’。”

③ 凌叔华：《我们怎样看中国画》，《酒后》，北京：东方出版社2004年版，第114页。

怒放的花，配上几片浓墨的叶子。可是我们看了，却真的能感到“红杏枝头春意闹”的生趣盎然。一如安德烈·莫洛亚所说，凌叔华作画的特点之一，“是运用遒劲的笔触，几笔就勾勒出一株栩栩如生的兰花，一茎挺拔的玉兰或几朵含苞待放的苹果花蕾。那朴实凝练的表现技法，与中国水墨画白纸黑墨的简洁特点相谐，构成一种近乎抽象的格调。然而，画面上那简洁的大自然的条条曲线所显露出来的勃勃生机，却鲜明地跃然纸上，这有力地证明了那些花朵和枝茎都是在沃土中孕育成长起来的真实的生命存在”[①]。其他的画作，如《一枝寒玉抱虚心》、《东篱倩影》、《一九三四年得元人荒草意境而画》等，光看画名，就知其内容典雅而幽深，深得宋元以来文人画的精髓。我们再看凌叔华的《秋晨》。画面分为近景、中景、远景三部分。近景清晰，扁舟一叶，秋草一丛，两只鸬鹚喁喁耳语；中景朦胧，一条大河，水流平缓，中有二舟，悠悠而行，河中小岛里，四只鸬鹚远眺；再远处，群山婉约，薄雾轻飘，树木葱茏，掩映几间农家屋顶。展轴而览，画面淡雅而深邃，一切是朦胧的，又是清晰的。掩轴而思，笔墨似在有无间，点染生动随意，无画处皆生机勃勃。还有《秋水秋花入画图》：白水、衰柳、芦苇、古船之间，一老翁静坐抛丝，悠然独钓，天地静一。画的左侧是字迹娟秀的题语：“闲来静坐学垂钓，秋水秋色入画图。”凌叔华确是窥得了中国山水画的奥妙。看她的画，就不由使人想起宗白华先生的结论：“中国画真像一种舞蹈，画家解衣盘礴，任意挥洒。他的精神与重点在全幅的节奏生命而不沾滞于个体形相的刻画。画家用笔墨的浓淡，点线的交错，明暗虚实的互映，形体气势的开合，谱成一幅如音乐如舞蹈的图案。物体形象固宛然在目，然而飞动摇曳，似真似幻，完全溶解浑化在笔墨点线的互流交错之中！”[②] 1954 年 10 月，凌叔华独游英国诗人华兹华斯的故居。徜徉于这位英国伟大抒情诗人的被秋光熏染的故居，画家画意盎然，亦挥毫作画。画面是怎样的呢？凌

① 转引自凌叔华著，傅光明译：《古韵——凌叔华的文与画》，济南：山东画报出版社 2003 年版，第 5 页。

② 宗白华：《美学散步》，上海：上海人民出版社 1981 年版，第 121 页。

叔华事后在画下方补题曰：“秋山秋树，晓烟暮云，都在传达诗人诗句，湖上放棹，尤有参禅之味。”① 凌叔华可谓夫子自道她画作中所涵咏的意境。

沈从文在1922年离开湘西以前，就已对沈石由、仇十洲、王麓台等明清山水画家的绘画艺术作过潜心研究。沈从文最钟情的是山水画，《读展子虔〈游春图〉》这篇一万多字的论画长文，就主要是谈论中国山水画的发展历史及其神韵表现。沈从文所创作的《山水》（扇面书画，设色纸本），近处树木葱茏，湖水澄澈，远方群山雅秀，轻雾杳霭，看后令人“逸心”顿生。《墨兰》亦为扇面书画，全幅不着色，墨迹浓淡分明。展扇一览，兰枝苍劲，清风扑面，空灵满纸。在扇面的左上方，是沈从文堪称一绝的章草题款：“我有灵均一枝笔，年年无事续离骚。”大画家黄永玉曾说沈从文的绘画“是一种极有韵致的妙物”②，可谓确评。

这里我们还可以进一步探讨沈从文的书法与山水画之间的关系。如果按照沈从文的“爱好的生长秩序”来排序，应该是先书法，次绘画，最后是小说。也就是说，在沈从文创作小说之前，他就已经先是书法家和次是画家了。由于运笔原因，中国书法和中国绘画具有天然的近亲关系：“书画用笔同法，体现了中国画艺术形式的一条客观规律。”③ 像徐渭就先是一个书法家，后才是画家。虽然书法与绘画的表现对象不一样，但是由于用笔方法不变，书法家很容易成为画家，像清代金农和清代吴昌硕都是晚年才开始学画的，因为有深厚的书法作为根基，在绘画方面也易一举成名。故清人董棨说：“书成而学画，则变其体，不易其法。”（《画论丛刊·养素居画学钩深》）书法与绘画在用笔方面的相同之处主要是表现形式上的，那么，它们在表情达意上是否也具有同质的美学品格呢？宗白华先生认为：

① 凌叔华著，傅光明译：《古韵》，济南：山东画报出版社2003年版，第18页。

② 黄永玉：《太阳下的风景——沈从文与我》，朱光潜等编：《我所认识的沈从文》，长沙：岳麓书社1986年版。

③ 葛路：《中国画论史》，北京：北京大学出版社2009年版，第142页。

中国特有的艺术——书法，尤能传达这空灵动荡的意境。唐张怀瓘在他的《书议》里形容王羲之的用笔说："一点一画，意态纵横，偃亚中间，绰有余裕。然字峻秀，类于生动，幽若深远，焕若神明，以不测为量者，书之妙也。"在这里，我们见到书法的妙境通于绘画，虚空中传出动荡，神明里透出幽深，超以象外，得其环中，是中国艺术的一切造境。①

在此，宗先生指出：书法的妙境通于绘画，与绘画一样，亦能传达空灵涤荡的意境。故此可以推断，沈从文在临王羲之的字帖时，实已与中国绘画中最具民族特色的美学表现——意境获得了汇通。其实，不仅沈从文是书法家，就是凌叔华和汪曾祺，都写得一手好字。我们从他们在其画作上的题字就可以看出。中国的古典绘画中，一般来说，在宋代以前是没有题字的。文人画家苏轼、米芾等人把诗文和书法带进绘画领域，在画面上增加了题跋。② 宋以后的绘画，一般都有题跋。如沈颢的《画麈》就指出："迂瓒字法遒逸，或诗尾用跋，或跋后系诗，随意成致。宜宗。衡山翁行款清整。石田晚年题写洒落，每侵画位，翻多奇趣。白阳辈效之。"沈颢赞赏文人画家倪瓒、文征明和沈周的题款非常特别，值得后人仿效。这当然与倪瓒他们不仅是画家，也是书法家有莫大的关系。由于苏轼、米芾等文人画家把诗文和书法带进绘画领域，首开书法与绘画结合之风气，使得后人长相效仿，以致成为中国绘画特有的艺术美。此后，虽然我们不能说画家都是书法家，但是，至少书法功力都甚是了得，非同凡响。沈从文、凌叔华、汪曾祺可谓都是书法家与画家兼为一身，而"中国的诗词、绘画、书法里，表现着同样的意境结构，代表着中国人的宇宙意识"，所以，他们以书法之笔来画画时，画作中自有意境漫溢。

在《自得其乐》这篇散文里，汪曾祺自评过自己的字：

---

① 宗白华：《美学散步》，上海：上海人民出版社 1981 年版，第 83 页。

② 葛路：《中国画论史》，北京：北京大学出版社 2009 年版，第 175 页。

我平日写字，多是小条幅，四尺宣纸一裁为四。这样把书桌上书籍信函往边上推推，摊开纸就能写了……我都是写行书。写真书，太吃力了。偶尔也写对联。曾在大理写了一幅对子：

苍山负雪

洱海流云

字大径尺。字少，只能体兼隶篆。那天喝了一点酒，字写得飞扬霸悍，亦是快事。对联字稍多，则可写行书。为武夷山一招待所写过一副对子：

四围山色临窗秀

一夜溪声入梦清

字颇清秀，似明朝人书。

在《自得其乐》这篇散文里，汪曾祺还自评过自己的画：

我也是画花卉的。我很喜欢徐青藤、陈白阳，喜欢李复堂，但受他们的影响不大。我的画不中不西，不今不古，真正是“写意”，带有很大的随意性。曾画了一幅紫藤，满纸淋漓，水气很足，几乎不辨花形。这幅画现在挂在我的家里。我的一个同乡来，问：“这画画的是什么？”我说是：“骤雨初晴。”他端详了一会，说：“哎，经你一说，是有点那个意思！”他还能看出彩墨之间的一些小块空白，是阳光。我常把后期印象派方法融入国画。我觉得中国画本来都是印象派，只是我这样做，更是有意识的而已。

我们若要领略汪曾祺这两段文字的妙处，可以看看《汪曾祺：文与画》这本书。虽然该书被命名为“文与画”，内容实质上是“文、字与画”——“散文、书法与绘画”。这里我们仅仅探讨汪曾祺画作中的意境表现。汪曾祺说：“我常把后期印象派方法融入国画。我觉得中国画本来都是印象派。”这个观点是很有道理的，如国画大师黄宾虹就认为印象派风景画与中国山水画有相通之处。从这番夫子自道，我们也可以得知汪曾祺的画是不求形似，但求神韵（即意境）的显现。虽然在上文中汪曾祺说他受徐青藤、陈白阳、李复堂等人的影响不大，但是他又说："我对四王、蓝四叔都没有太大兴趣，及见徐青藤、陈白阳及石涛画，乃大好之。我作画只是自己瞎抹，无师法。要说有，就是这几家（石涛偶亦画花卉，皆极精）。"① 可见汪曾祺否认自己的师承其实是一种深度的自谦。

像他所喜爱的画家一样，汪曾祺主要是画花卉。《汪曾祺：文与画》一书中收有汪曾祺的两幅墨荷，一幅名曰"月晓风清欲坠时"，一幅名曰"残荷不为雨声留"，都是化用古典诗词中的清丽之句，承传的是"清水出芙蓉，天然去雕饰"一脉的美学传统。两幅画之中，荷叶皆大而厚，以浓墨出之；荷梗皆细而挺，亦以浓墨出之。同观二画，荷叶擎天，桀骜狂放，荷梗立地，磊落潇洒，满纸生气逼人，傲气四溢，然又自有清气。汪曾祺在《鉴赏家》里写过大画家季匋民，说季匋民最喜欢的画家是李复堂，并说："季匋民最爱画荷花。他画的都是墨荷。他佩服李复堂，但是画风和复堂不似。李画多凝重，季匋民飘逸。李画多用中锋，季匋民微用侧笔，——他写字写的是章草。李复堂有时水墨淋漓，粗头乱服，意在笔先；季匋民没有那样的恣悍，他的画是大写意，但总是笔意俱到，收拾得很干净，而且笔致疏朗，善于利用空白。他的墨荷参用了张大千，但更为舒展。他画的荷叶不勾筋，荷梗不点刺，且喜作长幅，荷梗甚长，一笔到底。"熟悉汪曾祺的绘画渊源及其画风的人都知道，汪曾祺在这里其实是借季匋民来写他自己。《墨菊》一画也是"墨汁淋漓"——一丛秋菊，迎风绽放，生机勃勃，元气漫流。至于《吴带当风》，确是画如其名，从兰花的叶与花的舞动中，可以看到轻风妖娆地吹过的清影。还有《春城无处不飞花》一画，虽枝疏花淡，却自有春风相伴，一呼一吸，皆与宇宙息息相关，悦怿悠然。

汪曾祺虽然说自己是画花卉的，但也并非与山水绝缘。有一幅画，画面乃一道瀑布从山巅中倾泻而出，雪白耀眼，似闪电坠落人间。瀑布周围的山石巍峨险峻，用色极为大胆，浓墨中竟含蓝星点点，恰似强烈生命力的无羁肆放。该画没有命名，画面的右下角竖

---

① 汪曾祺：《文章杂事》，见《汪曾祺：文与画》，济南：山东画报出版社 2005 年版，第 163 页。

写四字：“丙子　曾祺”，可知作于1996年。这幅画极有特色，瀑布、怪石、峻山，几乎抵达画的上下左右四方，整个画面几乎没有空白。这显然触犯了中国绘画的大忌。中国山水画在长期的发展历史中逐渐形成严密的画法系统，即在如何经营位置上，也有诸多规矩。元代山水画家饶太虚著有《绘宗十二忌》，其中第一条忌讳就是“布置迫塞”，认为“凡画山水”，“亦须上下空阔，四傍疏通，庶几潇洒。若充天塞地，满幅画了，便不风致”。汪曾祺作为一个有深厚山水画理论素养的文人画家，对此不能不察，然则何以画山水画时，竟然山顶到天，瀑布到地，怪石侵旁，犯了“充天塞地，满幅画了”的章法之忌呢？这还是与他的师承有关。徐渭是明代富于艺术革新精神的画家，他在探讨山水绘画的章法时强调大胆夸张、取舍不拘一格：“奇峰绝壁，大水悬流，怪石苍松，幽人羽客，大抵以墨汁淋漓，烟岚满纸，旷如无天，密如无地为止。”[①] 汪曾祺的这幅作于1996年的山水画，显然亦是如青藤的画作一样，“旷如无天，密如无地”，可是依然让览者感受到一种自由思想、独立精神的美。

中国山水画的本质为“意境中的山水”（宗白华），自北宋后，中国山水画走向炉火纯青，成为中国艺术的骄傲。凌叔华就在《我们怎样看中国画》中说过：“中国画在唐宋二代，是充分发育时期，山水画的深造，尤使人惊佩。唐宋人对于自然与人生最高的理想，都在山水上实现了。”[②] 从上面的论述我们可以看到，京派小说家心仪的皆是北宋以来的山水画家，并且浸淫经典画论与经典画作年深日久，深知绘画必得由第一自然见出第二自然，意在笔墨之外，传抒胸中意趣。这使得他们在挥毫作画时，亦是随物赋形，借景抒情，作品“自成一个世外的世界，令人悠然意远”。那么，当他们为着同样一个目的——创造一个审美的艺术世界，而放下作画之笔拿起为文（小说）之笔时，荡漾在文字之间的，必定是“意境”。京派小说家以这种绘画的眼光和手腕来写小说，字里行间“画意文境”摇

① 见《徐文长集》（卷十七），明万历四十二年刻本，北京大学哲学系美学教研室编：《中国美学史资料选编》，北京：中华书局1984年版，第116页。

② 凌叔华：《我们怎样看中国画》，《酒后》，北京：东方出版社2004年版，第125页。

曳生姿，自是浑然天成，自不待言。

第四节　京派小说：物我同一的“意境”表现

前文说过，唐弢他们都认为京派小说最大的美学特色是表现了中国山水画的意境。其实，从现代文学史到当代文学史，已有不少批评家意识到京派小说家的小说与他们的画作之间存在深刻的因缘关系。譬如，1945 年，朱光潜在评价凌叔华时就如是说：“作者是文学家也是画家，不仅她的绘画的眼光和手腕影响她的文学作风……作者写小说像她写画一样，轻描淡写，着墨不多，而传出来的意味很隽永。”[①] 当代评论家孙郁等则这样评价汪曾祺：“他的随笔和小说，在气韵上和他的花鸟草虫类的绘画小品类似，构图简约，淡墨传神，有时意袭徐渭，偶尔也类似印象派的神色。”[②] 这些评论家都潜在地指出了京派小说家的画家身份是形成其小说“隽永的意味”的主要因由。

京派小说家认为他们小说的特点是“不着重写人物，写故事，而着重写意境，写印象，写感觉。物我同一，作者的主体意识很强”[③]。京派的这番夫子自道表明京派小说家完全是用山水画家的眼光来写小说的。中国古典画论中素有诗画相通乃至文画相通之说，所谓“文者无形之画，画者有形之文，二者异迹而同趣”（孔武仲）。京派小说家富有深厚的山水画涵养，又对中国画论熟稔于心，深知“诗画异名而同体”（张彦远）的真趣，所以他们一旦由画而文，自然就会把绘画的方法自觉地运用到小说创作中。

为了把小说写得更优美、更有艺术性，沈从文明确提倡要向宋

---

① 朱光潜：《论自然画与人物画——凌叔华作〈小哥俩儿〉序》，《朱光潜全集》（第 9 卷），合肥：安徽教育出版社 1993 年版，第 212 页。

② 孙郁、姬学友：《汪曾祺片影》，《当代作家评论》，2007 年第 4 期。

③ 汪曾祺：《汪曾祺文集》（文论卷），南京：江苏文艺出版社 1994 年版，第 28 页。

元山水画学习，要“从宋元以来中国人所作小幅绘画上注意。我们也可就那些优美作品设计中，见出短篇小说所不可少的慧心和匠心……有些作品尤其重要处，便是那些空白处不著笔墨处，因比例上具有无言之美，产生无言之教”①。中国山水画素有“以白计黑”之论，与中国诗论中的“象外之象”相通，画面空白处充溢着画家的逸气神韵，是意境形成的主要美学因由。沈从文希望现代小说向宋元绘画中的“空白处不著笔墨处”学习，着眼点正在于强调其意境之美。作为抒情小说家的沈从文，其诸多作品就是按照“计白当黑”的绘画理论来创作的。如他说自己的小说《断虹》是“不免近于一种风景画集成”②，就既指出了《断虹》具有山水画的形色之美，又暗示须以鉴赏山水画的眼光来领悟《断虹》文字背后所含藏的“无言之美”。《边城》亦多次运用“留白”笔法。如大佬二佬得知他们爱上的是同一个女孩后决定用唱情歌的方式来公平竞争，但是作家对这一夜的情歌内容不着笔墨，倒是细致地描写了翠翠“梦中灵魂为一种美妙歌声浮起来了”的种种行径：仿佛轻轻各处飘着，上白塔，下菜园，到船上，又复飞窜过对山悬崖半腰摘绿油油的虎耳草！这种“一空一补”、“一白一黑”绘画手法的运用，令《边城》余音袅袅，意味深远。汪曾祺曾自报家门：“我的小说也象我的画一样，逸笔草草，不求形似。”③ 明确指出他的小说创作受他的画作影响甚深。并且，汪曾祺还直接把小说比喻为绘画，认为“小小说是斗方、册页、扇面儿”，小说“是一串鲜樱桃，一枝带露的白兰花，本色天然，充盈完美”④。从中国传统画论中的“重神不重形”出发，汪曾祺认为：“对于写小说来说，传神比写形象更为重要。”⑤ 汪曾祺的

---

① 沈从文：《短篇小说》，《沈从文全集》（第 16 卷），太原：北岳文艺出版社 2002 年版，第 505 页。

② 沈从文：《断虹引言》，《沈从文全集》（第 16 卷），太原：北岳文艺出版社 2002 年版，第 340 页。

③ 汪曾祺：《〈晚饭花集〉·自序》，《汪曾祺文集》（文论卷），南京：江苏文艺出版社 1994 年版，第 198 页。

④ 汪曾祺：《小小说是什么?》，《塔上随笔》，北京：群众出版社 1993 年版，第 135 页。

⑤ 汪曾祺：《传神》，《汪曾祺文集》（文论卷），南京：江苏文艺出版社 1994 年版，第 46 页。

小说重语言，重气氛，重意韵，独不重人物和情节，素有“诗化的散文化的小说”之称，这显然是作家自觉地用画家的审美情致为文所致。进一步地说，汪曾祺甚至认为整个中国现代小说在“写意”方面都与中国文人画具有深切的源流关系：“中国现代小说的语言和中国画，特别是唐宋以后的文人画的关系是非常密切的。中国文人画是写意的。现代中国小说也是写意的多。”① 虽然我们不能说汪曾祺所说的“写意”就是“写意境”，但可以肯定的是，“写意境”至少是“写意”的题中之意。在《小学校的钟声》里，汪曾祺写道：“小学校里的欢声和校园里的花都融解在静沉沉的夜气里。那种声音实在可见可触，可以供诸瓶几，一簇，又一簇。”把只可清闻的美妙之声想落天外地转化成可供细赏的一簇簇淡雅清香的花，这显然得益于汪曾祺的画家身份，同时又表现出汪曾祺用中国现代小说的语言来“画”中国传统文人画的意境这种汇通文画的自觉意识。《复仇》和《昙花·鹤和鬼火》这两篇小说几乎都没有故事，重心是语言，而语言的跳跃性联想性又非常大，实在是中国水墨山水画中的“写意”手法。所以，汪曾祺断言道：“散文化的小说所写的常常只是一种意境。”②

凌叔华虽然没有公开的文字谈论小说与绘画之间的深刻关联，但是她在摹状物象时或是爱用名家名画来类比，如《山居》一文中就如此写道：“乌龙凌云诸山在装点着银色的岷江与大渡河，宛如一幅仇十洲或唐伯虎的秀丽的山水画横在目前。”或是全然用画家的眼光与心胸来看待世事万物，如《春的剪影（二）》中的叙述：“也许因为我学过图画，我在这时到处遇到很美的景致与很富丽的色调。田野间第一照眼的当然要算油菜花了。那黄澄澄的华贵颜色一连十里的铺在丽日和风中，如果一个人不是色盲，一个心不给世故俗事萦绕，只须望一眼，一定都会感觉到春光的伟大吧。”从这些文字的描绘里，我们不难体会到凌叔华写作时“画文合一”的艺术心态。

---

① 汪曾祺：《关于小说语言（札记）》，《汪曾祺文集》（文论卷），南京：江苏文艺出版社 1994 年版，第 30 页。

② 汪曾祺：《小说的散文化》，《塔上随笔》，北京：群众出版社 1993 年版，第 158 页。

《疯了的诗人》与《倪云林》可以说是凌叔华以画入小说的双璧。前者按照诗人从西山骑驴回家的路径来描摹历历所见的春光里的空灵缥缈，作家仿佛化文字为浓墨来飞扬恣意地作画，在有限的空间和形象里映照出无限的大千世界，墨光四射，意境浑圆。在小说《倪云林》里，凌叔华这样描述倪瓒的山水画：“疏落的几株秋树，两三枝竹子，掩映着一间屋或一个亭子。没有一个人或一只鸟，静到似乎一片落叶你都可以听得见。”凌叔华竭力用文字在外形与内蕴上最贴切地复原倪瓒山水画所特具的“一木一石，自有千岩万壑之趣”，表明作家是自觉地运用小说这一现代文体来实践中国传统的“文画同趣”之观点。

宋人范希文在《对床夜话》中提出“景无情不发，情无景不生”；明人谢榛在《四溟诗话》中提出“景乃诗之媒，情乃诗之胚，合而为诗”。可见意境就是通过形象化的情景交融的艺术描写，将读者引领到一个美妙的艺术境界。这个妙不可言的艺术境界生成的重要元素之一就是“景”。京派小说家都是丹青高手，惯画山水草木，又有着“以玄对山水”的“画论”熏陶，一切自然界的景物经他们的妙手一挥皆熠熠生辉，匠心自蕴其中。以这样的山水画的眼光与山水画的胸襟来写小说，文本中的景物描写自然不同凡响。且看几段：

那道向西斜上的峻岅，全是黑色磐石的堆积，从石罅间生长的松树，延绵数里，形成一带茂林。峻岅逐渐上升，直到岭尽头，树木方渐渐稀少，旧驿路即延绵这个长岅，迎着一道干涸的沟涧而上。(沈从文：《虹桥》)

地当两山转折点，一道干涸的小溪涧被浮雪填了大半，上面有些野雉狐兔的纵横脚迹。溪涧侧是一丛丛细叶竹篁，顶戴着一朵朵浮松白雪，时时无风自落。当积雪卸下时，枝条抖一抖，即忽然弹起一阵雪粉，动中越加见得安静。远望照耀在阳光下罗列的群山，有些象是顶戴着白雪帽子，静静地在那里向阳取暖。有些却又只稀稀疏疏的横斜挂几条白痕，其余崖石便显得格外深靓。近望坳下山谷，可看见一个小小田坝，田地大小不一，如雪片糕一般散乱重叠在那里。四个村落分散在田坪四周山凹间。一簇簇落叶科乔木，白

杨、银杏、枫木树和不落叶成行列的松杉，成团聚集的竹林，孤立挺起的棕榈，以及桔柚果木，错杂其间。(沈从文:《赤魇》)

北方的山本是岩石多，树木少，所以轮廓显得十分峻峭潇洒。山腰缠着层层的乳白色的云雾，更把山衬托出来了。过了一会儿，太阳下山了，有些山头的岩石似乎镀了金一般，配着由青变紫，由绿变蓝的群山，此时都浸在霞光中，这高高低低的西山，忽然变成透明体，是一座紫晶屏风。(凌叔华:《爱山庐梦影》)

山脚下可以看得很清楚，那绕着山脚发白亮的一长条是河吧，沿着河的长树林，上边缀着暗红粉淡的不知是桃是杏的花，近山脚下是几堆嫩黄的柳树掩映着几墩黄土房屋，有几家房上起了雪白的炊烟，直冲上去，迷糊了远些的树色与岚光。(凌叔华:《疯了的诗人》)

淖，是一片大水。淖中央有一条狭长的沙洲。沙洲上长满茅草和芦荻。春初水暖，沙洲上冒出很多紫红色的芦芽和灰绿色的蒌蒿，很快就是一片翠绿了。(汪曾祺:《大淖记事》)

风化的石头在他的身下酥裂，发出声音，且发出气味。小草的叶子窸窣弹了一下，蹦出了一个蚱蜢。从很远的地方飘来一根鸟毛，近了，更近了，终于为一根枸杞截住。一块卵石从山顶滚下去，滚下去，落进山下的深潭里。从极低的地方传来一声牛鸣。(汪曾祺:《复仇》)

可以看出，京派小说家在描写景物时，有着宋元山水画的气质，若照着这些景物描写来写生，纯然是一幅幅还原的宋元山水画。他们描写景物时很少使用大红大紫的词汇，一般以绿色、白色和淡灰色为基调，视野开阔，或由远及近，或由近及远，层层递进，与简淡秀雅的宋元山水画无异。京派小说家写景几乎不着色，而写出的风景又栩栩如生，这与他们受宋元山水画的影响分不开。正如前文徐复观先生的看法，宋元山水画在远离了政治而亲近自然的“在野画家”手里自由发展，画风尚简又有野逸情调，借物写心，以景抒情，境界开阔。如黄子久就说：“一窠一石，当逸墨撇脱，有士人家风。”① 京派小说家描写乡村风物时亦是用笔简洁，构图疏旷，一座黄泥屋，一条白亮的河，几丛修竹，几棵绿树，一幅自然宁静的乡土风光就跃然纸上了。且用词极为平易，毫无生涩之词；造语清新生动，一路读来，真有景物就在眼前之感，伸手可触。这正合了王国维对意境生成之一的评价：“写景则在人耳目。”②

然则，“一切景语皆情语也”，“情因景生，景因情造”（王夫之）。朱光潜将“情因景生，景因情造”中的“因”解释为创造，意为诗人的情怀创造了山川大地之美景，而山川大地又催生了诗人之悠悠情怀。一如明代董其昌所说：“诗以山川为境，山川亦以诗为境。”艺术家禀赋的诗心，映射着天地的诗心。中国绘画都是“以追光蹑影之笔，写通天尽人之怀”（王夫之），所求只在表现情景交融的艺术之境。宋元的山水花鸟画里，有时尽管只有一山一水，一树一石，一花一鸟，余则全是空白，然而“笔笔有天际真人想”（恽南田），是画家“天地与我并生，万物与我合一”的艺术心灵的显现。如李成的寒林、米芾的云山、倪瓒的竹子，都非同凡响，自有灵气。京派小说家文本中的景物描写，也与他们受的“画养”一样，并不是孤立存在的，亦是一切景语皆情语，景物自身就是有情有义的，一塔一桥，一河一树，皆性灵摇荡，蕴藉深厚，小说人物就俯仰在这缠绵的自然生命里，实现了京派孜孜的美学追求：“人与自然契合。”③

京派小说家塑造人物的主要手段，就是人物绝不是性格多方意志顽强的典型人物，不是力求形肖以坐实“这一个”，而是孜孜以求人物形象的神韵和写意性，是取其神似以象征“这一类”。这类人物有着地老天荒般的色彩，保持着人类亘古以来就有的童心，淳朴真挚，萧然意散，一如宋元山水画，是水墨色彩，而非浓墨重彩。人

---

① 转引自宗白华：《古代画论大意》，《中国美学史论集》，合肥：安徽教育出版社 2000 年版，第 198 页。

② 王国维：《宋元戏曲史 · 元剧之文章》，长沙：岳麓书社 1998 年版，第 85 页。

③ 沈从文：《泸溪 · 浦市 · 箱子岩》，《沈从文文集》（第 9 卷），广州：花城出版社 1984 年版，第 379 页。

物本身就是山水田园的一分子，自然天真，虚静为怀，自由自在，与世无争。可以说，京派小说中人物的活动总是在大自然中的活动，人与自然一起流转，离开了山、水（在京派小说中经常出现的是河、荡、淖、塘等各种水的形象）、花、竹、田野、炊烟这些自然物象，人物也就失去了生存的背景，无所依凭了。京派小说一般没有重大的社会内容，即使有，也被稀释在大自然这样一个绝大的背景里。人在山水风色里流连，自然的清新气息无所不在，宁静恬淡本真的大自然造就了宁静恬淡本真的人，他们随着大自然的节奏与律动而“俯仰自得，游心太玄”（嵇康）。可以说，在京派小说中，自然风景是一个绝大的存在，它不仅是人物活动的环境，也不仅是单纯的背景，还是人物的一部分，人总是融化在自然风景里。这其实是京派小说家的自觉追求：“景是人物所在的环境，是人物的外化，人物的一部分。景即人。”[①] 京派小说家的这种景人同一观，一如中国山水画的表现：“中国画中不是没有作家个性的表现，他的心灵特性是早已全部化在笔墨里面。有时亦或寄托于一二人物，浑然坐忘于山水之间，如树如石如水如云，是大自然的一体。”[②]

京派小说家既然都是山水画家，观察大自然的眼光自然就比常人多了一份艺术情怀，认为“见山只是山，见水只是水”[③] 是一种参“画禅”的意境：“我对着山的心情，很象对着一个知己的朋友一样，用不着说话，也用不着察言观色，我已感到很满足了；况且一片青翠，如梦一般浮现在眼前，更会使人神怡意远了”，“在这对山的顷刻间，我只觉得用不着想，亦用不着看，一切都超乎形态语言之外，在静默中人与自然不分，象一方莹洁白玉，象一首诗”。[④] 强调的是人与自然山水的直觉合一。京派小说家的山水画家身份，

---

① 汪曾祺《又读〈边城〉》，《汪曾祺文集》（文论卷），南京：江苏文艺出版社1994年版，103页。

② 宗白华：《美学散步》，上海：上海人民出版社1981年版，第149页。

③ 《五灯会元》载有惟信禅师的这样一段禅语：“老僧三十年前未参禅时，见山是山，见水是水；及至后来，亲见知识，有个入处，见山不是山，见水不是水；而今得个休歇处，依前见山只是山，见水只是水。”

④ 凌叔华：《爱山庐梦影》，《酒后》，北京：东方出版社2004年版，第3页。

使他们意识到大自然不仅清新秀美，而且博大深沉，正可以寄托人生天地之间的那份悠悠情怀。沈从文认为，艺术来源于“宗教情感的泛滥”，而“宗教信仰的本来，乃出于对自然壮美与奇谲的惊讶”，人“由皈于自然而重返自然”。① 由于京派小说家把自然视为人生的皈依，所以，他们笔下自然景物的描写既静和净，又美和多，在实质上获得了人化的自然的色彩，物我交融，合而为一：人物是“登山则情满于山，观海则意溢于海”（刘勰）；景物是“我见青山多妩媚，料青山见我应如是”（辛弃疾），人与自然互相依存，两厢愉悦，物人契合，和谐统一。这种人物和风景的水乳交融，使得京派小说文中有画，如诗如画。这样，京派小说中的意境特色，如同宋元山水画中的意境呈现来源于满幅烟水迷离一样，也是由一篇小说从头到尾表现出来的，读者读完后，只觉得满纸的情与景、人与自然的氤氲和荡，是一种石涛所说的“山川使予代山川而言也……山川与予神遇而迹化也”的化境。

还是以作家各自的代表作为证。

凌叔华的《疯了的诗人》里，从文章开头的乡村野景：“初春的一个早晨，银丝似的细雨，乘着料峭的斜风，飞快的抛着梭，织出一层银灰的薄绡，罩着天泰山的纡曲小路”；到文尾的带着泥土气息的后花园：“亭子是稻草做的顶，树枝做的柱子半歪半斜的支在一个小土山上，四面插满了盛开的杏花枝子，山下是一个水池子，有一条硬纸剪成曲曲弯弯的小桥，桥过去的地方插了几棵粗的松柏枝子”，皆渲染出一派宁静和谐的田园风光和一种朴野原始的生活情趣，主旨在于表达双成和觉生“性本爱丘山”，希望逃离“误落尘网中”的都市生活，皈依“山万重兮一云，混天地兮不分”的大自然的迫切情怀。

沈从文的《边城》里：山上“多篁竹，翠色逼人而来”；山下一条小溪：“宽约二十丈，河床是大片石头作成。静静的河水即或深到一篙不能落底，却依然清澈透明。”这样的翠竹青溪不仅养育了翠

① 沈从文：《〈断虹〉引言》，《沈从文文集》（第11卷），广州：花城出版社1984年版，第61页。

翠，而且是翠翠这个“自然人”性格的一部分，也是她生命的一部分。沈从文显然深知宋元山水画的精粹：“群必求同。同群必相叫。相叫必于荒天古木。此画中所谓意也。”（恽南田）翠翠必得生活在青山绿水里，失去了这样的生存背景，翠翠就不可能是边城里的“自然人”翠翠了，而翠竹青溪顿然间也就少了一份灵气与神韵。只有把翠翠融进这片山水里，翠翠才是翠翠，翠竹青溪顿然也灵动丰富起来，这就是“相叫必于荒天古木”的真义，以人之“自然”合景之“自然”，意境自显。

王国维在《宋元戏曲史·元剧之文章》里这样界定“意境”：“元剧之最佳处，不在其思想结构，而在其文章。其文章之妙，亦一言以蔽之，曰：有意境而已矣。何以谓之有意境？曰：写情则沁人心脾，写景则在人耳目，述事则如其口出是也。”① 以王国维提出的“意境”构成三要点来看汪曾祺的《受戒》，三点俱合：

小英子忽然把桨放下，走到船尾，趴在明子的耳朵旁边，小声地说：

“我给你当老婆，你要不要？”

明子眼睛鼓得大大的。

“你说话呀！”

明子说：“嗯。”

“什么叫‘嗯’呀！要不要，要不要？”

明子大声地说：“要！”

“你喊什么！”

明子小小声说：“要——！”

“快点划！”

英子跳到中舱，两只桨飞快地划起来，划进了芦花荡。

芦花才吐新穗。紫灰色的芦穗，发着银光，软软的，滑溜溜的，象一串丝线。有的地方结了蒲棒，通红的，像一支小蜡烛。青浮萍，紫浮萍。长脚蚊子，水蜘蛛。野菱角开着四瓣的小白花。惊起一只

① 王国维：《宋元戏曲史·元剧之文章》，长沙：岳麓书社1998年版，第85页。

青桩（一种水鸟），擦着芦穗，扑鲁鲁鲁飞远了……

汪曾祺将英子和明子两小无猜青梅竹马的爱情，写得清透如水，“沁人心脾”；而他纯然以口语色彩灵气生动地描写少男少女怀春之事，又应了王国维的“述事则如其口出是也”的规定。末尾描写的这个生命力蓬勃的芦花荡，动中有静，静中显动，动静结合，则又是“写景则在人耳目”也。庄子曾赞“古之人在混茫之中”（《庄子·缮性》），杜甫也说自己的诗是“篇终接混茫”（《寄彭州高适岑参三十韵》）。汪曾祺将英子和明子的爱情置于野水、野花、野鸟、野昆虫的自然之境里，画面空旷超越，实可配得上“篇终接混茫”之赞，给人“道之为物，惟恍惟惚”的混沌之感，正是一幅宋元水墨山水画的艺术境界。

第五节　京派小说的“意境”对道家艺术精神的承传

刘绍瑾对意境美学理论的形成作了一个精辟的透析：“如果我们站在理论的高度，从传统文化精神和古典艺术创作实践两方面进行历史的、逻辑的审视，就会发现，意境的形成与道家思想的影响是息息相关的，同时又是以山水等自然景象作为表现对象的艺术实践日益成熟的美学概括。而道家思想对艺术、美学的影响，在许多地方又是通过自然山水这一中介而实现。”① 这说明意境理论的形成既来源于道家，又因为中国山水画对气质与神韵的要求导致“意境”在其中的显现成为不可或缺的美学品格。也就是说，中国山水画中的“意境”表现，其实就是一种道家艺术精神：以我之自然合山水之自然，虚实结合，超以象外，得其环中。故此，徐复观先生结论说：“历史中的大画家，大画论家，他们所达到、所把握到的精神境

① 李文初等著：《中国山水文化》，广州：广东人民出版社1996年版，第156页。

界，常不期然而然的都是庄学、玄学的境界。”① 这个论断相当精准。从中国画史上第一篇正式的山水画论——东晋山水画家宗炳的《画山水序》提出的“澄怀味象”，“万趣融其神思，余复何为哉，畅神而已”；一直到清初恽格的《南田画跋》中提出的“川濑氤氲之气，林风苍翠之色。正须澄怀观道，静心求之”，“笔笔有天际真人想，带一丝尘垢，便无下笔处”，就都是从道家的“虚静”精神化衍而出，又合于庄子的逍遥游精神在哲学与美学上表现出的绝对自由超拔的艺术精神。

前文说过，京派小说家在写小说之前，几乎都是画家，或者说，对绘画尤其是中国山水画作过潜心研究。既然从小“以画名”，在习画的同时学习与研读在中国画史上具有指导性意义的画论，当然是其必修课。《在我们怎样看中国画》中，凌叔华就大量引述了诸多画家的画论，如倪瓒、郭熙、王麓台、李成、董其昌等。沈从文的《读展子虔〈游春图〉》一文，从东晋的顾恺之一直细说到现代的齐白石，证据确凿地反映出他对中国画论的熟稔。汪曾祺在《徐文长论书画》、《自得其乐》等文章中也再三表达了他对徐青藤、陈白阳、石涛等人画论的服膺。

这里我们可以择取一二画家之画论以管窥豹，获其道家艺术精神。首次在中国画史上提出中国山水画有南北宗之分的明代大画家、大画论家董其昌非常重视山水画中的自然、逸品、神韵的传统，而摒弃精、能传统，何哉？因为深受庄学之影响。董其昌论诗、论文、论书、论画的最高艺术标准是“淡”。他在《容台别集》（卷一）中明确指出：“作书与诗文，同一关捩。大抵传与不传，在淡与不淡耳。极才人之致，可以无所不能，而淡之玄味，必由天骨，非钻仰之力，澄练之功，所可强入……画史云：若其气韵，必在生知，可为笃论矣。”何谓之“淡”？董其昌在《诒美堂集序》中给予了定义：“质任自然，是之谓淡。”淡就是纯任自然、天然，去机心，存真心，天真简淡，“与天为徒”（《庄子·养生主》）。在这里，“淡”与老庄美学中的“无”、“外”、“忘”显然具有相通的地方，即如董

① 徐复观：《中国艺术精神·自叙》，上海：华东师范大学出版社2001年版，第2页。

其昌所说的，“淡之玄味，必由天骨，非钻仰之力，澄练之功，所可强入”。由“淡”而通向“无”，通向“外”，通向“忘”，最后“同于大通”（《庄子·大宗师》），创造一个天真自然、逸气弥生的艺术之境。董其昌论画重“淡”的思想渊源，最主要的是庄学与禅学，如他在《墨禅轩说》中所说：“庄子述齐侯读书，有诃以为古人之糟粕。禅家亦云须参活句，不参死句。书家有笔法，有墨法；惟晋唐人具是三昧。”如果这段话还只能说明董其昌仅仅把庄子的思想往书法绘画上的笔墨用法上去理解，在另一处，即在《题画寄吴浮玉黄门》这首诗里，董其昌则直接明了地说：“林水漫传濠濮意，只缘庄叟是我师。”所以，董其昌的“质任自然，是之谓谈”，正是来源于庄子的顺乎万物自然之性，而不假以人工矫饰之力的美学思想。

不仅董其昌的画论思想的基础是庄子艺术精神，就是倪瓒、郭熙、徐渭等大画家都是如此，这点徐复观先生已作了精深的研究，厚厚的一本《中国艺术精神》，主旨即是阐明：“由庄子所显示的典型，彻底是纯艺术精神的性格，而主要又是结实在绘画上面。”[①] 这些大画家的经典画论中所含蕴的道家艺术精神对如饥似渴地吸纳绘画理论的凌叔华、沈从文、汪曾祺等当然具有潜移默化的影响。所以，我们可以得出这样的结论：不管京派小说家是否熟悉道家，至少，以他们的画家身份，由于中国绘画（尤其是山水画）与道家艺术精神的密切关联，都使他们有意或无意中接受了道家。事实上，有的画家在其画论中或直接以庄子之语出之，或直接引述《庄子》中的故事来说明绘画之必备的主体精神，这就给了京派小说家在研读它们时一个直接接受道家文本的机会。

京派小说家喜爱的主要是宋元山水画家，以画家而兼画论家名的，北宋时应首推郭熙。郭熙也是深受道家艺术精神熏浸之人，其子郭思曾评价说：“咦！先子少从道家之学，吐故纳新，本游方外。家世无画学，盖天性得之，遂游艺于此以成名。”（《林泉高致序》）郭熙的著作《林泉高致》是对此前的山水画创作体验的总结，具有

① 徐复观：《中国艺术精神·自叙》，上海：华东师范大学出版社2001年版，第4页。

真知灼见，至为重要，这就使得它必定会进入京派小说家的阅读视野。我们且看一段：

世人止知吾落笔作画，却不知画非易事。庄子说画史解衣盘礴，此真得画家之法。人须养得胸中宽快，意思悦适。①

郭熙在此讲的“庄子说画史解衣盘礴，此真得画家之法”，凌叔华他们完全有可能按图索骥去读原文，这样，《庄子·达生》就进入了他们的阅读视野，对《庄子》以及庄子艺术精神有所了解。

恽南田在清代名气极大，画作“闲写山水，一丘一壑，超逸高妙，不染纤尘”②，诗、书、画俱佳，有“南田三绝”之誉，是“常州派”的首要人物。他的画论进入京派小说家的阅读视野也是顺理成章之事。恽南田在《题洁庵图》中说：

谛视斯境，一草一树、一丘一壑，皆洁庵（指唐洁庵）灵想之所独辟，总非人间所有。其意象在六合之表，荣落在四时之外。将以尻轮神马，御泠风以游无穷。真所谓藐姑射之山，汾水之阳，尘垢秕糠，淖约冰雪。世俗龌龊，又何知洁庵游心之所在哉！

这里的用语，几乎都来源于《庄子》一书：“尻轮神马”见于《大宗师》；“御泠风以游无穷”、“藐姑射之山，汾水之阳，尘垢秕糠，淖约冰雪”皆见于《逍遥游》。且这段话所表达的艺术意蕴与审美境界，亦都源于庄子的艺术精神。事实上，京派小说家都在小说、散文或书信中言及了自己对《老子》、《庄子》的阅读与接受。这在第一章已有详细实证，此处不再赘述。

正是一则由于京派小说家对《老子》、《庄子》文本内容的熟悉，一则由于他们的画家身份深知中国山水画的本质是一种“意境

① 郭熙：《林泉高致·画意》，见沈子丞编：《历代论画名著汇编》，北京：文物出版社1982年版，第71～72页。

② 李文初等著：《中国山水文化》，广州：广东人民出版社1996年版，第513页。

中的山水”，使其所把握到的艺术精神境界是庄学的境界，所以，他们由画的意境转而为文的意境时，出现在其小说文本中的意境构成的主要元素之一——“景物意象”，也是直接传承《老子》、《庄子》中的意象内容而来。研究中国现代文学与道家美学之关系的刘保昌曾经指出：“中国现代诗化文学的典型意象也是老庄道家式的‘阴性意象’。水、桥、大地、树等作为老庄道家经典的密集意象，具备道家式的特殊象征意味。”① 在中国现代文学三十年的发展历史上，小说流派林立，多达几十家，而以文学流派的形式在小说文本中集体频繁使用水、桥、大地、树等传承于道家的这些典型意象的，则仅京派一家。这种独特的文学史现象证据确凿地表现出京派同人对道家文本的熟稔以及对道家艺术精神的接受。

“水”是《老子》中的一个重要意象，几乎贯穿《老子》全书，且在第八章里，老子还专门谈到了水之“七德”：“上善若水。水善利万物而不争，处众人之所恶，故几于道。居善地，心善渊，与善仁，言善信，政善治，事善能，动善时。夫唯不争，故无尤。”《庄子》中涉及水的故事、寓言也极其之多，其中还有极尽汪洋恣肆之奇的《秋水》，那气势浩荡的开篇，震慑了一代又一代中国人：“秋水时至，百川灌河，泾流之大，两涘渚崖之间，不辩牛马……”凌叔华客居英国后，在用英文写就的《古韵·老师和同学》一章中，追忆她在天津第一女子师范学校求学时的国文老师张先生非常酷爱《庄子》，该文是这样结尾的：“我仿佛听到张先生在用浑厚的声音朗诵《庄子·秋水篇》：‘秋水时至，百川灌河，泾流之大……’”足可见出《秋水》对于凌叔华的终生影响。水对京派作家的影响是巨大的。废名的名作《竹林的故事》、《菱荡》、《桥》里都荡漾着盈盈绿水。沈从文对水情有独钟，水的意象几乎贯穿于他的湘西小说。他说：“水和我的生命不可分，教育不可分，作品倾向不可分”②；“我情感流动而不凝固，一派清波给予我的影响实在不小……我学会

---

① 刘保昌：《道家艺术与现代文学的诗化美》，《学术论坛》，2005年第1期。

② 沈从文：《非梦集·一个传奇的本事》，《沈从文文集》（第10卷），广州：花城出版社1984年版，第139页。

思索，认识美，理解人生，水对我有极大的关系”[①]。《边城》、《长河》、《柏子》、《三三》……都渗透着清清亮亮的水。汪曾祺也说：“水不但于不自觉中成了我的一些小说的背景，并且也影响了我的小说的风格。”[②] 他的《受戒》、《大淖记事》、《老鲁》、《看水》里，全都水汽氤氲。也许正是因为京派小说里多“水”的缘故吧，使得京派小说总体上的风格是抒情性的，弥漫着烟水迷离的意境之美，带着一股平和柔软的牧歌风味。

《老子》说“人法地”，强调人是地之子。庄子在《逍遥游》中描述了那令人神往的“无何有之乡，广漠之野”的“大树”，又描述了有神人居住其间的“藐故射之山”。京派作家几乎都自称是自然之人，厌恶矫揉造作的现代文明，眷恋清新纯净的大自然。这种审美的心胸显然也来自于老子对“人法地”的界认。在老子看来，人法地，地法天，天法道，道法自然。老子最终强调的是人法自然。由于把自己投入到大自然中，沉醉的是天光云影而非物质文明，所以，树、树荫、山川、大地都是京派作家在小说中频繁使用的经典意象，是构成其小说意境不可或缺的部分。若要细加追溯，很明显，它们的美学原型与文化原型都直接来自道家文本。

中国山水画的本质是一种“意境”中的山水，“画尽意在”（张彦远），一笔一画之中都能见出画家的情趣、逸气和胸襟，是画家的“体尽无穷而游无朕”（《庄子·应帝王》）。而要创作出这种“铺成大地，创造山川”，“纸上生情”（宗炳）的山水画，对于画家来说，最根本的要求，就是必须先要有一颗虚静之心。黄山谷论画曰：“夫心能不牵于外物，则其天守全，万物森然出于一镜。”（《道臻师画墨竹序》）就是讲心若能不为俗物所牵，处于通透虚静的境界中，则能明了一切，此时的心见自然万象就能“森然出于一镜”，体会出其原性之美。明李日华亦说：“必须胸中廓然无一物，然后烟云秀色与

① 沈从文：《从文自传·我读一本小书同时又读一本大书》，《沈从文文集》（第9卷），广州：花城出版社1984年版，第109页。

② 汪曾祺：《自报家门》，《汪曾祺全集》（第四卷），北京：北京师范大学出版社1998年版，第281页。

天地生生之气自然凑泊，笔下幻出奇诡。”（《紫桃轩杂缀》）画家的心必须“胸中廓然无一物”，要是一片虚灵之地，此种境界才是画之老境。“虚静”的心是画家的心，画家只有拥有“虚静”的心，才能在作品中开辟境界，抒写性灵，创造“逸品”。而我们在第五章已详尽地探讨过“虚静”是道家的艺术精神境界。对于京派作家来说，他们的画家身份必定使其接受“万虑消沉”（郭熙）、“君看古井水，万象自往还”（苏轼）的以虚静为心性的指导。

事实上，京派小说家都自报家门地谈到了这一点。凌叔华就在《我们怎样看中国画》一文中引用王原祁的《雨窗漫笔》中的观点：“作画者于搦管时须要安闲恬适，扫监俗场，点对素幅，凝神静气”，来强调虚以静心对画家的至关重要。汪曾祺也说：“齐白石题画云：‘白石老人心闲气静时一挥’，寂寞安静，是艺术创作所必需的气质”[①]，极力赞成“无事此静坐”，以培养一颗虚净空灵之心。沈从文虽然没有引用画论家对“虚静”的论述来说明自己绘画时的审美心境，但是也有与此关联密切的论断：“一切优秀作品的制作，离不了手与心。更重要的，也许还是培养手与心的那个‘境’，一个比较清虚寥廓，具有反照反省能够消化现象与意象的境。”[②] 在这里，沈从文其实指出了审美静观（即“境”）所具有的“静”与“动”相辅相成的两个侧面：它既能使人心“清虚寥廓”，获得审美的心胸；又因为排除了俗世的干扰而使人获得心灵深处的活跃，能够“反照反省”、“能够消化现象与意象”。这显然正如道家的“虚静”一样，既能使“吾丧我也”（《庄子·齐物论》），达到“无待”、“无己”（《庄子·逍遥游》）之境界，获得内心的绝对空宁与通透，又能“静则明，明则虚，虚则无为而无不为也”（《庄子·庚桑楚》），洞见到宇宙大化之真谛。可以说，京派小说家由中国绘画对画家虚静之心的要求而直接与道家的艺术精神获得了连通。

另一方面，习画必得赏画，所谓“观千剑而后识器，操千曲而

---

① 汪曾祺：《沈从文的寂寞》，《汪曾祺文集》（文论卷），南京：江苏文艺出版社1994年版，第113页。

② 沈从文：《沈从文全集》（第16卷），太原：北岳文艺出版社2002年版，第257页。

后知声”。凌叔华的《我们怎样看中国画》，沈从文的《读展子虔〈游春图〉》，汪曾祺的《徐文长论书画》等等，都是欣赏大量中国经典山水画后所形成的“画论”。对于赏画，中国古代有一种说法，即“玩”。姜澄清对此有精妙阐释，认为：“‘玩’的语义学概念，是‘入化境’的自由，唯把握了‘道’的精神，才能使技艺的发挥臻于‘玩’的境界。”① 从姜澄清的诠释来看，“玩”的文化内涵应源于庄子。因为，一如徐复观先生所说，魏晋以后的绘画是庄子艺术精神的落实。由是观之，京派小说家通过习画赏画，而形成中国山水画的先决条件是画家必须首具虚静之心，且“虚静”正是道家艺术精神最主要的表现，从而直接与道家艺术精神获得了连通。可以说，京派小说家由绘画到为文经历了一个一体化的“艺术工程”：习画→读画论→培养虚静之心→创造画之意境→熟悉老庄→深谙道家艺术精神→形成小说之意境，这显然是一种深层次的精神联姻。

所以，很自然地，京派小说家由画而文时，把绘画时审美主体必须具备的虚静之心应用到小说创作上，要求作家“除尽火气，特别是除尽感伤主义”②，保持沉潜、静虑的创作心态。京派小说家提出的“小说是回忆”，“文学是一个梦”，具体到创作主体上来说，都是为了作家能在审美静照里建构一个审美的乌托邦式的人类诗意生存的境界。至此，这样的结论应该不为错：

第一，由于京派小说家在写小说之前都是山水画家，而中国山水画始终是一种“意境中的山水”，强调画家的情思与自然山水的妙合无垠，这使得他们在“以画名”的阶段就接受了“意境”理论的熏陶与如何创造“意境”的心领神会。当他们由画而文创作小说时，文本中必自有“意境”，这是一种自然而然的直接转换和生成，根本用不着“五四”以来中国本土的“诗化小说”理论与外国文论的影响与启发。而且，由于意境理论的创始者是老子和庄子，意境“同时又是以山水等自然景象作为表现对象的艺术实践日益成熟的美学

① 姜澄清：《中国绘画精神体系》，沈阳：辽宁教育出版社1992年版，第222页。

② 汪曾祺：《〈桥边小说三篇〉后记》，《汪曾祺全集》（第3卷），北京：北京师范大学出版社1998年版，第461页。

概括，而道家思想对艺术、美学的影响，在许多地方又是通过自然山水这一中介而实现”，而京派小说中的“意境”表现的构成元素——自然景物意象，如水、山、树、树荫、大地等，又直接来自他们所熟悉的《老子》与《庄子》中频繁出现的意象，所以，京派小说家由画而文的意境表现，是承自老庄的。

第二，中国绘画对画家的基本要求是能虚以静心。张彦远认为，虚静就能“凝神遐想，妙悟自然”，创造出“自然”之画，此乃画之上品之上也（《历代名画记》）。京派小说家在“以画名”阶段必得接受“虚静”理论的熏陶，也就势培养了自己的“静心”。故当他们创作小说时，持“回忆”文学观和“梦”文学观，认为“创作不是描写‘眼见’的状态，是当前‘一切官能的感觉的回忆’”（沈从文），“小说是回忆”（汪曾祺），“创作的时候应该是‘反刍’。这样才能成为一个梦”（废名），要求在创作时除尽火气和感伤主义，反对文学太过近于政治和商业，与浮嚣的现实保持一定的距离，倡导沉潜、静虑的创作心态。这种文学观落实到京派小说文本的美学表现形态上，就大都是静穆平和的，充满了意境之美。前面分析过，中国画论中的虚静论直接来自老庄的虚静论，若要溯其源头，京派作家的“回忆”文学观的哲学原型也是老庄的虚静论。正如我们在前面所论述的一样，虚静精神其实是老庄的纯艺术精神的一种境界。京派的“回忆”和“梦”文学观，就它所表现出来的创作境界而言，也是一种纯艺术精神的表现。从“虚静”所具有的艺术精神这一角度来看，我们可以说：京派小说家在“以画名”阶段，由于中国山水画的创作对审美主体的特殊要求，他们获得了来自老庄的虚静论的熏陶。到他们由“意境中的山水”向“意境中的小说”作转换时，提出“回忆”和“梦”之文学观，强调创作主体的虚静之心，以创造出“小说中的意境”。由此可见，京派小说中的意境其实是对老庄艺术精神的传承。

附　录

王维、倪瓒、
徐渭和京派小说家的字与画

这里笔者选录三位古代文人画家的部分画作以及凌叔华、沈从文和汪曾祺的部分画作，旨意有两点：

（1）以京派小说家凌叔华、沈从文和汪曾祺的画作为证，说明他们确实是文人画家，深知中国山水画的本质是“意境中的山水”。

（2）文人画家之所以选取王维、倪瓒和徐渭三人，是因为王维乃文人画之始祖，而倪瓒是凌叔华最喜爱的画家，徐渭则是汪曾祺的效法对象。从他们三位的画作中可以看出京派小说家文人画的师承渊源。

江干雪霁图（局部）　王维（唐）

六君子图轴　倪瓒（元）

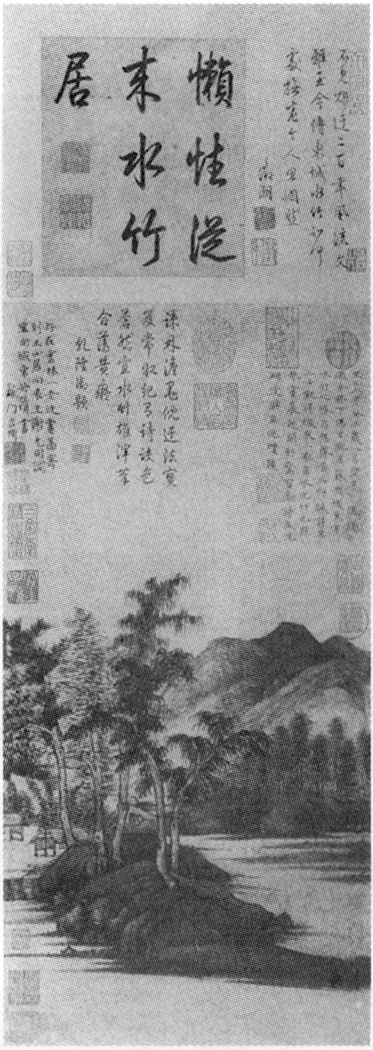

水竹居图　倪瓒（元）

容膝斋图 倪瓒（元）

蕉石图轴　徐渭（明）

竹石图　徐渭（明）

墨葡萄图轴　徐渭（明）

竹　凌叔华

春深　凌叔华

一九三四年得元人荒草意境而画　凌叔华

秋晨　凌叔华

沈从文的山水画

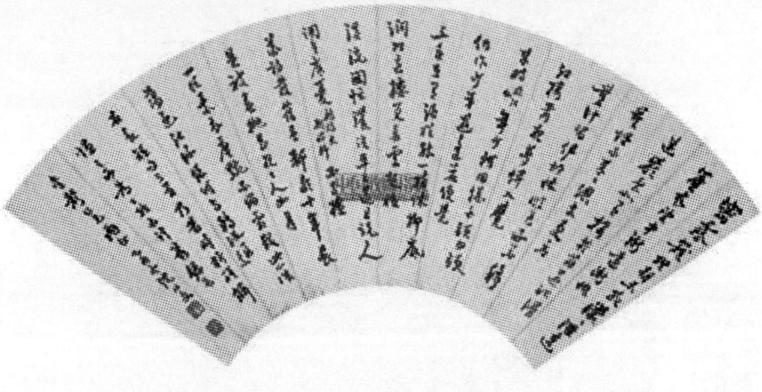

沈从文的书法

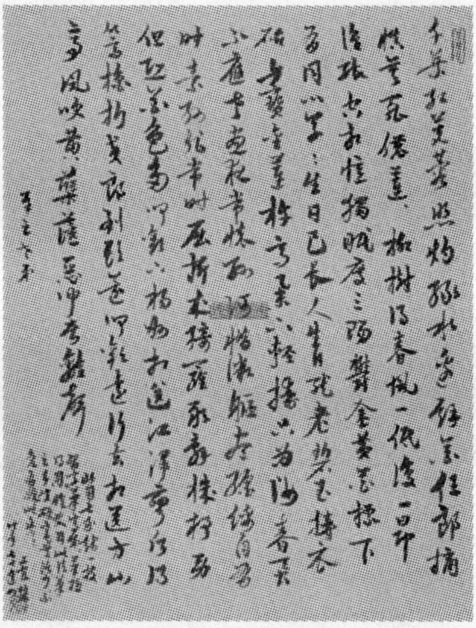

沈从文的书法

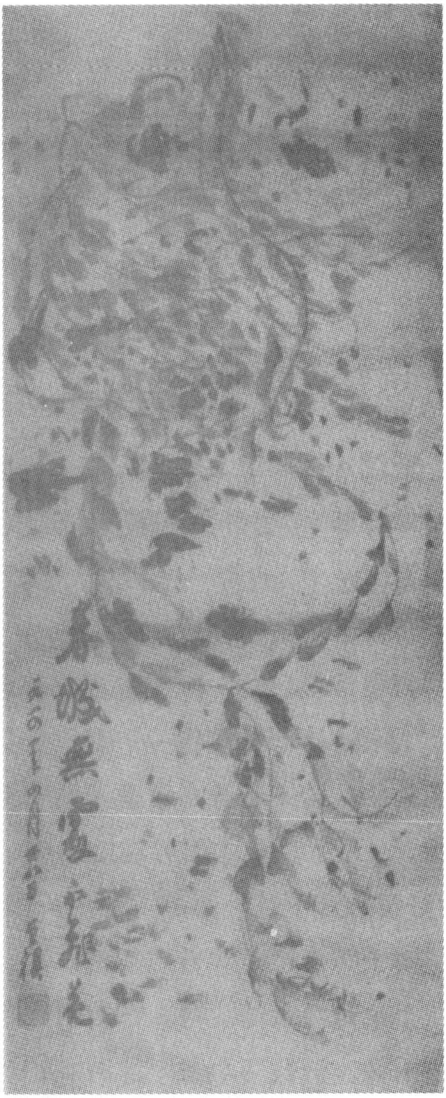

春城无处不飞花　汪曾祺

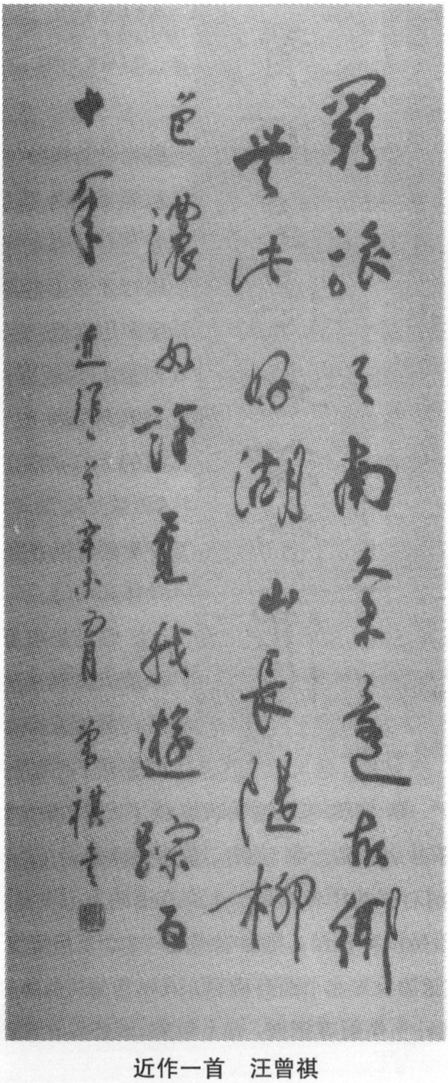

近作一首　汪曾祺

月晓风清欲堕时 汪曾祺

丙子　汪曾祺

余　论

学界流行的看法是：20世纪中国文学似乎从“五四”时期就确立了反传统的根基。事实上，“五四”文学先驱们对传统文化都是有所保留与欣赏的。最初提出文学革命理论的胡适，就在《文学改良刍议》一文中说得很明白：“吾惟以施耐庵曹雪芹吴趼人为文学正宗”[①]，表明他对古代的白话文学持肯定与继承的态度。即使是陈独秀的《文学革命论》，也肯定了从《国风》、《楚辞》到马东篱、施耐庵、曹雪芹这一脉的文学潮流。[②] 一个民族的文化传统是这个民族智慧的积累，它一旦诞生，就会以各种有形无形的方式存在下去。任何人都无法否定与逃离传统，任何人都在传统里生存。

20世纪中国文学、中国文学理论批评与中国传统文学、中国传统文学理论批评的关系，是一个绝大的命题，也是一个在经历了文学发展的曲折路程后理性地提出的命题。曾几何时，我们对传统文化采取的是完全遮蔽的态度，唯恐避之不及。然而，历史证明，没有深厚的传统文化作为依凭，我们只能站在文化的废墟上，在中国文化与世界文化的交往中丧失了“对话”能力，甚至连“听话”的能力都不具备。在这种严峻的文化态势下，我们终于迷途知返，开始自觉地反观民族的传统，寻找自己的文化之根。“对今天的学者而言，实现新文化的‘创造’，必欲深知、真知中国的传统文化，必欲‘回到传统’，尤其是‘回到古代’。”[③] 本书《京派小说与道家之因缘》也可以说是一次文化寻根之举。

传统的中国文学与中国文学理论批评，主流是儒家以诗教为核心的功利派。另一脉则是处于边缘的以老庄为代表及其影响下的非功利的道家美学。儒道两家的文学观在中国现代文学史上都得到了继承，周作人就在《中国新文学的源流》一书里，将其概括为“载道派”与“言志派”。在笔者看来，京派小说所继承的传统文化之“根”，主要是以老庄为代表的道家美学。

京派小说中浓厚的道家美学表现，与它们创造者的人生意趣与

---

① 胡适：《文学改良刍议》，载《新青年》，1917年第62卷第5号。
② 陈独秀：《文学革命论》，载《新青年》，1917年第62卷第6号。
③ 参见钱理群的《“回到传统”与“沉入国民”》，《文艺研究》，1999年第1期。

文学宗旨息息相关。或者说，他们的创造者本身就是老庄式的人物，自觉追求着老子与庄子的“澹然无极”的精神风采。老子说自己是“我愚人之心也哉，沌沌兮”（《老子》第20章），庄子拒绝高官厚禄，说自己宁可“游戏污渎之中以自快”（《史记·老庄申韩列传》）。这其实就是拿一颗神性之心与功利世俗的世界相对抗。京派小说家可谓都是在滚滚红尘里保持着神性之心的人。在对待自我的生存方式上，他们要求失去世俗的“我”，这样就会“认识‘人’，体会到‘神’，以及人心的曲折，神性的单纯”①，培养起自己的神性之心；在对待文学的生存方式上，他们追求“纯正的文学趣味”，倡导“笑骂由你笑骂，好文章我自为之”。② 而这一切的出发点，或者说它们深层次的文化上的原因，则是因为京派小说家坚信：“政治使人失去意义”③，“我是个对一切无信仰的人，却只相信‘生命’”④。同样的一个世界，对于一颗神性的心与一颗世俗的心来说，其呈现的姿态肯定是截然不同的。至少，在政治的世界与商业的世界外，还有一个本真的生命的世界。

而本真的生命的世界，正是老庄美学所孜孜追求的，也是京派小说家所孜孜追求的。老子说：“五色令人目盲，五音令人耳聋，五味令人口爽；驰骋畋猎，令人心发狂；难得之货，令人行妨。”（《老子》第12章），要求人们“见素抱朴，少私寡欲”（《老子》第19章），回复到“载营魄抱一”、“专气致柔”的婴儿状态（《老子》第10章），即回复到生命本然的本体的状态。而一部《庄子》的中心话语，就是拒绝政治关注生命，“天地与我并生，万物与我为一”，追求生命的自由与逍遥。京派小说家都是“星斗其文，赤子其

---

① 沈从文：《水云》，《沈从文全集》（第12卷），太原：北岳文艺出版社2002年版，第120页。

② 《骆驼草》1930年5月12日创刊号之发刊词。

③ 沈从文：《自传》，《沈从文全集》（第27卷），太原：北岳文艺出版社2002年版，第60页。

④ 沈从文：《水云》，《沈从文全集》（第12卷），太原：北岳文艺出版社2002年版，第128页。

人”①，在笔者看来，他们以赤子之心创作的小说文本，主要表现为三种审美意蕴：本真的自然生命，以审美的心胸看待世间万物，人与自然交融无间的意境呈现。总之，京派小说家所追求的，是一个本真的审美的生命世界，是一个以神性之心看取万物对待生命的天地境界。这个境界与老庄的美学境界自然是相通的。而这种跨越时空的传统与现代、古与今的相通，源自于京派小说家对《老子》、《庄子》的自觉接受。

在今天这个“为学日益”（《老子》第48章）、金钱与技术主宰一切的时代，每个人似乎都成了锐意进取者，成功成为人生的唯一目的，而很少有人停下来追问生命真正的意义与我们心灵的真正需要。其实，就是怀有大济社稷苍生宏志的孔子，也曾有“道不行，乘桴浮于海”（《论语·公冶长》）式的对生命逍遥游的渴望。生命的需要而不是生活的需要，才是我们生而为人所真正应该关注的。一如沈从文所说：“金钱对‘生活’虽好象是必需的，对‘生命’似不必需。生命所需，惟对于现世之光影疯狂而已。因生命本身，从阳光雨露而来，即如火焰，有热有光。”（沈从文：《潜渊》）我们若能去掉心中的功利世俗，留下一片虚灵之地，进入老庄美学与京派小说所创造的神性的生命世界，应该是可以造就天机舒卷真实自在的生命形式的。

雅斯贝斯所认为的人类的“轴心时代”是在公元前800年到公元前200年之间，以全世界出现了诸多大思想家为标志：古希腊有巴门尼德、赫拉克利特、苏格拉底等哲学家，中国则出现了老子、孔子、庄子等一系列思想家。雅斯贝斯说：“人类一直靠轴心期所产生、思考和创造的一切而生存，每一次新的飞跃都回顾这一时期，并被它重燃火焰。自那以后，情况就是这样，轴心期潜力的苏醒和对轴心期潜力的回忆，或曰复兴，总是提供了精神动力。”② 轴心时

---

① 此为汪曾祺评沈从文之语，见汪曾祺：《星斗其文，赤子其人》，《汪曾祺文集》（散文卷），南京：江苏文艺出版社1994年版，第138页。

② ［德］雅斯贝斯著，魏楚雄、俞新天译：《历史的起源与目标》，北京：华夏出版社1989年版，第14页。

期所产生的道家哲学与美学思想对于全世界所“提供的精神动力”，正在日益显示出来，我们从海德格尔、庞德、徐复观、叶维廉等人在现代视阈里对之的阐释就可见一斑。传统其实就是我们自己，因为传统是绝对的，我们永远处于一种传统或诸种传统之中。故在变化了的时代语境下对传统进行阐发，彰显其现实意义是必须的。这正如加达默尔所说：“在我们经常采取的对过去的态度之中，真正的要求无论如何不是使我们远离和摆脱传统。我们其实是经常地处于传统之中，而且这种处于决不是什么对象化的行为，以致传统所告诉的东西被认为是某种另外的异己的东西——它一直是我们自己的东西，一种范例和借鉴，一种对自身的重新认识。”①

---

① ［德］伽达默尔著，洪汉鼎译：《真理与方法》，上海：上海译文出版社 2004 年版，第 364 页。

参考文献

1.《老子》、《庄子》及其相关研究

王卡点校：《老子道德经河上公章句》，北京：中华书局 1993 年版。

钱基博述：《老子道德经解题及读法》，北京：中国书店 1988 年版。

钱穆：《老子辩》，北京：中国书店 1988 年版。

陈鼓应：《老子今注今译》，北京：中华书局 1983 年版。

萧兵、叶舒宪：《老子的文化解析》，武汉：湖北人民出版社 1994 年版。

郭庆藩撰：《庄子集释》，北京：中华书局 2004 年版。

谢祥皓、李思东辑校：《庄子序跋论评辑要》，武汉：湖北教育出版社 2001 年版。

涂光社：《庄子范畴心解》，北京：中国社会科学出版社 2003 年版。

刘绍瑾：《庄子与中国美学》（修订本），长沙：岳麓书社 2007 年版。

叶舒宪：《庄子的文化解析》，武汉：湖北人民出版社 1997 年版。

孙以楷主编：《道家与中国哲学》（全六册），北京：人民出版社 2004 年版。

2. 京派小说创作与理论批评

（1）京派文学理论家：

周作人：《谈龙集》，石家庄：河北教育出版社 2002 年版。

周作人：《苦雨斋序跋文》，石家庄：河北教育出版社 2002 年版。

周作人：《自己的园地雨天的书》，北京：人民文学出版社 1988 年版。

周作人：《中国新文学的源流》，上海：上海书店 1934 年版。
朱光潜：《朱光潜美学文集》（四卷本），上海：上海文学出版社 1983 年版。
朱光潜：《文艺心理学》，上海：复旦大学出版社 2005 年版。
朱光潜：《诗论》，上海：上海古籍出版社 2005 年版。
朱光潜：《谈文学》，上海：上海古籍出版社 2005 年版。
朱光潜：《谈美》，上海：开明出版社 1994 年版。
朱光潜：《无言之美》，北京：北京大学出版社 2005 年版。
李健吾：《李健吾文学评论选》，银川：宁夏人民出版社 1983 年版。
李健吾：《咀华集·咀华二集》，上海：复旦大学出版社 2005 年版。
李健吾：《李健吾创作评论集》，北京：人民文学出版社 1984 年版。
常风：《逝水集》，沈阳：辽宁教育出版社 1995 年版。
（2）京派小说家：
沈从文：《沈从文全集》，太原：北岳文艺出版社 2002 年版。
止庵编：《废名文集》，北京：东方出版社 2000 年版。
废名：《莫须有先生传》，桂林：广西师范大学出版社 2003 年版。
废名：《新诗十二讲》，沈阳：辽宁教育出版社 2006 年版。
废名：《阿赖耶识论》，沈阳：辽宁教育出版社 2000 年版。
汪曾祺：《汪曾祺全集》，北京：北京师范大学出版社 1998 年版。
汪曾祺：《汪曾祺：文与画》，济南：山东画报出版社 2005 年版。
凌淑华：《凌淑华文存》（上下），成都：四川文艺出版社 1998 年版。
凌淑华：《酒后》，北京：东方出版社 2004 年版。
凌淑华：《古韵》，济南：山东画报出版社 2003 年版。
凌淑华：《小哥儿俩》，上海：上海良友图书公司 1935 年版。
凌淑华：《凌淑华的文与画》，济南：山东画报出版社 2005

年版。

梁从诫编：《林徽因文集》（文学卷），天津：百花文艺出版社 1999 年版。

林徽因：《林徽因诗文集》，上海：三联书店 2006 年版。

萧乾：《萧乾文集》，杭州：浙江文艺出版社 1998 年版。

卢焚：《师陀全集》，开封：河南大学出版社 2004 年版。

3. 其他相关著作：

刘增杰编：《师陀研究资料》，北京：北京出版社 1984 年版。

王欣：《师陀论》，南京：南京大学出版社 2011 年版。

邵华强编：《沈从文研究资料》（上下），广州：花城出版社 1991 年版。

金介甫：《沈从文笔下的中国社会与文化》，上海：华东师范大学出版社 1994 年版。

赵学勇：《沈从文与东西方文化》（修订版），兰州：兰州大学出版社 2005 年版。

陈俊国编：《冯文炳研究资料》，福州：海峡文艺出版社 1991 年版。

杨学民：《站在边缘处对话——汪曾祺新论》，北京：中国文联出版社 1999 年版。

［西］阿左林，卞之琳译：《阿佐林小集》，重庆：国民图书出版社 1943 年版。

严家炎：《中国现代小说流派史》，北京：人民文学出版社 1989 年版。

温儒敏：《中国现代文学批评史》，北京：北京大学出版社 1993 年版。

杨义：《中国现代文学流派》，《杨义文存》（第 4 卷），北京：人民出版社 1998 年版。

王瑶主编：《中国文学研究现代化进程》，北京：北京大学出版社 1996 年版。

方锡德：《中国现代小说与文学传统》，北京：北京大学出版社 1992 年版。

高恒文：《京派文人：学院派的风采》，上海：上海教育出版社2000年版。

黄键：《京派文学批评研究》，上海：上海三联书店2002年版。

刘进才：《京派小说诗学研究》，开封：河南大学出版社2003年版。

查振科：《对话时代的叙事话语——论京派文学》，沈阳：春风文艺出版社2005年版。

武新军：《现代性与古典传统——论中国现代文学中的“古典倾向”》，开封：河南大学出版社2005年版。

赵园：《北京：城与人》，北京：北京大学出版社2002年版。

宋剑华：《百年文学与主流意识形态》，长沙：湖南教育出版社2002年版。

刘绍瑾：《复古与复元古》，北京：中国社会科学出版社2001年版。

葛兆光：《禅宗与中国文化》，上海：上海人民出版社1986年版。

刑建昌、姜文振：《文艺美学的现代性建构》，合肥：安徽教育出版社2001年版。

刘小枫：《诗化哲学》，济南：山东文艺出版社1986年版。

叶朗：《中国美学史大纲》，上海：上海人民出版社1985年版。

李泽厚、刘纲纪主编：《中国美学史》（第一卷），北京：中国社会科学出版社1984年版。

张法：《中国美学史》，上海：上海人民出版社2002年版。

北京大学哲学系美学教研室编：《中国美学史资料选编》（上下），北京：中华书局1981年版。

饶芃子：《比较诗学》，西安：陕西师范大学出版社2000年版。

蒋述卓：《在文化的观照下》，广州：广东人民出版社1997年版。

宗白华：《美学散步》，上海：上海人民出版社1981年版。

徐复观：《中国艺术精神》，上海：华东师范大学出版社2001年版。

汝信、王德胜主编：《美学的历史：20世纪中国美学学术进程》，合肥：安徽教育出版社 2000 年版。

宗白华：《中国美学史论集》，合肥：安徽教育出版社 2000 年版。

李文初等：《中国山水文化》，广州：广东人民出版社 1996 年版。

许苏民：《比较文化研究史》，昆明：云南人民出版社 1992 年版。

许苏民：《李贽的真与奇》，南京：南京出版社 1998 年版。

姜澄清：《中国绘画精神体系》，沈阳：辽宁教育出版社 1992 年版。

樊美筠：《中国传统美学的当代阐释》，北京：中国社会科学出版社 1997 年版。

刑建昌、姜文振：《文艺美学的现代性建构》，合肥：安徽教育出版社 2001 年版。

方克强：《文学人类学批评》，上海：上海社会科学院出版社 1992 年版。

葛路：《中国画论史》，北京：北京大学出版社 2009 年版。

伍蠡甫主编：《西方文论选》，上海：上海译文出版社 1979 年版。

[英] 罗素，何兆武、李约瑟译：《西方哲学史》（上），北京：商务印书馆 1963 年版。

[英] 罗素，马元德译：《西方哲学史》（下），北京：商务印书馆 1976 年版。

[意] 克罗齐，朱光潜译：《美学原理　美学纲要》，北京：外国文学出版社 1983 版。

[瑞士] 荣格，冯川译：《荣格文集》，北京：改革出版社 1997 年版。

[美] 赫施，王才勇译：《解释的有效性》，北京：生活·读书·新知三联书店 1991 年版。

[德] 尧斯，朱立元译：《审美经验论》，北京：作家出版社 1992 年版。

[德] 海德格尔，陈嘉映、王庆节译：《存在与时间》，北京：生活·读书·新知三联书店 1999 年版。

[德] 伽达默尔，洪汉鼎译：《真理与方法》，上海：上海译文出版社 2004 年版。

后　记

《京派小说与道家之因缘》即将付梓，按理来说，这是一种完成，我却没有一点轻松之感。道家是中国审美文化的根本之源，道家的存在，让习惯沉重的中国人在“为学日益”的今天也能对本应“逍遥于天地之间而心意自得”的生命形式偶一为之。京派小说在那个文学紧贴政治与商业的时代，也始终诉说着对诗性的生命的眷恋。我担心自己既没有老庄的“洒形去欲”，又没有京派小说家的超拔洒脱，未能全面透彻地观照他们两者之间的深刻的哲学与美学渊源，那岂不是糟蹋了中国文学史上稀有的纯文学精神！

但是，另一方面，在成书的过程中，终日熏浸于曼妙清雅的文字与诗意盎然的思想中，于我实在是一种莫大的快乐，也让我对生命有了全新的理解。

“光阴似箭，日月如梭”，这儿时写进作文里纯粹为了增光添彩的八个字，今天重念，却是眼前流着一条长长的长长的岁月之河。《京派小说与道家之因缘》是在博士论文基础上的扩展、完善与提升。读博期间，小女安祺呱呱降临人世。而此刻，我伏桌写着《后记》，她在楼下对邻居小妹妹的说话之声清晰入耳：“我马上都要六岁四个月了，你才四岁不到，你可真够小的！”安祺渴望长大，安祺的妈妈却掷笔长叹，深觉岁月之匆匆。窗外，阳光流金溢彩，正是四月的好天气——“你是一树一树的花开，是燕在梁间呢喃，你是爱，是暖，是希望，你是人间的四月天！”自然界的生命与人类的生命都在热烈地生长，道家所言的“人法地，地法天，天法道，道法自然”，无时无刻无处无地不在显示着它的真理性与诗意性。

在《京派小说与道家之因缘》成书过程中，除了该书所探讨的对象——老庄和京派小说家带给我对诗性的生命的眷恋外，另一大人生收获，则是造就了一颗感恩的心。

感谢饶芃子先生、蒋述卓先生、朱寿桐先生、宋剑华先生、吴奕锜先生，先生们对学生的赐教和关怀，为学生的学术研究拓展了视野，建立了厚实的平台；先生们磊落的学者风范和忘我工作的精神激励着学生养成刻苦耐劳、诚实朴素的品质，在人生的道路上不断提升自我，追求心灵的丰富！

感谢我博士阶段的导师刘绍瑾先生。先生擅治老庄，又富魏晋神韵，经常一身唐装，风流倜傥。在博士论文后记里，我曾如此写道："先生在学业上对我耳提面命，博士论文从确定选题、形成提纲到写作成文都是在先生的悉心指导下完成的。先生以其一贯的论从史出的学风和对老庄美学精神的精深把握，从研究方法到论文内容都对我进行了严谨细致的指导。博士论文初稿上布满先生密密的红笔批注，其间倾注了先生多少心力！"博士毕业后，先生又经常敦促我，在教学之余，不要荒废手中之笔，尽早将博士论文深化成书。每遇学术困难，求及先生，先生总是倾力相助，睿智的点拨，常常令我醍醐灌顶。师恩难忘，定当铭感终生！

在学业上要感谢先生外，更要感谢的，是先生为我们带来了美丽又赤忱的师母！师母实在不像师母，站在一群年轻的女博士女硕士之间，就"泯然众人"矣——师母看起来实在是太年轻了！师母大热的天来看我——抱着一个大西瓜！师母大冷的天来看我——拎着一双大电暖鞋！师母经常提着大大小小的袋子来我家，袋子里有酸奶机、豆浆机、盒装牛奶、小儿止咳的中药……师母怕我忙，顾不上孩子和家庭；师母怕我累，顾不上身体……我的亲爱的美丽的师母啊，每每定格于您大热的天抱着大西瓜的情景，我内心就无比震撼，又无比温暖！

念及家人，感恩的心也是如此激动。亲爱的父亲母亲，亲爱的大哥大嫂，亲爱的二哥二嫂，你们对我的宠爱、帮助和宽容，语言是如此苍白无力，不能述其万分之一。寒假期间，为了赶书稿，我把安祺留给七十多岁的父母，自己先回广州，是午夜两点四十的火车。岳阳的冬天奇冷无比，夜深尤甚。大哥二哥送我去火车站，由于是春运期间，二哥不能进站，大哥送我进去。找到候车室，坐好后，大哥才走。我低头玩手机，大半天，大哥竟又折回来了，急切地问："票带了吗?”他亲眼看到了火车票，才笑笑地离开。刚上火车，手机就响了：“小妹，上车了吗？那我睡了啊。”原来大哥一直紧紧地盯着时间！第二天上午，我醒来时，车厢里已是人声鼎沸，广播里正放着蔡琴的歌：“时光一逝永不回，往事只能回味。忆童年时竹马青梅，两小无猜日夜相随。春风又吹红了花蕊，你已经也添了新岁……”泪水一下子夺眶而出，汹涌地奔流。大哥大我十岁，长兄如父，我是在大哥最完美的庇护下长大的。大哥 16 岁那年就考上了大学，而我那时还没有读小学。我家在农村，父母没有闲钱，幼时的我爱漂亮，大哥就拣了破烂卖掉后给我买闪闪发亮的发夹。我的第一本彩绘故事书，我的第一个硬皮日记本，我的第一顶红色绒线帽，我的第一条淡黄连衣裙……都是大哥买的。我考上了博士，大哥好开心；听到初生的安祺的哭声，大哥笑言“如闻天籁”……如今，大哥已近知命之年，不再是我当年年轻的大哥了——“春风又吹红了花蕊，你已经也添了新岁”，岁月匆匆，逝水流年。“时光一逝永不回……”,蔡琴固执地一遍遍地唱着，我把头蒙进被子里，一遍又一遍地哭着。时间啊，请你的记忆力在我大哥身上发生误差吧，让我亲爱的大哥从此不再增添岁月的痕迹！要不，就让我加速变老，换来我的亲爱的大哥的永远年轻吧。

…………

感谢所有帮助过我、宽容过我的同学、同事和朋友！

感谢我的已是 84 岁高龄的初中语文老师柳德池先生！寒假去拜访时，先生家住半山腰，独门独户，屋后橘树葱茏，屋前白云绕山，人与自然，合而为一，自由自在，适性逍遥。

愿所有的人都能拥有“杏花疏影里，吹笛到天明”的生命形式！

冯 晖

2012 年 4 月 16 日